Pleamar

Antonio Mercero

Pleamar

NEGRA
ALFAGUARA

FIC
Mercero
Spanish

Papel certificado por el Forest Stewardship Council®

MIXTO
Papel procedente de
fuentes responsables
FSC® C117695

Penguin
Random House
Grupo Editorial

Primera edición: abril de 2021

© 2021, Antonio Mercero Santos
Esta edición se ha publicado gracias al acuerdo con
Hanska Literary & Film Agency, Barcelona, España
© 2021, Penguin Random House Grupo Editorial, S.A.U.
Travessera de Gràcia, 47-49. 08021 Barcelona

© Diseño: Penguin Random House Grupo Editorial, inspirado en un diseño original de Enric Satué

Printed in Spain – Impreso en España

ISBN: 978-84-204-5492-4
Depósito legal: B-2616-2021

Compuesto en MT Color & Diseño, S.L.
Impreso en Unigraf, Móstoles (Madrid)

AL 5 4 9 2 4

A Susana

Uno

Pleamar

No se ve bien. La habitación es oscura, el plano fijo está pobremente iluminado y las hermanas Müller se mueven a base de espasmos para intentar liberarse de las cuerdas. Están atadas a sendas sillas de tijera. Trozos de cinta americana hacen de mordaza y ahogan los gritos. El vídeo solo dura cinco segundos y está dirigido a dieciocho millones de personas, la cifra de suscriptores del canal que las dos jóvenes, bajo el nombre de Pleamar, tienen abierto en YouTube.

Desde hace tres años, cuando empezaron a grabar vídeos caseros sin demasiadas pretensiones, simplemente para divertirse, no han faltado ni un solo jueves a la promesa de subir un vídeo nuevo. Esa es la pauta: un vídeo por semana. Siempre los jueves, siempre a las diez. Y la víspera, un pequeño adelanto del contenido del día siguiente. Una pieza breve, una pildorita para despertar el interés de la audiencia. Algo sencillo: Martina, por ejemplo, anunciando que va a dar consejos de belleza. O Leandra afirmando con una sonrisa traviesa que va a enumerar los defectos de su hermana.

Pero nunca han urdido un reclamo como este: las dos atadas a una silla y tratando de liberarse. ¿Qué contenido están anticipando en este caso? Como broma resulta un tanto macabra, por mucho que hayan demostrado varias veces que son capaces de cualquier payasada. En los comentarios de la gente surgen dudas.

«¿Esto es un fake? ¿Habéis visto eso? ¿Han secuestrado a las Müller o se están riendo de nosotros?»

Los forcejeos de las hermanas pueden pasar tanto por gestos de angustia como por expresiones de actriz sobreactuada. La mordaza de Martina se abomba y se desinfla como si ella estuviera gritando como una posesa. Pero también puede ser que se esté partiendo de la risa. Y la mirada de Leandra, más extraviada que nunca, ¿es presa del pánico, o la leve bizquera que siempre ha padecido encuentra en la broma una tesitura más amplia?

«Ya no saben qué hacer para llamar la atención. A Pleamar se le está yendo la pinza.»

«Pues a mí me da yuyu el vídeo. La plataforma debería retirarlo y que entre la policía.»

El vídeo no se retira.

Los controladores del buen gusto y de que se mantenga a raya la política de la empresa solo ven a dos chicas montando el numerito.

Ese miércoles, la subinspectora de homicidios Nieves González es la canguro de su sobrina Sol, que, a sus once años, es adicta al fútbol y a YouTube. Nieves sabe que para llegar al corazón de la niña basta con compartir las preocupaciones de su mundo infantil. Ha visto con ella vídeos de una familia inglesa de cuatro hijitos que hacen tonterías y travesuras jaleadas por millones de suscriptores. También ha visto vídeos de youtubers gritones que arrasan jugando al golf o al *Minecraft*. Pero las favoritas de la niña son las hermanas Müller. Le gusta verlas maquillándose, peleándose, hablando de chicos y preparándose para salir de fiesta. Le encanta Leandra, la bizca con mala leche.

Nieves ha empanado unos filetes de pollo para cenar, un menú infalible. Cuando entra en el salón con la bandeja, encuentra a Sol mordiéndose una uña mientras mantiene la vista clavada en el ipad.

—Ya está la cena.

Sol no responde. Una lágrima resbala por su mejilla. Nieves se fija entonces en el teaser de Pleamar, el pequeño avance de cada miércoles. Las dos hermanas amordazadas, el bamboleo grotesco para librarse de las amarras.

—Sol, ¿qué es eso?

—No lo sé. ¿Qué les van a hacer?

Nieves deja la bandeja en la mesa. Se sienta al lado de su sobrina y reproduce el vídeo.

—Están actuando, ¿no?

Sol no lo tiene nada claro.

—¿Me dejas tu móvil?

La niña no quiere buscar algún juego ni llamar a su madre ni chatear con sus amigas. Lo que pretende es consultar las redes sociales de las hermanas Müller.

Al analizar el Instagram de Martina se descubre a una joven fotogénica, descarada, divertida y segura de su belleza. A sus veinte años llama mucho la atención. Alta, rubia, ojos azules y pechos grandes y firmes. Leandra, tres años menor que ella, es bajita y está poco desarrollada. Tiene el pelo castaño y sus ojos pequeños y estrábicos son los de un animal asustado o los de un duende juguetón. No hay acuerdo en si la leve bizquera que padece afea su aspecto o le aporta encanto. Es muy difícil dar con una imagen de ella esgrimiendo una sonrisa directa. En casi todas sus fotos aparece en la sombra, como velada, como si el fotógrafo la hubiera encontrado después de buscarla durante un buen rato. Allí está ella, por fin, cogida en falta, seria, misteriosa o resignada a enseñar sus dientes delanteros en una sonrisa de desgana.

Pero Sol no quiere ver fotos concretas. Lo que busca es ver a qué hora han subido la última.

—No han subido nada desde las once de la mañana. Es imposible.

—¿Por qué es imposible? Igual estaban liadas.

—Siempre suben cuatro o cinco fotos al día.

Nieves la mira un instante. Sol está seria, preocupada.

—Anda, vamos a cenar.

—No están actuando —dice Sol.

Nieves apaga el ipad y consigue que su sobrina coma a trompicones. Esa noche se tumba con ella en la cama para ayudarla a dormir. La nota alterada. Sol no deja de darle vueltas al vídeo de Pleamar.

—En el de la semana pasada llevaban seis días sin interna, la habían despedido. Se llamaba Anita, le dedicaban el vídeo porque la querían mucho. Y dijeron que en el de mañana iban a presentar a la chica nueva, que seguro que su madre ya la había contratado.

—Ya verás como mañana lo hacen.

—No, porque lo habrían anunciado en el avance.

—Bueno, no te preocupes. Voy a apagar la luz, tú duérmete, que es muy tarde.

Se tumba en el sofá y trata de leer un rato, pero no se concentra. Piensa en el vídeo. Sugestionada por su sobrina, tal vez, ahora sí la gana una ligera aprensión. Es una noche fría y ventosa, de remolinos en las aceras, portazos en las casas y sacudidas de ramas en los árboles.

El inspector Mur

Darío Mur recuerda con precisión el gesto de su mujer cuando entró en la cocina y le dijo que quería hablar con él. Su memoria ha fijado para siempre la mezcla inverosímil de severidad y ternura que había en los ojos de ella y la sonrisa lánguida y algo perezosa que compensaba las notas duras de la mirada, y tal vez le hizo bajar la guardia una sonrisa que después, con el paso del tiempo, le pareció maliciosa y sádica. Hay que ser muy cruel para disfrutar del momento de una ruptura sentimental, pero se puede. Siempre se puede.

—Me he enamorado de otro hombre.

Eso dijo. Sin preámbulos, sin sentarse a la mesa en la que él masticaba una tostada. Se limitó a apoyarse en la encimera y soltó la información como el que anuncia que va a llevar el coche al taller. Darío pensó que la actitud más adecuada en ese momento era continuar desayunando en silencio, pero no quería reforzar las acusaciones de frialdad que había recibido tantas veces a lo largo de los veinte años de matrimonio, así que apartó el plato y la taza y se quedó mirando a su mujer con una expresión creíble de estupor.

¿Qué decir en un momento como ese? Las primeras preguntas suelen indagar en el dato de quién es el capullo que ha seducido a la señora casada y en cuándo ocurrió. La curiosidad también se expande para averiguar dónde se produjo la primera infidelidad y cómo. Pero lo único que importa es el qué y eso ya está dicho. Un hombre te ha desbancado, tu mujer se ha ido alejando poco a poco, un pasito más cada día, y tú no te has dado cuenta de nada. Y tu vida se desmorona en un instante.

La conversación no dio mucho de sí. La hora elegida, la del desayuno; el día, jueves.

Marta, una carrera a sus espaldas con varios cargos ejecutivos en empresas de comunicación, decía que el mejor día para despedir a un empleado es el jueves. Hacerlo el lunes o el martes es cruel porque enfrenta al desventurado a una semana eterna. El viernes puede empañar el fin de semana, así que hay que soltar el hachazo el miércoles o el jueves, y de esos dos días mejor el jueves, cuando la semana laboral ya está casi liquidada y el sábado y el domingo se pueden percibir como días propicios para la digestión de la mala noticia. Darío se preguntó si Marta habría aplicado esta tabla de consideraciones psicológicas a la hora de elegir el momento. La podía imaginar repasando la cuestión con su amante, poniendo sobre la mesa los pros y los contras de cada día. El jueves está bien, le damos tiempo a aceptar la realidad, a salir del *shock* y a buscar a un amigo que lo aloje el fin de semana. Siempre es más fácil que te acoja alguien un sábado que un miércoles, cuando los niños madrugan y las costumbres son más rígidas.

Tenía razón. Los dos primeros días Darío se atrincheró en la casa con el argumento de que era ella, la traidora, la que debía mudarse. Se estableció un pulso entre ambos, un pulso muy desigual, pues Marta exhibía su felicidad por cada rincón de la casa y él solo podía oponer su tristeza y su cabezonería. El sábado asomó un fleco de dignidad y de él tiró Darío para hacer la maleta y refugiarse en casa de un amigo, un subinspector de homicidios que pasó el domingo entero pegando tiros en un videojuego de guerra.

La idea de tomar más distancia le vino un mes después, cuando ya estaba instalado en un estudio y empezaba a disfrutar de la provisionalidad. Necesitaba irse lejos, pero no tan lejos como para no ver a su hija Ángela, que en plena adolescencia conflictiva podía necesitar a su padre. Le pareció que Tenerife era un destino perfecto. Lejos, pero no tanto. Una isla bonita que le traía buenos recuerdos.

Allí se podía contagiar de un ritmo de vida tranquilo y agradable.

Pidió una excedencia en el trabajo y se mudó a La Laguna, una ciudad colonial pegada a Santa Cruz. Allí trató de cumplir el sueño de escribir una novela, un sueño viejo que se había ido alimentando a lo largo de varios veranos, cuando tenía más tiempo para fantasear y para medir sus fuerzas con una tarea que le era desconocida. Desistió al cabo de pocas semanas al comprender que carecía de paciencia o de talento, o tal vez al sentirse poco preparado para pelear a cada frase contra su propia medianía. Descubrió lo frágiles que son algunos sueños y quiso convertirse en un lector exigente y concienzudo. Empezó a frecuentar una librería de La Laguna en la que encargaba novelas, biografías y ensayos. Ya que no podía disfrutar del talento propio, lo haría con el ajeno. Le resultaba admirable la capacidad de algunos escritores para llenar una novela de vida y de reflexiones agudas sobre el alma humana. Reflexiones sobre lo poco que sabemos sobre nadie, incluso sobre nosotros mismos.

Él se sentía un hombre práctico que no se dejaba vencer por los infortunios y, sin embargo, entró en barrena tras la ruptura de su matrimonio. ¿Tan enamorado estaba? Creía que no. Pero se había acostumbrado a la suavidad de su rutina y ahora la echaba de menos. También echaba de menos el sexo, y eso le parecía más extraño todavía. Con Marta llevaba años manteniendo una relación sexual esporádica y anodina, como para cubrir el expediente, y ahora añoraba el sexo con ella como si hubieran follado como bonobos. La lectura lo consolaba. La vida en La Laguna le resultaba agradable. Una vida para ir olvidando el mal trago y para reencontrarse a sí mismo.

Hasta que Marta lo informó de las novedades: le había salido un trabajo en Miami y se mudaba allí con su novio. Su hija Ángela quedaba fuera del lote. Ángela, dieciocho años, absentismo escolar, repetidora, varias expulsiones del colegio por mal comportamiento. Marta se quitaba de en medio y le dejaba de regalo al corderito.

Se había terminado su año en el paraíso. En Madrid le esperaban el ruido, los atascos, la niña díscola. Su viejo Scénic en el garaje del piso de Santa Engracia, en el que pensó que ya nunca más viviría. Marta tenía preparada la mudanza: se llevaba los libros, los discos, los recuerdos de los viajes que habían hecho juntos. Le dejaba el premio de mus que él ganó con el comisario como pareja, un armatoste de bronce que pesaba como un muerto. Un trofeo espantoso, una hija rebelde y una tartana. Eso es lo que recuperaba.

Entró en el moderno edificio de la Policía Judicial el último jueves de octubre y mantuvo una entrevista con el comisario Talavera. Le sorprendió la efusividad del reencuentro, como si en esa brigada faltaran manos o como si él hubiera dejado una impronta imborrable en el pasado, algo de lo que no era consciente. El primer miércoles de noviembre se incorporó al trabajo. Un día frío y ventoso, de remolinos en las aceras, portazos en las casas y sacudidas de ramas en los árboles.

El Doctor Milagro

A sus treinta y siete años, la subinspectora Nieves González mantiene el aire alegre y los ideales que la han acompañado durante su juventud. Está convencida de que una sonrisa no casa mal con el trabajo y parece haber firmado en alguna parte un contrato de una sola cláusula: hacerse mayor no es volverse serio. Le gustaría enseñarle ese contrato a Darío Mur. Cuando lo vio por primera vez en el vestíbulo de la Brigada Provincial, le pareció un hombre amargado. Una semana después le parece un hombre gris sin posibilidad de mejora. Todo un reto para una mujer como ella, sacarle una sonrisa.

No lo conoce, le gustaría tener tiempo de encontrarle las cosquillas, ella se tiene por una mujer habilidosa en las relaciones sociales y cree que siempre hay una vía para llegar a todo el mundo, incluso a las personas más secas y más impenetrables. Solo hay que encontrarla. Pero esa exploración tendrá que hacerla mientras investiga con él un caso. Lo comprende cuando el oficial Morillas se le acerca para informar de que los padres de dos jóvenes youtubers han venido para hablar con ellos. Según parece, han denunciado la desaparición de sus hijas en una comisaría y alguien les ha allanado el camino hasta la Policía Judicial. Son personas influyentes. Nieves no tarda en comprender que son los padres de las hermanas Müller.

—Diles que ahora mismo los atiendo —contesta seria mientras se levanta y se dirige hacia la puerta de su jefe.

Entra en el despacho del inspector Mur para ponerle en antecedentes. A Darío no le gusta que le interrumpan la lectura del periódico, un momento sagrado en su vida llena de costumbres fijas. Eso es exactamente lo que acaba de hacer Nieves y por eso la mira conteniendo la impaciencia.

—Por lo que me cuentas, no han pasado ni siquiera veinticuatro horas desde que las vieron por última vez.

Nieves toma aire y asiente. El inspector tiene razón. Puede ser un caso típico de dos jóvenes hartas de la presión de la fama que se regalan un par de días de juerga. Pero las redes arden con conjeturas y presagios y una petición de ayuda de la madre de las hermanas se ha hecho viral vía WhatsApp.

—Los padres están preocupados.

En realidad, la rumia no es solo de los padres. En otros tiempos se podría decir que la desaparición de las jóvenes ha sacudido la tranquilidad de la Colonia de los Diplomáticos, uno de los barrios residenciales más exclusivos de Madrid. Pero hoy, en la era de la tecnología colonizadora de hábitos y disciplinas, es más correcto decir que el suceso afecta a los más de dieciocho millones de suscriptores de Pleamar.

—De acuerdo, diles que pasen —dice Darío dejando a un lado el periódico.

Tobías Müller no se ha desprendido del acento alemán a pesar de que lleva veinte años afincado en España. Se le nota en las respuestas escuetas con las que va salpicando la conversación, incluso en las monosilábicas. No habla mucho, pero puede que su laconismo no obedezca a la timidez ni a un complejo por su fuerte acento. Tal vez sea un mero mecanismo de adaptación al medio. Su mujer, María Lizana, participa en una tertulia en un programa del corazón de Telecinco y está acostumbrada a avasallar a base de interrupciones o de largas peroratas. Imposible competir con esa fiera a la hora de tomar la palabra.

Nieves los conoce a los dos. Él es el cirujano plástico de las famosas, lo llaman «el Doctor Milagro». Hace unos meses le dedicaron un reportaje extenso en *El País Semanal*. Ella sale con frecuencia en televisión y en la prensa rosa. Darío, en cambio, ignora que está delante de dos personas célebres y destina sus primeros esfuerzos a no obsesionarse con el moreno tan visible que lucen en pleno otoño y a digerir y olvidar cuanto antes la reflexión sobre lo mal que encaja el dolor en unos rostros tan bronceados.

El doctor Müller no ha perdonado la hora del aseo personal: desprende un halo de elegancia en su media melena rubia bien peinada, en el afeitado impecable, en la americana marrón que viste sobre una camisa azul sin arrugas. El aroma de su colonia se mezcla con los matices frutales del perfume de ella, que viste un pantalón blanco, una camisa rosa y una chaqueta negra. Es difícil apartar la mirada del fulgor de su gargantilla, que parece envolver su figura en destellos de oro. El rostro no muestra ni una sola imperfección, ni calenturas ni ojeras, como si María hubiera pasado por un salón de maquillaje antes de acudir a la brigada.

Nieves no entiende por qué Darío asiente de forma perceptible. Lo hace porque acaba de encontrar las palabras que expresan con exactitud los sentimientos de la pareja: «sombría preocupación» en el doctor y «angustia» en la madre. Ambos se encuentran, por tanto, en la antesala del dolor. Un aleteo triste compunge por un segundo al inspector antes de entrar en materia.

—¿Por qué creen que a sus hijas les ha podido pasar algo?

—¿Han visto el vídeo? —pregunta María.

—Yo sí —dice Nieves—. Pero no queda claro si es una escenificación o si...

—No dan señales de vida —la interrupción demuestra los modales de una tertuliana ágil, fajada en muchos platós—. Tienen el teléfono desconectado y eso es imposible. Mis hijas viven pegadas al teléfono las veinticuatro horas.

María lanza una mirada de reojo como previendo una apostilla de su marido. Tal vez quiera matizar la exageración de las veinticuatro horas. Pero él se mantiene en silencio.

Parece compartir el diagnóstico sobre la adicción de sus hijas a las redes sociales: pueden abandonar a sus padres, incumplir compromisos profesionales, olvidar al novio y a los amigos y dejar los estudios para siempre. Pero no pueden vivir sin el móvil. Ha transcurrido un día desde la desaparición y las hermanas no han subido una foto a Instagram ni han escrito un triste wasap. Les ha pasado algo. El doctor Müller también está convencido de ello.

—¿Se habían ausentado alguna vez sin avisarles a ustedes?

—Sin avisar, jamás. Incluso si salen a un bolo de promoción o a una fiesta de youtubers y van a dormir en casa de una amiga, nos avisan. Siempre lo hacen.

De nuevo la mirada de reojo. Es como si María Lizana estuviera alerta todo el rato, aguardando una interrupción o una respuesta brutal a lo que acaba de decir. Como si la desconcertara el silencio paciente de su marido, su preferencia por la penumbra.

Nieves aguarda hasta ver si su jefe es de los que quieren llevar las riendas de la conversación. Como ve que no es así, decide intervenir.

—¿Saben si tenían algún problema o si había alguien que quisiera hacerles daño?

—¿Quién iba a querer hacerles daño? —dice María—. Son dos niñas maravillosas, populares, muy queridas. No hay más que poner cualquiera de sus vídeos en YouTube, los comentarios de la gente. Todo el mundo las adora.

—Puede que alguien las envidiara —dice Nieves.

—Exacto.

La palabra, pronunciada por el doctor Müller con su acento alemán, parece aterrizar sobre la mesa como una ficha de dominó. Su mujer lo mira como si se hubiera vuelto loco.

—¿Exacto? A ti te envidia mucha gente y nadie quiere hacerte daño. Y a mí también me envidia mucha gente. Pero eso no significa nada. Es normal, la envidia es del ser humano.

Darío se queda pensando por qué los Müller tienen vidas tan envidiables. Él no se ha sentido nunca merecedor de un sentimiento semejante. Sí, durante su retiro sabático en La Laguna recibió algún mensaje de compañeros que querían cambiarse por él. «Qué bien vives, cómo se lo montan algunos», le decían, ese tipo de fórmulas gastadas. Pero fuera de eso, nada. Nunca. Ahora que está de vuelta en Madrid, trabajando otra vez en la Sección de Homicidios y al cuidado de una hija sobre la que no tiene ningún ascendiente, duda mucho que alguien en su sano juicio pueda sentir envidia de él. Le da pena el cirujano, que abre la boca una vez y recibe una reprimenda.

—No sé si sabrán que para declarar una desaparición hay que esperar a que pasen cuarenta y ocho horas.

—Lo sabemos, pero seguro que usted se hace cargo, como inspector de homicidios, de que en el caso de un secuestro cada minuto cuenta, que las posibilidades de encontrar vivo a un desaparecido disminuyen después de las primeras veinticuatro horas.

Darío encaja en silencio la andanada. No le ha llamado policía, se ha referido a él como inspector de homicidios. Una mujer culta, acostumbrada a tener razón.

—No nos pongamos en lo peor, le aseguro que la mayoría de las desapariciones de jóvenes de esta edad suele terminar en un susto. ¿Es posible que sus hijas se hayan ido a dar un garbeo? Muchos hijos necesitan aire de vez en cuando, escapar de sus padres, mostrar su rebeldía.

—Mire —dice María—. He participado en un montón de tertulias en televisión sobre niños que desaparecen. Me sé de memoria las estadísticas. Pero conozco a mis hijas. Sé que no se han escapado.

—¿Qué relación tenían con ellas? ¿Se llevaban bien?

—Perfectamente.

¿Hay un temblor pequeño en el párpado derecho de María justo después de lanzar una respuesta tan rotunda? En los segundos de silencio que siguen, ¿aguanta el tipo como buenamente puede el doctor Müller?

—¿La convivencia en casa era buena? ¿No había ningún problema abierto con sus hijas?

—Ninguno. Somos una familia normal, con una vida normal.

—En una familia normal hay problemas entre los padres y los hijos, especialmente a ciertas edades.

—A ver, están en la edad de pasar de sus padres y de llevarnos la contraria. Pero fuera de eso, nada. Nos llevamos muy bien con ellas. Cariño, díselo tú.

María se gira hacia el doctor, como si de pronto se hubiera sentido acorralada o como si un reloj interno, afinado a lo largo de varios años de tertuliana, le indicase de pronto que ya toca ceder el turno de palabra. Es verdad que el silencio tan prolongado y tan pétreo del alemán empezaba a resultar muy ruidoso incluso para Darío.

—La carrera.

De nuevo cae la palabra sobre la mesa, como regurgitada por el doctor Müller.

—Eso no viene a cuento —protesta María—. Martina está en tercero de Publicidad. Y sacando unas notas estupendas. Y ahora se le ha metido en la cabeza que quiere dejar los estudios para centrarse en su carrera de youtuber.

—Y eso a ustedes no les parece bien —indaga Darío.

—Pues no. Me he hartado de explicarle que la fama en YouTube es efímera, que va a pasar antes de lo que se cree, que ese mundo quema mucho y que es importante tener algo a lo que dedicarse después.

—Comprendo. Y supongo que esta cuestión les ha hecho discutir.

—Una discusión normal entre una madre y una hija, nada grave. Vamos, que no creo que se haya fugado de casa por eso.

—¿Cómo es una discusión normal? —pregunta Darío.

La señora Lizana lo mira como si la estuviera provocando.

—¿Usted tiene hijos?

—Una hija de dieciocho años.

—Entonces sabrá cómo es una discusión normal.

—Las discusiones con mi hija son a grito pelado y terminan con ella marchándose de un portazo. Puede estar uno o dos días sin volver.

Nieves reprime el deseo de girarse hacia Darío, pero acusa la información personal que está suministrando. Se pregunta si es una estrategia para abrir una grieta en María Lizana o si de verdad su jefe tiene problemas serios en casa. En el silencio que guardan los Müller durante unos segundos hay conmiseración y algo de desprecio social por la convivencia barriobajera del inspector y su hija. Es María quien contesta, fría como el acero.

—Las nuestras son más civilizadas.

Nieves no entiende por qué se ha ido formando una corriente tan tensa en la habitación. Están hablando con dos padres desesperados por encontrar a sus hijas. ¿Quién es el culpable de esa atmósfera tóxica? ¿Darío? ¿La tertuliana por estar a la defensiva? ¿El doctor y sus silencios?

—Creo que han despedido recientemente a la interna —suelta de repente Nieves.

Darío no entiende la pertinencia del comentario. De buena gana tomaría el control de la conversación para llevarla por otro camino. Pero enseguida nota la crispación de María y comprende que no hay preguntas inocentes en ningún interrogatorio. Nunca se sabe por dónde va a saltar la liebre.

—¿Cómo sabe usted eso?

—Sus hijas lo cuentan en un vídeo.

—Dios mío, ¿hay algo que no cuenten?

—Lo cuentan todo —corrobora Müller.

—¿Me puede explicar qué importancia tiene ese tema, por favor?

Más que un ruego, es un desafío lo que María le lanza a la subinspectora.

—Sus hijas parecían muy tristes por el despido de Anita. Hablan mucho de ella, incluso le dedican un vídeo.

Tengo entendido que es la mujer que las ha cuidado desde que eran pequeñas.

—Ha estado con nosotros casi veinte años. Por supuesto que es traumático despedir a alguien así, pero hemos perdido confianza en ella.

—¿Por alguna razón especial?

—Me robó un collar de esmeraldas. Un regalo de mi marido.

El doctor asiente.

—¿Cómo sabe que fue ella?

Darío no deja de admirar el aire inofensivo con el que Nieves lanza esas preguntas. Ignora si llevarán a algún lado, pero de momento disfruta con el malestar creciente de María.

—Solo puede haber sido ella.

—¿No puede haberlo cogido alguna de sus hijas?

María clava una mirada de furia en el rostro algo sonrosado de Nieves. La situación se vuelve demasiado agobiante incluso para el doctor Müller, que abandona su silencio.

—Eso no tiene sentido. Mis hijas ganan mucho dinero con sus vídeos. ¿Para qué iban a querer un collar?

Darío reprime la tentación de hablar de su hija, una ladrona contumaz. Robaba dinero a su madre del bolso, roba en las tiendas, ha robado móviles de las mochilas de otros alumnos en el colegio. En un robo sucedido en una casa, el sospechoso número uno es el hijo adolescente. Su tosquedad y su vehemencia deberían delatarlo, pero la ceguera de los padres lo protege.

—Solo quería saber si habían pillado a la interna con las manos en la masa, a lo mejor una cámara de seguridad la ha grabado, o ella misma ha pedido perdón por su descuido...

—Ha sido Anita. No me pida que aporte pruebas, por favor —ruega María, ya cansada del tema.

—De acuerdo, siento haberla molestado con la pregunta, pero es muy importante para nosotros obtener toda la información. ¿Hay algo más que nos quieran contar?

—Mis hijas están todo el día colgando fotos. No cuelgan nada desde las once y veinte de ayer. Eso no es normal. Y luego está el vídeo de anoche. No es una escenificación. Está claro que les ha pasado algo. Hablen con sus amigas, por favor. Hablen con su representante. Alguien sabrá algo. Los padres siempre somos los que menos sabemos de la vida de nuestros hijos. No pierdan más el tiempo con nosotros, que si la interna o que si discutíamos por la carrera. La explicación de lo que les ha pasado no está en casa, está fuera.

—De acuerdo —dice Darío—. Haremos todo lo que podamos.

Se levanta para dar por terminada la conversación. Tiende la mano a María Lizana, que la roza apenas. Se la tiende también al alemán y él la estrecha con firmeza mientras lo mira a los ojos.

—Las han secuestrado.

Después de tanto silencio, la frase parece salir de una cueva y llevar pringado el barro de las verdades más profundas.

Pajaritas

La puerta la abre Andrés, un treintañero que viste pantalones con tirantes, camisa rosa y una pajarita gris con estampado marino. Darío intuye que esa indumentaria es moderna, pero a él le parece estar ante un dandi trasnochado de hace cien años. A Nieves, en cambio, le hace gracia. Sobre todo al ver que Anelis Guzmán, la dueña de la agencia de representación, también lleva una pajarita sobre una camisola blanca. Parece que ese complemento es algo más que el logo de esa agencia de representación de famosos.

La primera intención de Andrés ha sido la de mostrarse como un buen centinela e impedir el paso a los policías con el pretexto de que su jefa estaba muy ocupada. Pero Anelis ha abierto la puerta de su despacho de par en par.

—¿Son policías? Que pasen, los estaba esperando. Gracias, Andrés.

El despacho de Anelis muestra un desorden que a Darío le resultaría inaceptable. La mesa es un batiburrillo de contratos, dosieres, currículums, *books* de fotos, revistas, libros y objetos de papelería. El sofá parece un expositor de productos de cosmética, bolsos, ropa y bisutería que tienen toda la pinta de ser regalos que la agente recibe por sus servicios de mediación. Los otros posibles asientos, dos sillas junto a la pared, también están llenos de cajas de zapatos y ropa sin estrenar.

—¿Es usted la representante de Martina y Leandra Müller? —Darío lanza la pregunta al comprender que la conversación va a tener lugar de pie.

—De Pleamar, sí que lo soy. Me encelé con esas chicas por el nombre artístico, me chifla. Pleamar, la marea alta que

29

arrasa con los dibujos en la arena, que se lleva las toallas, que se lleva las chanclas, que se lo lleva todo. Es el nombre de unas chicas ambiciosas que se quieren comer el mundo.

—¿Tiene idea de dónde están?

—Eso es lo que me gustaría que me dijeran ustedes, dónde se han metido esas dos. Llevo toda la mañana apagando fuegos con los clientes a los que les han dado plantón.

Nieves carraspea para informar a Darío de que va a hablar ella. Aunque no es un código preconvenido, funciona.

—Antes ha dicho a su ayudante que nos estaba esperando. ¿Por qué? No la habíamos avisado.

—He oído su aleteo desde aquí —contesta Anelis, y acto seguido prorrumpe en una carcajada.

Darío la mira con enorme seriedad.

—Disculpe, esas chicas están desaparecidas desde ayer y sus padres están muy preocupados. ¿Ha visto el vídeo de anoche?

Suena un politono estruendoso en el móvil de Anelis. Está sobre la mesa, vibrando de tal forma que parece que va a saltar sobre ellos en cualquier momento.

—Mire, toda la mañana con el móvil. ¿Cómo cree que estoy yo? Díganme que el vídeo de anoche es una mamarrachada de las niñas, no quiero ni pensar en que las hayan secuestrado.

—Eso no lo sabemos todavía. ¿A qué clientes dice que han dado plantón? —pregunta Nieves.

—Ayer tenían unas fotos promocionales. Y esta mañana tenían que sacar unos pendientes en Instagram. No han hecho ninguna de las dos cosas. Y a ver esta noche, que tienen que vender unas botas en su vídeo.

Coge una cajita del sofá, saca unos pendientes y se los prueba. Antes de que pueda reaccionar, Darío tiene ante sí el rostro mofletudo de Anelis, que esboza una mueca que quiere ser divertida y seductora a un tiempo, pero que a ojos del policía resulta grotesca.

—¿Qué tal me quedan? —le pregunta.

—Oiga, ¿podemos hablar en serio, sin risas ni payasadas?

—Te los regalo —le dice a Nieves tendiéndole los pendientes—. A mí no me convencen.

—Gracias, pero no es correcto que un funcionario acepte regalos.

—No debería haber cogido a esas chicas, son muy conflictivas, me agotan —Anelis exhala un suspiro enorme.

—¿En qué sentido son conflictivas?

—Bueno, Leandra no. La que se pone pesada es Martina. Dice que la marca no se puede anunciar de forma descarada, que eso produce rechazo. Se ve que la niña estudia Publicidad y le quiere dar lecciones a todo el mundo. Que genera rechazo en el público ver que anuncias unas botas, yo me toco el melón y me lo creo.

Darío trata de pasar por alto la ordinariez, aunque le cuesta unos segundos. Es Nieves quien toma la iniciativa.

—A ver si lo he entendido. Martina prefiere anunciar los productos de una forma más sutil...

—Tan sutil que nadie ve que lleva las botas puestas. ¿Quiere ver cómo lo hacen otras youtubers a las que también represento? ¿Han visto los vídeos de Acacia?

—No sé quién es esa chica —dice Nieves.

—Acacia tiene casi tantos suscriptores como Pleamar, y no se pone picajosa a la hora de anunciar los productos. Los muestra, pone la mano y a otra cosa. ¿Tan difícil es? ¿No estamos todos en este negocio para ganar dinero?

—¿Usted discutía con Martina por esta cuestión de la publicidad? —pregunta el inspector.

—¿Que si discutíamos? Los gritos se oían en todo el barrio. Pero esa chica es muy cabezota. Le ponía los vídeos de Acacia y era peor, porque no la aguanta. Dice que ha comprado seguidores en Instagram, que todo el mundo lo sabe.

Una llamada telefónica interrumpe la conversación. Es el móvil de Darío, que él consulta con una ansiedad

31

llamativa. Responde al instante. Pronuncia frases escuetas, cortantes, ávidas.

Soy yo. Dónde. Cómo está. Voy para allá.

Guarda el móvil en el bolsillo interior de su chaqueta y toma aire.

—¿Algún problema? —pregunta Anelis.

—Me llaman de una comisaría de Aluche. Mi hija está detenida por hacer pintadas en la puerta del colegio y por insultar al policía que quería llamarle la atención.

—¿Cuántos años tiene su hija?

—Dieciocho. No sabe lo despacio que se hacen mayores. Me tengo que ir.

—Salgo contigo —dice Nieves, sorprendida por el impudor con el que su jefe airea sus intimidades. No le pega nada ser así, piensa, más bien lo contrario. Tal vez sea el primer prejuicio que tenga que desmontar sobre él.

Darío le tiende su tarjeta a la representante.

—Nos ha servido de gran ayuda. Si recuerda algo más sobre las chicas, lo que sea, no deje de llamarme. Cualquier detalle puede ser importante.

—Descuide. Y no se entretenga más, corra. Vaya a sacar a la niña de la pocilga.

La niña torcida

Ángela ha cometido seis faltas graves, algunas constitutivas de delito.

Ha hecho una pintada en la puerta del colegio. Vandalismo.

La pintada decía: «Sonia es una zorra». Insultos graves, pues, a una compañera de clase. Indicios obvios de *bullying*.

Dos municipales la han pillado redondeando la a final de la frase y, cuando le han llamado la atención, ella se ha puesto chula y los ha insultado. Según el informe, ha llamado «pringao» a uno de los policías, el que se ha dirigido a ella. Injurias y no sé cuántas cosas más.

Cuando le han pedido que ponga las manos en la pared, con la intención de detenerla, ha echado a correr junto a Rodri, compañero de clase y de fechorías. Resistencia a la autoridad.

En la persecución, al verse acorralada, ha saltado desde un puente con una caída de cuatro metros. Esto no es un delito, pero sí una irresponsabilidad. Tanto es así, que Rodri, su compañero, que la ha seguido en el salto desesperado, ha tenido la desgracia de caer en mala postura y partirse las cervicales. Está en el hospital, intubado, muy grave.

Ángela ha tratado de reanimarlo. Al moverlo de forma apremiante ha podido agravar sus lesiones. Aunque, para ser justos, hay que admitir que socorrer a su amigo en lugar de rematar la huida revela un fondo de nobleza y de lealtad.

En la comisaría se ha producido una escena delirante: el policía insultado quería hacer trizas el expediente y olvidarlo todo, y era Darío el que insistía en que se respetara el protocolo y se llevara el caso hasta sus últimas consecuencias, incluso a las puertas del juez, si hacía falta. De nuevo le sorprendió el aura que desprende su cargo de inspector de homicidios, él que lo asume cada mañana como una penitencia.

Su hija estaba en el calabozo, llorosa y con un ataque de nervios que no parecía fingido. Quería saber qué tal estaba Rodri, «no reaccionaba —decía entre hipidos—, tenía los ojos en blanco, parecía muerto». Darío le dio el parte médico, obtenido por boca de los policías, y se llevó a la niña a su casa. Ella insistía en pasar por el hospital para ver qué tal estaba su amigo, pero no era el momento. Había que ponerse serio, marcar límites, ejercer como padre, lo que quiera que sea eso. En el coche, tuvo lugar la siguiente conversación:

—¿Quién es Sonia, la de la pintada?

—Una chica de mi clase.

—¿Por qué la llamas zorra?

—Porque es una zorra.

—¿Te ha robado un novio?

—No voy a hablar contigo de eso.

—Quiero saber por qué llamas zorra a una compañera de clase.

—Vete a la mierda.

En este punto, Darío consideró que lo mejor era mantenerse en silencio el resto del camino.

Ahora, en casa, Ángela está encerrada en su habitación y Darío es su carcelero. Su cabeza bulle de ideas, preocupaciones y frases escogidas de libros buenos. ¿En qué momento se jodió el Perú?, piensa. Le entran ganas de releer *Conversación en La Catedral,* pasar la tarde tumbado en el sofá con Zavalita y encontrar el consuelo que siempre le ofrece la literatura.

¿En qué momento se jodió mi hija? Puede verla con tres años, él volviendo a casa del trabajo y oyendo al instante sus pasos precipitados en el parqué para abrazarlo antes incluso de que vacíe los bolsillos en el platito de la entrada. La recuerda a los cuatro años, aún miedosa de subir sin ayuda la escalera del tobogán, a esa edad en la que los otros niños ya han conquistado una autonomía temeraria. ¿En qué momento se jodió?

A los siete años era la niña más tímida del mundo en los cumpleaños familiares. Todavía le costaba relacionarse con algunos de sus primos. A los diez salía a montar en bici con Darío y sonreía feliz al verse capaz de seguir el ritmo de pedaleo de su padre. ¿A los trece?

El ruido de la cisterna indica que la prisionera ha salido de su cuarto. Darío nota cómo se le tensa el corazón. Teme que Ángela aparezca con una mueca desdeñosa, que le suelte alguna bordería, que se muestre desafiante. Afina el oído. Oye pasos y la puerta de una habitación que se cierra con suavidad.

¿Se jodió por las malas compañías? ¿Pasó por una depresión adolescente que ninguno de sus padres supo detectar? ¿Qué responsabilidad tiene un padre en la conducta errática de un hijo? Sus amigos tendrían ya la respuesta y la servirían con una ensalada: deberías haberla castigado cuando era una niña. Pero Darío piensa que no es verdad, que la vida de un niño pende de un hilo en muchos momentos invisibles y cruciales que escapan a la mirada del padre. En una influencia nefasta, en la sucesión de dos desgracias pequeñas o en una digestión pesada se puede estar fraguando el desastre que acecha al hijo desprevenido. No hay nada que hacer, salvo cruzar los dedos y desear que la rueda de la fortuna gire a tu favor.

El teléfono suena y es Nieves con novedades.

Las hermanas Müller salieron de su casa a las once menos cuarto de la mañana. Un vecino que estaba paseando al perro se cruzó con ellas y las saludó. Dice que llevaban puestas las gafas de sol, dato que no debería resultar sorprendente pese a que el tiempo estaba nublado. Martina las usaba por coquetería casi a todas horas, incluso cuando ya había caído la noche. En el caso de Leandra, las gafas eran el mejor disfraz para ocultar su bizquera.

Se dirigían a una sesión de fotos en el patio central de Conde Duque. Estaban citadas a las doce. La fotógrafa esperó hasta las doce y veinte y se marchó. A Darío le sorprende el poco margen que le concedió su paciencia. También, que se quitara de en medio sin intentar contactar con ellas para ver si estaban a punto de llegar. Hay mucho tráfico a esas horas, Madrid es una ciudad llena de impuntuales que se quitan el abrigo al entrar en el bar de la cita mientras explican con gran viveza las razones de su tardanza. ¿Era su manera de mostrar inquina hacia la fama de las youtubers, tan fácil de poner bajo sospecha al haber sido obtenida por medio de unos vídeos un tanto frívolos? Darío no lo descarta. De hecho, él mismo siente rechazo hacia estas nuevas formas de obtener popularidad.

En el patio de Conde Duque se quedó una representante comercial de una firma de cosméticos con la que Martina tenía un contrato de imagen. Leandra no podía aspirar a esa línea de negocio al ser todavía menor de edad, pero su hermana insistía siempre en que Pleamar eran las dos y la arrastraba a cada sesión de fotos y a cada fiesta promocional.

La representante comercial de la firma de cosméticos esperó hasta la una en el patio de Conde Duque. Ella sí intentó comunicarse con ellas o, mejor dicho, con Martina, a la que llamó cinco veces y escribió varios mensajes preguntando dónde estaba.

—No sabe decir si eran cumplidoras con las citas, los eventos promocionales y demás, esa sesión de fotos era el estreno de Martina como imagen de la marca.

—Buen trabajo, Nieves. ¿Algo más?

—He examinado las redes sociales de Pleamar. Martina colgó en Instagram una foto en la parada del Cercanías. Ella sosteniendo una Coca-Cola. «Instantes fugaces. Esperando al tren.» Ese es el rótulo de la fotografía.

—Eso demuestra que subieron a ese tren. Su intención era ir a la sesión de fotos de Conde Duque.

—Bueno, en rigor, la fotografía demuestra que llegaron a la estación, no que subieran al tren.

La precisión irrita a Darío.

—Es cierto, se podrían haber dado la vuelta. Pero lo más probable es que subieran, ¿no crees?

—Sí, es lo más probable. ¿Sabes cuántos likes tiene esa foto? Ciento veinte mil. Esas chicas arrasan, jefe.

—No me llames jefe.

—He pensado en reproducir sus últimos pasos y preguntar aquí y allá por si alguien vio algo raro. ¿Te parece bien?

—Muy bien. Te acompañaría, pero estoy en casa custodiando a un detenido.

—Comprendo. Luego te llamo.

—Mejor vienes a casa y me cuentas. Odio hablar por teléfono.

—Y te da miedo estar a solas con tu hija.

—Reserva tu perspicacia para el caso que tenemos entre manos, ¿de acuerdo?

Darío cuelga. Lamenta ahora su última frase. El caso que tenemos entre manos. No quiere pensar todavía en que tienen un caso abierto. Ha pasado poco tiempo para activar las alarmas, las youtubers pueden estar en cualquier sitio. Se tumba a leer a Vargas Llosa, pero le cuesta concentrarse. La fotografía de Martina insinúa que no era tan alérgica a la publicidad descarada como dice su representante. Toma nota mental de esa contradicción y al instante se reprocha el esfuerzo. Está actuando como si tuviera una investigación en marcha y todavía no es así.

Aguza el oído y trata de imaginar lo que está haciendo su hija. Seguramente está chateando, piensa. Menudo castigo encerrar a una hija en su cuarto, con el móvil, el ipad y el portátil al alcance de la mano. A él sí le habría molestado, cuando era joven, no poder salir a la calle. Pero ha cambiado la vida, los juegos al aire libre y la pandilla vagando por el barrio en busca de aventuras forman los contornos de un pasado lejanísimo. El único modo eficaz de castigar a Ángela habría sido confiscarle el móvil, pero no se ha atrevido a hacerlo. El castigo no es nada, una apariencia de autoridad, un arrebato que pone una solución simulada al problema. Las dos partes saben que el problema persiste cuando se levanta el castigo, pero actúan como si hubiera servido para algo, participan en la pantomima como perfectos compinches.

Hay algo aterrador en el silencio del piso, pero al menos ese silencio favorece la lectura. Darío logra leer un par de horas, hasta que la falta de noticias de su hija le empieza a resultar agobiante. Desearía llamar a la puerta de su habitación, pero sabe que no debe hacerlo. Opta por prepararse una merienda, como si el ruido pudiera atraer a la prisionera. Le gustaría verla entrar en la cocina desperezándose y metiendo la nariz en su sándwich, diciendo que tiene hambre, que se va a preparar algo. Escenas sencillas que él no puede vivir, por alguna disposición cruel del destino. Se arrepiente de haberla castigado. Siempre ha creído que la verdadera e inconfesable función del castigo consiste en vengarse del hijo que te quita tanta libertad, que hay algo embriagador en arañarle un trozo de esa alegría que muestra de forma exultante y que se contrapone a la vida condicionada y parca del adulto. No debería haberla castigado, pero qué otra cosa podía hacer.

Vuelve al salón y empieza a comprender que el silencio de Ángela tiene algo de regodeo o de revancha sutil.

Alguien quiere hacernos daño

Nieves es de esas personas que llegan a los sitios hablando y ese chorro sustituye al saludo convencional.

—Estaba obsesionada con las uñas.

Esa es la frase con la que entra en el piso de Darío, una frase sin preámbulos ni contexto, más que una frase, una llave para abrir la puerta de la conversación. La obsesionada por las uñas es Martina, el dato lo ha averiguado visionando vídeos de Pleamar. Darío va obteniendo los detalles sin dejar de admirar la extraña manera que tiene Nieves de invadir su espacio, su nula curiosidad por los muebles, la decoración o la falta de puntos de luz en el techo, alarde original del que se siente muy orgulloso. Nieves habita el salón como si hubiera estado allí otras veces. Ningún comentario sobre el piso. Ninguna pregunta sobre la hija castigada.

—He hablado con el chino Miguel. Reconoce a las chicas.

—¿El chino Miguel?

—El chino que hay camino de la estación. Compraron allí la Coca-Cola.

—¿Alguien más las reconoce?

—Nadie más. Pero hay cámaras en el andén, he pedido las grabaciones de esa tarde y también las de las cámaras de Príncipe Pío, que es su estación final si querían ir al patio de Conde Duque.

—Tendrías que pedir las grabaciones de todas las estaciones del recorrido.

—Eso solo tiene sentido si no se apearon en Príncipe Pío, vamos a economizar los esfuerzos.

Darío aplaude esa resolución. Por economizar esfuerzos, él todavía no se ha puesto a investigar en serio.

—¿No te quitas el abrigo?

—Ahora me lo quito.

—¿Quieres tomar algo?

Una figura cruza el pasillo como un rayo. Nieves solo acierta a percibir un bamboleo un tanto simiesco en el andar y un manchurrón verde que cruza un segundo por el vano de la puerta. Verde es el abrigo grunge que lleva Ángela. Un portazo da toda la información: la prisionera ha escapado.

—¿Esa era tu hija?

—Sí.

—¿No estaba castigada sin salir?

—Sí.

—Qué autoridad —se le escapa a Nieves.

—¿Tú tienes hijos?

—No.

—Entonces no sabes una palabra de lo que cuesta mantener la autoridad.

—Esta mañana me sorprendió el desparpajo con el que hablabas delante de Anelis de la detención de tu hija.

—Lo hago siempre. He descubierto que callarme me hace daño y proclamarlo a los cuatro vientos me sirve de exorcismo. Mi hija es una macarra insufrible que se mete en líos, no puedo con ella.

—Te lo tomas con filosofía.

—Con humor. Si no le encuentro el lado divertido, estoy muerto. No se puede ser padre sin tener sentido del humor.

—No quiero ofender, pero tú no pareces tener mucho de eso.

—Es tu opinión. Una opinión infundada, dado que no me conoces —se pone serio Darío, y al hacerlo advierte que está reforzando la tesis de ella.

—Todo el mundo cree tener sentido del humor, pero muy poca gente lo tiene de verdad.

—¿Y tú estás entre los elegidos?

Nieves lo mira unos instantes. De pronto intuye que ese hombre no puede ser tan seco, que no puede ser peor que el inspector Robledo, misógino, procaz, un jefe chapado a la antigua, un baboso que le hizo pasar el peor año de su vida, que la condenó al insomnio y al consumo de ansiolíticos. Le perdona la sequedad a Darío Mur a cambio de que no la piropee, que no le diga «qué guapa estás» o «qué bien te sienta esa camiseta», que no destaque lo mucho que le excita que se le marquen los pezones erizados en la ropa, que no le envíe mensajes nocturnos con proposiciones sexuales, que no le ponga la mano en el muslo cuando están sentados juntos en una charla magistral de un policía colombiano en Medellín. Bien mirado, quizá sea mejor un jefe seco que guarde las distancias.

—¿Te puedo enseñar un vídeo?

—¿De las youtubers desaparecidas?

—Sí.

El inspector se acerca a su portátil, que está en la mesa del salón. Nieves gana posiciones, se pone a los mandos y trata de encenderlo.

—Está bloqueado. ¿Cuál es tu contraseña?

—Nieves, no te voy a decir mi contraseña. ¿Estás loca?

—¿Tan ridícula es?

—Yo la pongo —dice Darío al tiempo que coge el teclado. Lo desbloquea y se lo tiende a su compañera.

Es ahora Nieves la que manipula el ordenador y, en cuestión de segundos, Martina Müller está mirando a cámara y explicando cuál es la mayor tragedia que se puede sufrir en esta vida: no encontrar tu camiseta favorita cuando te la quieres poner. El montaje muestra a Martina rebuscando en el cesto de la ropa sucia y en la cuerda donde se tiende la colada. Nieves sonríe cuando Martina, presa de la desesperación, se arrodilla en el césped y abre los brazos al cielo porque no encuentra la camiseta. Recuerda un día infausto en el que sorprendió a Anita usando un top viejo a modo de

41

trapo. Se lo había dado su madre porque consideraba que había llegado el momento de jubilar esa prenda.

Darío, muy serio, observa el vídeo mientras se clava una uña en la palma de la otra mano, uno de sus gestos más habituales para expresar impaciencia. El giro del vídeo es predecible: entra Leandra en la habitación y, naturalmente, viste la camiseta que su hermana llevaba horas buscando. La discusión empieza fuerte y se vuelve fea, hasta que Leandra le dice a su hermana que no es para tanto, que ella también se pone su ropa muchas veces sin pedirle permiso y, además, tienen que estar unidas porque hay alguien que quiere hacerles daño.

—Nadie nos va a hacer daño —dice Martina.

—¿Tú crees?

—Nadie.

Nos vamos a negro. Fin.

Nieves casi puede masticar el silencio que se impone en el salón. Se pregunta si él está calibrando la amenaza que se insinúa en el vídeo o si está buscando las palabras más hirientes para mandarla al infierno. A él, acostumbrado a degustar talentos añejos, labrados frase a frase en los libros que adornan su biblioteca, pequeña, pero de la que se siente orgulloso, le subleva que las hermanas Müller sean tan famosas.

—¿Estas son las tonterías con las que arrasan estas chicas?

—Mi sobrina las adora.

—Son dos gilipollas.

—Dos gilipollas adorables.

—En serio, Nieves, contéstame. ¿Cómo es posible que tengan éxito colgando esta mierda en la red? ¿Dónde está el mérito? ¿Dónde está el talento?

—Son espontáneas, son divertidas, tienen encanto, gustan mucho. Eso no es tan fácil de conseguir.

De acuerdo. Allá va la explicación que todo lo simplifica. Los criterios canónicos para juzgar el mérito han caducado y ahora funcionan otros: la naturalidad, la gracia, la capacidad de conectar con el público. Darío prefiere los viejos criterios. Y no está dispuesto a perder el tiempo con una historia viral sobre dos jóvenes que a lo mejor se han ido de aventura por ahí.

—¿No te preocupa lo que sale en el vídeo?

—¿Por qué me iba a preocupar? Alguien quiere hacer daño a esas chicas, eso dicen. A lo mejor se refieren a que una amiga quiere comprarse un vestido igual que el de ellas.

—No, están preocupadas de verdad.

—¿Cómo lo sabes?

—Las conozco, he visto un montón de vídeos de Pleamar con mi sobrina.

—¿Pleamar?

—Las pequeñas Lea y Mar, de Leandra y Martina. Es un acrónimo. ¿Sabes? Cuando se cogen las sílabas de palabras para formar una nueva.

—Sé lo que es un acrónimo.

—Si vieras más vídeos comprenderías que ellas no se preocupan por tonterías.

—¿Sabes lo que me preocupa, Nieves? Que mi compañera de trabajo vea vídeos de dos mamarrachas. Eso es cosa de adolescentes. ¿Cuántos años tienes?

—No tengo por qué contestar a esa grosería.

—Pues madura, cojones, que es patético comportarse como una niña.

Nieves se pregunta si esa agresividad es impostada, un escudo para evitar la cercanía en la relación de dos personas, o es una expresión natural de su carácter.

—¿Sabes una cosa? El inspector Robledo me lo hizo pasar fatal. Así que estoy vacunada.

Darío conoce el incidente de Nieves con su predecesor en el cargo, el comisario Talavera se lo ha contado. Una denuncia por acoso sexual que incendió la brigada. Él era un hombre carismático, con mucha experiencia y muy buenos números en su hoja de servicio. Siempre negó los hechos, lo que equivalía a pintar a Nieves como una mujer fantasiosa o como una loca. Talavera intentó resolver el problema intramuros, pero ella prefirió buscar el amparo de un juez. Pasó un calvario de declaraciones, careos, desprecios en el trabajo y bajezas de compañeros a los que creía leales. Pero consiguió que apartaran del servicio al acosador.

—No intentaba ser borde.

—Eso es peor, lo eres sin darte cuenta.

—Perdona, es que no entiendo la fama de estas chicas, creo que todo este fenómeno me pilla un poco mayor —reconoce Darío.

—Pues este caso te obliga a sumergirte en ese mundo. Mañana hemos quedado a comer con Acacia.

—Me suena ese nombre.

—Es la influencer acusada de comprar seguidores. Y una youtuber que está casi al nivel de Pleamar. He visto alguno de sus vídeos, competía con Martina en ver quién conseguía las uñas perfectas.

—Una rivalidad digna de tesis doctoral. ¿Por qué hemos quedado para comer? ¿No sería mejor verla a media mañana con un café?

—Tiene una agenda imposible, me ha dicho que solo le queda un hueco a la hora de la comida.

A los pocos minutos de irse Nieves, Darío sufre un episodio desconcertante: un vórtice de soledad lo succiona. Rechaza la sensación a manotazos, él se ufana de sentirse muy bien solo, de no necesitar a nadie. Hay algo que le preocupa: no sabe qué actitud adoptar cuando su hija vuelva a casa. En la lógica del padre autoritario, un castigo incumplido debería conducir a una medida más extrema, pero por mucho que lo piensa no sabe qué medida puede ser esa. ¿La reclusión por una semana? ¿Un ayuno forzoso? Todo le resulta cuartelario y absurdo, reacciones histriónicas que se sitúan en las antípodas de su sensibilidad. Se tumba en el sofá, deprimido, sabiendo de antemano que va a ser incapaz de concentrarse en la lectura.

Pleamar ha colgado un vídeo

El hombre con el que ha quedado se hace llamar Robertobenigni en la página de contactos, y eso le hace pensar a Nieves que se trata de una persona divertida. En los chats previos se ha presentado como un monitor de esquí, amante de la aventura y del buen cine, y también como un buen conversador al que le gusta mucho escuchar. Nieves sabe que esto último es una quimera. Según su experiencia, a los hombres les gusta hablar de sí mismos y no ceden de buen grado el protagonismo en la conversación. Pero al menos valora el hecho de que se atribuyan esa etiqueta, la del que sabe escuchar, y también le gusta notar los esfuerzos, al menos en la primera cita, por mantener esa virtud en todo lo alto. Se miente mucho en las páginas de ligoteo. Se miente con la edad, con el estado civil, con la fotografía supuestamente actual pero en realidad de hace unos años. Se embellecen las aficiones, las inquietudes, el lado idealista que nos alumbra. La gente fabrica una imagen aceptable. Todos los hombres con los que Nieves se ha citado decían que les gustaba viajar y leer, pero en las conversaciones en persona no apareció mención alguna a un viaje que marcara sus vidas o a una lectura esencial. Hay pocos viajeros vocacionales, que no protesten por las inclemencias de un cambio de costumbres tan radical como el que lleva aparejado el acto de viajar. Hay pocos lectores voraces que arañen tiempo al día enteramente regulado. Y sin embargo en los perfiles de esas páginas son las aficiones más mencionadas.

Toda la seducción de los primeros contactos en la web debe ser validada durante la primera cita, pero es tal la discrepancia entre lo que uno imagina y lo que luego se encuentra que Nieves acude a esos encuentros con las expectativas muy bajas. Se resigna al simple acto de hablar con alguien diferente, que no conozca a nadie de su entorno. Quiere escapar de la atmósfera del trabajo, muy viciada desde que tomó la decisión de denunciar a su jefe por acoso sexual. Quiere relajarse y tal vez terminar el día con un buen revolcón que la consuele de tanta mezquindad.

Tres decepciones la han convencido de que la vida de pareja es una de las grandes falacias de nuestra era. Su madre, que está preocupada por el hecho de que no tenga novio, piensa que los jóvenes cada vez aguantan menos las servidumbres de la vida sentimental. Nieves siempre le contesta que ellos, los de su generación, aguantaban demasiado, que tragaban carros y carretas, que lo importante en la vida es sentirse bien con uno mismo y que para eso no hace falta disponer de la muleta de un hombre. No le dice a su madre que lo único que echa de menos de la vida de pareja es el sexo regular, siempre a mano, aunque según el relato de algunas amigas a veces la pareja estable no te garantiza ni siquiera eso, y tampoco le cuenta que para paliar esa falta recurre a las páginas de contactos en internet, una herramienta promiscua, fiable y eficaz para relajarse un poco y caer en la ilusión de que uno escapa de la grisura general de la vida.

Fabio, que así se llama en realidad su cita de esa noche, es agradable, simpático, educado y guapo. Su cuerpo sostiene más kilos que lo que insinuaba la fotografía del perfil, pero aun así es un hombre atractivo. Escucha menos de lo que prometía, claro, aunque lanza algunas preguntas personales a Nieves que abren por unos segundos un flanco de lucimiento para ella, hasta que él consigue enganchar un cabo para llevar la conversación de nuevo a su terreno. Algo que dice ella le recuerda a él una vivencia personal que debe ser contada, y por eso la interrupción merece la pena. La historia de cada cita. Nieves tiene un arma secreta, hablar de su trabajo de policía, que suele despertar interés. Fabio bromea diciendo que él odia la violencia, que nunca habría quedado con ella de haber sabido que era policía, que ahora le da miedo terminar en la cama y que ella le ponga las esposas. Muy audaz el comentario, muy madrugador, todavía están con el primer vino y ni siquiera han traído los entrantes, pero ahí colea sobre el mantel la primera insinuación sexual.

Nieves nota la vibración del móvil en su bolsillo. De buena gana lo habría silenciado, pero tiene una investigación en marcha. Odia interrumpir la conversación con Fabio justo cuando se disponía a señalar la paradoja de odiar la violencia y opositar a inspector de homicidios. Iba a desgranar su vocación de combatir la podredumbre del sistema desde dentro, su compromiso con la seguridad y con la paz, con una vida mejor. El rechazo a convertirse en una de esas personas que se quejan por todo pero nunca hacen nada por mejorar las cosas. Ese discurso le quedaba siempre muy bien. Ahora tiene que sacar el teléfono del bolsillo y presenciar la mirada de decepción de Fabio, una mirada que se produce al mismo tiempo que ella musita una disculpa.

—Lo siento, pero es trabajo. Mi jefe quiere algo —dice al tiempo que responde la llamada—. Darío, estoy cenando. Dime.

—Pon YouTube. Pleamar ha subido un vídeo. ¡Date prisa, que lo van a quitar ya!

—¿Ha pasado algo? —pregunta Fabio.

Nieves tarda unos segundos en reaccionar. Comprende que Darío ya no está al otro lado.

—No lo sé, estaba nervioso. Dice que busque un canal de YouTube. Unas chicas muy pijas que graban tonterías. Habían desaparecido, pero parece que están de vuelta.

Habla mientras teclea en su móvil. Enseguida accede al canal de Pleamar y, antes de entender lo que está viendo y de poder prevenir a Fabio, él está inclinado hacia la pantalla y comparte el mismo espanto que ella. A las diez de la noche, horario de máxima audiencia, Pleamar ha colgado

47

un vídeo. Martina está sentada en una silla, con las manos atadas al respaldo y un cuchillo clavado en el cuello. Envuelta en sangre. Podría estar inconsciente, pero tiene toda la pinta de estar muerta. A su lado, en otra silla y también atada de pies y manos está Leandra, sollozando, hipando, tratando de decir algo sin el menor éxito, pues es incapaz de articular palabra.

—Me tengo que ir, lo siento.

Fabio, pálido, se cubre el rostro con las manos. Nieves se pone el abrigo, deja varios billetes en la mesa y dedica una última mirada a ese hombre que no rechaza el dinero que ella está pagando por una comida que ni siquiera ha probado.

El novio de Leandra

Después de visionar las imágenes más de veinte veces, Darío y Nieves comparten la impresión de que Martina está muerta. El cuchillo está hundido en el cuello casi hasta la empuñadura, lo que dificulta establecer la tipología. Pero parece un cuchillo de carnicero. Hay varios picotazos por el torso, cortes en los brazos y en las mejillas. El ensañamiento insinúa un odio feroz.

Igual que en el vídeo del miércoles, las dos hermanas están atadas con cuerdas a unas sillas de madera con asiento de anea. El vídeo es un plano fijo, algo tembloroso, grabado con un teléfono móvil. Se encuentran en una habitación espartana, el suelo de baldosas grises, la pared blanca con desconchones. Podría ser un almacén, podría ser un sótano.

—Así que iba en serio —dice Nieves—. Mi sobrina tenía razón.

—¿Tu sobrina?

—Nada, cosas mías. Leandra no tiene ni un rasguño. ¿Por qué?

—No lo sé.

—Quiere exprimir el botín —aventura Nieves con desesperanza—. Primero tortura y mata a una de ellas y después se meterá con la otra.

—En ese caso, tenemos una semana para encontrarla.

—¿Por qué lo sabes? Puede que ya esté muerta.

—Ha colgado el vídeo el jueves por la noche, como hacían ellas. La muerte de Leandra la subirá el jueves que viene.

Nieves lo mira, estremecida. Trata de digerir el calendario siniestro del asesino. No refuta la conjetura del inspector porque en realidad desea que tenga razón: eso les concedería una semana para encontrar a Leandra con vida.

—La pregunta es por qué lo hace —continúa Darío—. ¿Por qué sube el vídeo al canal de Pleamar?

—Le han tenido que dar las claves de acceso, el cabrón se las habrá sacado a hostias.

—¿Por qué busca este espectáculo, Nieves? Si las odia, ¿por qué no las mata sin más?

—Porque quiere una venganza televisada. Una venganza por todo lo alto.

—¿Has dicho venganza?

—Sí, pero estoy pensando en voz alta. No sé si es odio o venganza.

—Si el móvil es la venganza, buscamos a alguien que haya sido ridiculizado en los vídeos de Pleamar. ¿Se te ocurre alguien?

—No lo sé, llevan tres años colgando vídeos. No los he visto todos.

—Pero cuelgan uno por semana. No son tantos.

—Ciento cincuenta.

—Hay que verlos todos. El asesino está dejando pistas al enseñar este vídeo. Está claro que le interesa el espectáculo y eso tiene que significar algo.

—Es macabro, simplemente. Yo no veo ningún significado. El culto a la violencia.

—Puede que esté criticando la violencia. O la fama de dos chicas simplonas que no tienen talento.

—Eso se puede criticar con un artículo o con un tuit. No hace falta llegar a tanto.

—No me negarás que es más expresiva esta forma de crítica.

—Inspector, ¿estás hablando en serio?

—Estoy intentando pensar como el asesino.

—Antes has dicho que el vídeo deja pistas. ¿A qué te refieres? Yo no veo ninguna.

—Primero, no es posible que actúe solo. ¿Te imaginas a una sola persona reduciendo a dos tiarronas como estas?

—Puede que las drogara.

—Entonces estaríamos hablando de un crimen planeado.

Nieves se queda pensativa.

—¿Qué más pistas deja el vídeo?

Darío reproduce el vídeo de nuevo.

—Fíjate en la iluminación. No hay luz exterior.

—Puede que sea de noche. Y es posible que en esa habitación no haya ventanas.

—La iluminación es muy tenue. ¿Dirías que hay una bombilla en el techo?

—No. Más bien un flexo colocado en el suelo o en una mesa.

—No es un flexo. Es una luz envolvente y yo diría que verdosa.

—¿Unas velas?

—Unas velas darían una luz más tenebrosa y con claroscuros. Me recuerda a la luz de una lámpara de gas, de las que se usan en una acampada.

Nieves pone el vídeo una vez más. Lo mira con suma atención, como si una verdad inesquivable se fuera a descolgar de pronto en ese visionado.

—Se oye un zumbido. Como de un generador —dice.

—Yo solo oigo los gritos de Leandra.

—Se oye algo más. Escucha.

Darío abre bien las orejas. Además de los lamentos de Leandra, el silencio de la brigada a esas horas de la noche lo rompe el motor de una máquina de bebidas que hay en el pasillo. También los pasos de un oficial que sube las escaleras de dos en dos y entra en el despacho sin llamar previamente.

—Tenemos el rastreo del teléfono. Es un móvil libre, con tarjeta prepago con un bono de datos.

—Lo suponía —dice Darío.

—Hay que dejar un DNI asociado a la tarjeta, es obligatorio —señala Nieves.

—Ya, pero no siempre se hace —se encoge de hombros el auxiliar.

—Rastréalo por si acaso.

—Tendrá que ser mañana.

—Sí, sí, mañana. Ya es muy tarde —dice Darío—. Vete a casa.

El auxiliar se marcha. Nieves vuelve al vídeo, pero ya no cuenta con la atención de Darío.

—Yo no oigo nada, Nieves. Pásale el vídeo a Jandro, que lo destripe él.

Jandro maneja programas de detección sonora que recogen ecos lejanos, el ruido de una obra a varios kilómetros, el zapateo en un tablao de una chabola distante o el trino de un pájaro en Groenlandia. Es el policía perfecto para ocuparse del vídeo.

—Ahora mismo se lo paso. ¿Puedo dejar para mañana el visionado de todos los vídeos de Pleamar?

—Sí, vete a dormir.

—¿Y tú?

—Voy a dormir aquí. Mañana quiero ponerme temprano.

Nieves lo mira unos instantes, tratando de disimular la pena que le inspira la excusa esgrimida.

—Hasta mañana entonces.

—Hasta mañana.

Al día siguiente, Darío redacta una petición para que el juez autorice el peinado de esa tarjeta de datos. Con un poco de suerte, podrán averiguar dónde se conectó el teléfono para subir el vídeo a la plataforma. Incluye en su escrito el rastreo de los móviles de las hermanas Müller, aunque anticipa que no le va a servir de nada. Ningún secuestrador sería tan tonto de dejarlos encendidos. Cuando está desayunando, el oficial Morillas le trae una novedad: el locutorio que vendió la tarjeta SIM cumplió las normas y hay un DNI adjunto a la operación. El nombre no le dice nada al inspector, tampoco a Nieves. Juan Briones.

—Que lo vayan investigando —dice Darío—. Quiero que me acompañes a hacer algo que se me da muy mal. Dar malas noticias.

La Colonia de los Diplomáticos, en la panza del pueblo de Aravaca, es un entramado de calles en cuesta flanqueadas por plátanos de sombra. Un remanso de tranquilidad agitado los días laborables por los niños que salen de los colegios cercanos. Nubarrones negros se ciernen sobre las casas con jardín y el viento riza el agua de las piscinas. El chalet de los Müller está protegido del exterior por setos de boj. Se accede por una puerta de hierro que se abre con pesadez, con un rechinar lento que tiene algo de lamento angustioso. Darío y Nieves recorren el sendero de grava hasta la casa y ella va reconociendo rincones en los que Pleamar ha grabado alguno de sus vídeos. La parcela de hierba en la que Leandra y Martina practicaban llaves de judo, la hamaca en la que Leandra dormía una siesta mientras su hermana preparaba una broma para despertarla, algo tan sencillo como el tallo de una hoja para cosquillear su nariz. Hay algo penoso en el silencio del lugar, como si las risas y los gritos de las hermanas se hubieran quedado colgando en el aire.

María Lizana recibe a los policías con un cigarrillo en una mano y una expresión incierta que al principio a Nieves le parece de agotamiento, hasta descubrir que es algo más, es la tragedia cuajada en el rostro, la huella del dolor como un mordisco bestial que deja un hueso a la vista.

—Me han contado lo del vídeo. ¿Está muerta?

Darío asiente. Desliza las palabras de condolencia y trata de marcar una transición respetuosa que solo puede durar unos segundos, pues ha venido a pedirles algo.

—Nos ayudaría mucho en la investigación disponer de los ordenadores de sus hijas.

Tobías Müller se acerca con pasos silenciosos. Nieves advierte que lleva puestas unas pantuflas. Da la sensación de que el hombre quiere vomitar su dolor, expresar su rabia de algún modo concreto, pero no dice nada. Se limita a ocupar el espacio mientras María sube las escaleras con parsimonia, con el ritmo inseguro de una sonámbula.

Los dos policías permanecen junto al doctor, que se mete las manos en los bolsillos de su chaqueta.

Cuando por fin parece a punto de hablar, llega desde el piso de arriba la voz de María.

—No está.

El resto de la información lo suministra al bajar las escaleras.

—Su ordenador no está. Se lo debe de haber dejado a su novio. Vive aquí al lado.

—¿Me escriben la dirección? Y la autorización, si no es molestia.

—Firma tú —escupe el doctor Müller. Acto seguido vuelve al salón y se queda dando paseos de un lado a otro, caviloso y sombrío.

Nieves tiene la sensación de que se le está escapando algo. Algo que va mucho más allá de una cuestión de privacidad. Pero no encuentra el modo de indagar en una idea que no termina de cobrar forma en su cabeza. María le tiende un papel.

—Esta es la dirección de su novio, pueden ir andando.

Darío da un respingo al leer el nombre: Juan Briones.

—¿Juan Briones es el novio de su hija?

—Llevan casi un año saliendo. Ahora les firmo la autorización.

Darío y Nieves cruzan una mirada de inquietud. Él resopla antes de hablar.

—También quería que me acompañaran a la brigada para visionar el vídeo de anoche. Sé que es un momento desagradable.

María busca con la mirada a su marido, pero se ha adentrado en la casa y esta vez no asoma para dilucidar esta cuestión.

—Disculpen un momento.

Parados en el umbral, los policías intentan descifrar el bisbiseo de súplicas y protestas que llega desde el salón, una disonancia de graves y agudos que no cristaliza en palabras.

—Ve a hablar con el novio de Leandra, tráetelo a la brigada —ordena Darío—. Nos vemos allí.

El chalet de Juan Briones, el novio de Leandra, es algo más pequeño que el de los Müller, pero también tiene piscina y también está guarnecido por setos. Abre la puerta Cati, una mujer de unos cincuenta años cuyo aspecto le causa a Nieves una impresión muy desagradable. La piel de la cara está tan estirada que la mujer vive con una sonrisa perenne, una sonrisa en la que resaltan los labios como un fresón que hubiera brotado de la boca. Una correa elástica parece unir las sienes con las orejas, dando la espantosa sensación de que los ojos puedan salir disparados en cualquier momento. La nariz desciende recta hacia los labios, pero se aleja de ellos formando un gancho como un nabo ridículo o una rama tronchada. Quizá lo más llamativo sea el pómulo izquierdo, que está inflamado y termina de pintar el rostro con una deformidad monstruosa.

Nieves se pregunta cuántas operaciones estéticas llevará esa mujer encima, en qué clase de carrusel enfermizo se puede montar una persona para llegar a ese extremo. Muestra su placa de policía y los ojos de la mujer bailan de un lado a otro del distintivo, sin ton ni son.

—¿Se sabe algo de las niñas? —pregunta.

Nieves escatima los detalles escabrosos. Quiere ir al grano.

—Estamos investigando. Tengo entendido que su hijo es el novio de Leandra.

—Sí, llevan saliendo unos meses. Está muy preocupado, pobrecito.

—¿Podría hablar con él?

—No está en casa.

—¿Sabe a qué hora llegará? Creo que Leandra le prestó su ordenador y me gustaría llevármelo. Traigo una autorización de los padres.

—Lo tendrá en su cuarto. Lo utiliza para grabar sus canciones, se encierran ahí dentro y se pasan el día componiendo y cantando.

—¿Me lo puede traer?

—Pero ¿esto es legal?

—Es perfectamente legal.

—Mire, yo prefiero que se lo dé él. Mi hijo está todo el día con ese ordenador, viendo fotos o haciendo yo qué sé qué, no quiero que llegue a casa y vea que no está.

—Solo vamos a revisar su contenido, se lo devolveremos muy pronto.

—Mi hijo es especial, ¿sabe? Es un chico solitario, un poco raro. Me he separado de su padre hace unos meses y está sufriendo mucho. No lo lleva bien. Y yo no quiero que se enfade conmigo. Es lo único que tengo.

La sonrisa no desaparece ni siquiera en este momento de compunción. Es como si estuviera fijada con tornillos.

—¿Prefiere que espere aquí a que vuelva su hijo?

—No sé cuándo va a volver. Dice que ha ido a buscar a Leandra.

Nieves la mira con perplejidad.

—¿Cómo?

—Se fue ayer, cuando ya se empezaba a decir que les había pasado algo. Dijo que él sabía dónde estaba.

—¿Y no le dijo a qué lugar se refería?

—No. Solo dijo que si estaba viva, ella iría a su encuentro.

—¿Ha hablado por teléfono con su hijo?

—Sí, pero no me aclara dónde está ni cuándo piensa volver.

—Llámele, por favor. Quiero hablar con él ahora mismo.

Cati espanta la mirada, como si la sugerencia fuera un disparate. Pero se dirige a un aparador sobre el que descansa su móvil y marca un número. Mira a la subinspectora y enarca las cejas, como pidiendo perdón por la espera.

—No responde.

—Deme su número. Es urgente que hablemos con él.

Once segundos

Si el inspector Mur tuviera que elegir el momento más desagradable de toda su carrera, este se llevaría la palma. Se ha presentado en la brigada con los padres de Martina Müller para mostrarles el vídeo de su hija. Hay algo inhumano en someter a los padres a un tormento como este, pero Darío piensa que son testigos importantes. Podrían advertir algo raro en las imágenes, arrojar una pista clave. Algo que solo ellos puedan descifrar. Quiere que pase el trance cuanto antes y se siente culpable por ello.

Tobías Müller y María Lizana aguardan de pie, sin saber dónde ponerse ni qué actitud adoptar mientras Darío verifica que el vídeo está preparado. Podría contar los síntomas de estrés que está padeciendo: sudoración en las manos, sequedad en la boca, hormigueo bestial en el estómago, migraña. Es imposible no notar un estremecimiento al levantar la mirada hacia el matrimonio. Llevan el miedo en los ojos y su elegancia es como un animal moribundo. Está aplastada por la expectación del dolor.

—Como ya les dije antes, van a ver imágenes muy duras.

Ella asiente con displicencia, como animándole a saltarse la retahíla de tópicos. Darío pierde fuelle.

—Si prefieren evitar este momento, pueden negarse a verlas.

—Quiero ver a mis hijas —zanja el alemán.

—De acuerdo —Darío se acerca al ordenador y mueve el ratón para desbloquear la pantalla. El vídeo está en pausa, ya cargado—. Son once segundos. Quiero que me digan si ven algo raro, algo que pueda ser relevante para la investigación. Siéntense, por favor.

Le ofrece una silla a cada uno. Se sientan y mantienen la mirada fija en la pantalla. Darío acciona el vídeo. María Lizana se cubre el rostro con las manos, sin llegar a taparse los ojos. Tobías Müller mantiene el rictus serio, como de rabia embalsamada. No pestañea, no mueve un músculo. Los lamentos desesperados de Leandra resuenan en el despacho, pero Darío ya no los oye. Llevan toda la noche sonando en su cabeza y se los sabe de memoria. Sí le llama la atención un sonido nuevo, un sorbido de mocos o de lágrimas que emite María. Por lo demás, nadie habla cuando pasan los once segundos. Sería más fácil pasar el trago si se abrazaran, piensa Darío, si unieran en un solo dolor sus dolores respectivos. Pero no lo hacen. El impacto de las imágenes y la crudeza de lo que cuentan forman un silencio espeso, un estupor que es casi una parálisis. Darío aguarda con respeto.

—¿Por qué saben que está muerta? —llora María—. A lo mejor está viva.

—Está muerta.

Es su marido quien lanza la sentencia brutal. No quiere agarrarse a esperanzas vanas, actúa con las prisas del que quiere iniciar el luto cuanto antes, como si los golpes de la vida fueran poco más que un fastidio. Su seguridad desarma del todo a María, que se vacía ahora en un llanto imparable.

—Mi niña... Mi niña...

—Póngalo otra vez —pide Tobías.

Pronuncia la petición en un tono inflexible que sorprende a Darío. Su mujer está a su lado deshecha en lágrimas, rota por el dolor, y él no repara en ella, no le coge la mano ni susurra palabras cálidas, como si el hecho de compartir la desgracia con ella le dispensara del consuelo. Reproduce de nuevo las imágenes y el alemán las observa con un brillo enfermizo en la mirada.

—Llevaba el collar. El collar que nos robaron.

María detiene su llanto y se fija en el vídeo.

—¿Qué dices?

—Póngalo otra vez y pare la imagen —ordena.

No hace falta buscar el tramo exacto porque se trata de un plano fijo. Basta con congelar la imagen y seguir el dedo firme y de nudillos vellosos del doctor, que señala una mota enredada en las cuerdas que amarran a Martina.

—Eso no es nada —dice ella.

—Es una esmeralda del collar que te robaron.

Darío ha visto las imágenes más de cincuenta veces, buscando alguna pista, y no se ha fijado en esa mota que ahora se obliga a examinar. Es una plasta de sangre enfangada en el cáñamo. Un relieve puntiagudo, que podría ser de la cuerda deshilachada, esconde un brillo verdoso muy apagado. María menea la cabeza. Trata de ver la esmeralda, pero no la ve. Sin embargo, Darío ya no deja de verla, como sucede en esos juegos de percepción visual una vez que nos han enseñado la figura que antes se ocultaba.

Darío se estremece al ver que el alemán se gira hacia él y lo mira con sus ojos de un azul glacial.

—¿Quién le ha hecho esto a mi hija?

—No lo sabemos todavía.

—Quiero que lo cojan y le hagan lo mismo que le ha hecho a mi hija. Lo mismo.

—Encontraremos al responsable —dice Darío.

Cuando se queda solo en el despacho, permanece unos minutos con los ojos entornados, reponiéndose de tantas emociones. Tiene ganas de contarle a Nieves lo sucedido, pero necesita unos instantes de soledad. La frialdad del matrimonio Müller le parece poco natural, hay algo entre ellos que los separa de forma rotunda. A lo largo de su carrera ha dado muchas noticias luctuosas y nunca ha presenciado un divorcio tan palpable en las reacciones de cada uno. El doctor ha señalado un detalle en el vídeo que nadie había advertido: Martina se puso el collar de esmeraldas. No sabe adónde lo puede llevar ese hallazgo, pero intuye que se abre un camino nuevo por explorar.

Nieves telefonea con las novedades: Juan Briones está desaparecido y ni siquiera contesta al móvil. Aunque su madre considere que esa es su conducta normal, no deja de ser sospechosa. Un poco pronto, quizá, para pedir una orden de busca y captura. Faltan indicios, pruebas, diría el juez. Falta investigación. A veces, Darío siente el impulso de irrumpir en el juzgado y liarse a gritos y puñetazos hasta encontrar atajos en el protocolo. Por suerte, el juez está colaborando. Las órdenes para rastrear los tres números de teléfono ya han sido cursadas.

Tobías Müller conduce en silencio. El odio que siente hacia el mundo parece dibujarse en su ceño arrugado. Odia a la persona que ha torturado a su hija hasta la muerte, odia la violencia del mundo, la envidia y el mal, y se odia a sí mismo por sentir pasiones tan bajas, él que siempre se ha tenido por un hombre de paz, indulgente y hedonista. No se da cuenta de que el odio que siente es necesario, que está reemplazando al dolor que podría devastarlo en menos de cuarenta y ocho horas. Lleva unos meses tomando antidepresivos, no es el mejor momento para organizar un duelo de forma serena. Así que mejor la rabia, la sed de venganza, el deseo de matar con sus propias manos al asesino. Una furia homicida, una fiebre loca, esa es la sustancia viscosa que va cuajando en su interior. Una motivación para seguir viviendo.

A su lado, María Lizana mira por la ventanilla del BMW, que avanza con suavidad por la carretera de La Coruña camino de su casa, de su barrio absurdamente tranquilo y pacífico. Una burbuja irreal en medio de un mundo feroz. La devastación está marcada en su rostro como con un hierro al rojo vivo, o como con una de esas mascarillas que se aplica para hidratar la piel. ¿Cuánto tiempo llevará encima esta pátina terrible que le impone la vida? Varios meses, quizá. Ella vive en un mundo de apariencias, según unas normas que debe cumplir a rajatabla. No debe sonreír ni mostrarse alegre, tampoco cultivar una vida muy activa. Le toca mantenerse oculta, salir poco, comportarse con decoro y como una doliente ejemplar. No resultaría adecuado verla en una tertulia montando el teatrillo habitual de discusiones, insultos y peleas para entretener a la audiencia. No la van a llamar durante varios meses. Y es el peor momento posible para quedarse sin ingresos.

Ahora se arrepiente de haberse apartado de los cargos directivos en revistas del corazón. Directora de *Telva,* directora de *Semana,* subdirectora en *Yo Dona.* Años de éxito profesional, de ganar mucho dinero y de llegar tarde a casa. Fue orillando su carrera periodística según crecía la nómina de su marido. Quería pasar tiempo con sus hijas, disfrutar de la vida, ser más feliz. El trabajo de tertuliana le parecía perfecto: menos horas, ninguna responsabilidad, un sueldo decente para ir tirando. Hasta que cambió la situación. La vida soltó una de sus espantosas carcajadas. Ahora necesita dinero con urgencia. Y sabe que la muerte de Martina la aparta de la televisión por un tiempo. A menos que...

Una idea insidiosa se abre paso en su mente. Tanto que la hace sentirse miserable, tanto que agradece la máscara de consternación que lleva puesta y que impedirá a Tobías penetrar en sus pensamientos. Ella ha participado como tertuliana en muchos programas de sucesos. Marta del Castillo, Diana Quer, el pequeño Gabriel. Ella sabe las cantidades astronómicas de dinero que han ofrecido a los familiares para que acudan al programa a airear sus miserias. Ahora el destino la ha colocado a ella en el otro lado de la mesa. De pronto le parece mentira que no la hayan llamado todavía, que alguna compañera del plató no la haya sondeado, que no la cite algún capo de la cadena para una comida. Quizá estén dando por hecho que ella se ofendería con la sola propuesta, que jamás aceptaría parti cipar en un programa de cotilleos para hablar de sus hijas. Puede que la máscara de la consternación se esté agrietando un poco según va fraguando el plan de María: tiene que hacer llegar al programa, por el conducto que sea, su disponibilidad a participar en el carrusel del morbo.

Acacia

—Eran majas, sin más. Tampoco las conocía mucho. Coincidíamos en alguna fiesta, teníamos amigos comunes.

Acacia contesta a las preguntas con viveza y con una simpatía a prueba de bomba, la misma que muestra en su canal de YouTube que atrae a más de catorce millones de suscriptores. Sus vídeos se encuadran en el género llamado *lifestyle,* que incluye consejos de salud, belleza y viajes. Darío intenta penetrar en esa simpatía. Puede que a los veinticinco años la vida no la haya golpeado todavía con dureza, o puede que el personaje que ha creado para su canal haya tomado cuenta de la persona verdadera. Sin ninguna duda, es una mujer que quiere agradar.

Viste unas botas de cuero marrones que le llegan hasta las rodillas, vaqueros ajustados, un top blanco y una chaqueta con flores que parece un kimono. Una media melena con tonos rojizos le cae sobre los hombros. Es posible que una base de maquillaje pretenda ocultar unas ojeras. En el rostro afable, de languidez aristocrática, Darío cree encontrar la sombra de la tristeza.

—He estado viendo tus vídeos y me ha recordado en una cosa a los de Pleamar —dice Nieves—. Martina y tú compartís la misma afición por las uñas cuidadas.

Acacia arruga los dedos de una mano y se mira las uñas.

—Voy todas las semanas a hacerme la manicura. ¿Se nota? —extiende las manos para facilitar la inspección.

—Preciosas. ¿Había alguna rivalidad entre Martina y tú?

—Ninguna. Ella tenía tanto derecho como yo a cuidarse las uñas.

—No pareces muy afectada por su muerte —dice Darío.

—Seguro que si hubiera visto el vídeo no me entraría la comida, ¿vale? Pero su muerte me parece una putada.

—¿Una putada?

—Me parece horrible.

Acacia se pone a jugar con la lechuga en el plato. Da la sensación de que necesita componer una actitud, mostrarse más afectada de lo que realmente está. Pero de pronto saca el móvil, fotografía la ensalada y estudia el resultado. Se lo muestra a los policías.

—¿A que es bonita?

Es una explosión cromática. El verde de la lechuga, el naranja de la zanahoria rallada, el blanco del huevo duro. Una foto perfecta para su Instagram.

—¿Sabes si tenían enemigos? —pregunta Nieves.

—Ni idea.

—¿Alguna marca enfadada por su forma de enseñar la publicidad?

—Ellas hacían publicidad, todas lo hacemos. Ese es el trato.

Acacia consulta su Instagram. Quiere ver cuántos likes tiene la foto en el primer minuto.

—Martina decía que tú compras seguidores en Instagram.

Acacia sonríe y le muestra su Instagram en el móvil.

—La foto que acabo de hacer. Lleva un minuto colgada. Cuarenta y dos likes. ¿Crees que necesito comprar seguidores?

—Solo digo que Martina lo pensaba.

—A lo mejor quería ser la única que gustaba a la gente.

Acacia esboza una sonrisa amplia y se hace un selfie sosteniendo la botella de agua. Después se pone a teclear algo en el móvil.

Darío mira a Nieves. Es difícil hablar con una persona que no para ni un segundo de hacer fotos, de escribir mensajes o de consultar el teléfono. Así ha sido desde el momento en que se han reunido con ella. Los ha citado en una cafetería pija del paseo de la Castellana, un local que Acacia se encargará de poner en las pantallas de miles de personas que la siguen con fervor. Naturalmente, no pagará la cuenta.

—He visto que estás anunciando en tu Instagram un viaje —dice Nieves.

—Sí, me voy a Myanmar el mes que viene. Me muero de ganas.

—¿Viajas con gastos cubiertos?

—Claro, me lo paga la agencia de viajes y yo les hago el *claim* de ese país.

—¿Vas sola?

—Suelo ir sola. Pero esta vez me llevo a Vladimir, mi cámara.

—¿También le pagan los gastos al cámara?

—Se los pago yo. Me sale caro, pero es que lo necesito. Quiero colgar vídeos chulos desde allí, yo sola no puedo.

Darío advierte que la simpatía de Acacia se está resquebrajando. Ha perdido naturalidad en sus gestos, ahora está tensa. Cuando sostiene el móvil para sacar una foto, se nota que le tiembla el pulso.

—¿Cuánto tiempo te vas?

Nieves sigue lanzando preguntas. De nuevo le parece a Darío que un interrogatorio como ese, destinado a satisfacer la curiosidad sobre un viaje, no debería ir a ningún lado. Pero la subinspectora está siguiendo el rastro de su intuición: ha olfateado un matiz raro en la youtuber y quiere seguir exprimiendo el tema hasta la última gota.

—Es un billete abierto.

Hay un punto de resignación en la sonrisa de Acacia, como si estuviera confesando una derrota. De pronto parece ahogada por una oleada de tristeza. El cambio de humor es llamativo.

—Acacia, ¿qué te pasa? —pregunta Nieves.

Darío la deja hacer, está llevando muy bien la conversación. Él se distrae con las fotos que Acacia hace todo el rato, con los selfies que rompen el ritmo del diálogo. Le entran ganas de confiscarle el móvil hasta que terminen de comer.

—No es nada —dice Acacia, pero menea la cabeza, aprieta los labios y achina los ojos. Está a punto de llorar. Consulta su móvil y lo deja caer sobre el mantel con desesperación.

—Está en línea, qué hija de puta. Está en línea.

—¿Quién está en línea?

—Sofía Lombo.

—¿Quién es Sofía Lombo? —susurra Darío.

Nieves reprime un brote de impaciencia. No le gusta la interrupción.

—Una influencer muy famosa. De las más famosas.

—Es mi amiga —revela Acacia—. O era, no sé. Me daba likes a todo, compartía mis historias o por lo menos las comentaba. Y ya no lo hace. No sé por qué. Ha visto la foto de la ensalada, está claro que la ha visto. Y no le da al «Me gusta».

Darío tarda en comprender que está presenciando un drama real. Durante unos segundos aguarda la risa del bromista o al menos el comentario desenfadado que le quita hierro al asunto. Pero solo ve palidez, temblores y sufrimiento. La angustia de Acacia le recuerda a la de los familiares a los que él ha tenido que comunicar la muerte de un ser querido. El mismo estupor, las facciones congeladas, la sombra que arropa al doliente con un manto de consternación.

—Llevo dos meses perdiendo seguidores —dice Acacia—. Estoy en caída libre. Y lo peor es que no sé por qué. No he hecho nada. Hay bocazas que expresan sus opiniones sobre el aborto o sobre lo que sea y la cagan. Pero yo nunca digo lo que pienso.

—A lo mejor ese es el problema, que la gente quiere saber lo que piensas —dice Darío. Nieves lo fulmina con la mirada, como si hubiera dicho una tontería.

—No, no. No se puede decir nada, siempre hay alguien que se molesta —explica Acacia—. Una amiga mía subió una foto de ella en los toros. Al día siguiente había perdido la mitad de seguidores. Estuvo semanas llorando y sin salir de casa, y todavía hoy está hecha polvo.

—Pero tú nunca das opiniones —dice Nieves—. Tampoco Pleamar lo hacía.

—Si quieres ser popular, no puedes hacerlo. Pero mira. Sofía Lombo pasa de mi culo. No sé por qué. No sé qué he hecho. Cuelgo tres historias cada semana en Instagram, además de las fotos. Alimento mi canal. He contratado a un cámara para mejorar las fotos y la edición de los vídeos. Me lo llevo a Myanmar. ¿Qué más puedo hacer?

Nieves y Darío la miran en silencio. Es la imagen de la desolación. Ella consulta de nuevo su móvil. Menea la cabeza como si estuviera siendo víctima de una injusticia. Nada. Sofía Lombo no le concede el like a la foto de la lechuga.

Un hombre alto, de pelo largo y barba desaliñada que le da pinta de hípster, se acerca a la mesa. Acacia le hace un gesto con la mano a modo de saludo.

—Vladimir, llegas pronto.

—Come tranquila, yo estoy fuera. Cuando quieras, nos vamos.

—Espera. Ya que estás aquí, haznos una foto, anda. Son policías.

Acacia corre la silla para facilitar el encuadre.

—Nada de fotos —dice Darío.

—¿Por qué? Si no quieres, no te etiqueto.

—No quiero fotos, esto es serio. Estamos investigando un homicidio.

—Me ayudaría mucho subir una foto de los policías que están buscando a Pleamar.

—Acacia —dice Nieves—. No es buena idea.

Ella los mira con aire suplicante. Pero comprende que no hay forma de convencerlos.

—Pues nada. Yo me voy con Vladimir, quedaos el tiempo que queráis. La cuenta está pagada.

Acacia se marcha con el fotógrafo.

—Parecías dispuesta a posar para la foto —dice Darío.

—No digas tonterías.

—Si no me planto, estamos en su Instagram.

—No es verdad. Lo que pasa es que me da pena. ¿Has visto lo mal que lo está pasando?

—A ver, no ha perdido un hijo, ni un padre, ni un amigo. Ha perdido seguidores en sus redes sociales. No es para montar ese drama, cojones.

—No entiendes nada.

Darío la mira con furia, pero enseguida se tranquiliza. Da un sorbo a su vaso de agua y se recuesta en la silla.

—En eso tienes razón. No entiendo nada. Y te aseguro que no es gracioso. Aunque no te lo creas, llegará el momento en el que tampoco tú entiendas el mundo que te rodea.

Hater

Una cámara de la estación de Aravaca muestra a las hermanas Müller subiendo al tren. Una cámara de la estación de Atocha las recoge caminando con paso decidido hacia los tornos. No se bajaron en Príncipe Pío, luego no tenían ninguna intención de asistir a la sesión de fotos en el patio de Conde Duque. Las imágenes son borrosas, pero permiten intuir a dos jóvenes ejecutando un plan, sin coacción alguna y sin miedo. La estación de Atocha conecta Madrid con toda España. Pueden haber viajado a cualquier parte. Pero no parece que pretendieran alargar mucho su escapada: cada una llevaba una mochila por todo equipaje.

Nieves entra en su despacho sin llamar, o después de hacerlo con golpes en la puerta tan tímidos que él no los oye.

—Hay un troll.

—¿Cómo dices?

—Pleamar tenía un troll. Un hater. Alguien que las odia y que las insulta en los comentarios de los vídeos. Alguien que les tenía ojeriza, o manía persecutoria. Mira —se acerca a su ordenador, de pronto tropieza con el obstáculo de la contraseña y él la escribe exhalando resoplidos de paciencia.

En medio minuto tienen abierto el canal de Pleamar. Nieves encuentra lo que busca.

—Quince de octubre. Justiciero dice: «Vaya mierda de vídeo, cada día tenéis menos gracia. Dais mucha pena».

—¿Justiciero?

—Es un seudónimo. Mira este. Uno de octubre. Justiciero dice: «¿Alguien me puede explicar dónde está la gracia

71

de estos vídeos? Yo a estas hermanas las metería en ácido para que dejen de producir mierda».

—Ese comentario me parece que traspasa una línea roja. ¿No hay filtros? ¿Vale todo o qué?

—Sí que hay filtros. Aunque te cueste creerlo, lo ha pasado. Mira, otro. Dieciséis de septiembre. «¿Es figuración mía o Martina está cada vez más fea y más gorda?»

—¿Gorda? Yo me preocuparía más bien por lo contrario.

—Es un hater, solo quiere hacer daño. Pero ¿quieres ver lo mejor?

—Creo que ya he visto suficiente.

—No, espera. Nueve de septiembre. Justiciero dice: «Magnífico vídeo, me he reído mucho, las hermanas Müller son las reinas de YouTube. Que se jodan las demás».

—Joder, me entran ganas de ver ese vídeo. Tiene que ser una joya.

—No es el vídeo. He revisado los comentarios de este seguidor. Las adoraba. Y a partir del dieciséis de septiembre las empieza a poner a caldo.

—¿Qué pasó entre el nueve y el dieciséis de septiembre para que el justiciero empezara a odiarlas de esa forma?

—No lo sé, pero algo pasó.

—Vamos a seguir esta pista —dice Darío—. Pásale ese hilo de comentarios a los de delitos informáticos, a ver si pueden rastrear el puerto desde el que están escritos.

—Ya lo he hecho.

—¿Sin consultarme primero?

—Con todos mis respetos, jefe: el tiempo es oro. Y he aplicado la vieja máxima de que es mejor pedir perdón que pedir permiso.

—Bien hecho, Nieves —dice Darío al tiempo que coge su chaqueta—. Voy a hacer una gestión.

—¿Adónde vas?

—Luego te cuento, el tiempo es oro —dice ya saliendo.

Se dirige a Pajaritas, la agencia de representación de Anelis Guzmán. La ha llamado desde el taxi y ella se ha puesto muy contenta: agradece una excusa para salir de la oficina y tomar un café. Quedan en un Más que Cero que hay a dos manzanas de la agencia. Se sientan en una mesa junto al ventanal y él admira que una mujer tan voluminosa pueda mantener el equilibrio en un taburete tan pequeño. No la recordaba tan grandullona.

—¿Qué tal la niña? ¿Consiguió sacarla del calabozo?

—La verdad es que intenté por todos los medios que se quedara un par de días, pero no hubo forma. Me la tuve que llevar a casa.

Anelis se ríe con una carcajada áspera y festiva.

—Los hijos son una bendición y un martirio, pero no hay que hacerse cruces. Todo en la vida presenta dos caras.

—¿Usted tiene hijos?

—Tres, los dos mayores viven en Bruselas con su padre. Ahora están aquí, recorriendo España en coche. Y luego tengo otro hijo de padre cubano. Cuando me separé, tuve mi vida loca en la isla. Vamos, que me fui a La Habana a follar como un animal.

—No hace falta que me dé tantos detalles —dice Darío, incómodo.

—Los caribeños follan que da gusto, no como los españoles. Es otra historia, de verdad. Mira cómo se me pone la carne de gallina cuando pienso en mi Orencio —le muestra el antebrazo y Darío comprueba que, en efecto, la piel está erizada.

—¿Orencio es el padre de su hijo cubano?

—Mi exmarido. También me casé con él. Hasta que me dejó por otra. Pero siguió viniendo a casa, nos queremos mucho. Incluso venía con ella, ¿qué le parece?

—Abominable —contesta Darío, y al instante se sonríe al comprender que ha extraído esa respuesta de un cuento de Chéjov que le gusta mucho. Pequeños homenajes íntimos que nadie detecta, solo él. Eso le basta.

—Es buena chica. Y más joven que yo, qué le vamos a hacer.

—Ojalá me hubiera tomado yo mi separación con ese talante.

—El talante se elige, querido, se puede actuar sobre el ánimo mucho más de lo que pensamos.

Darío se queda pensando en la frase. Tintinean las pulseras de Anelis cuando levanta una mano para llamar a la camarera.

—¿Ha traído la agenda?

Anelis saca un cuaderno rojo del bolso.

—Vamos a ver... ¿Cuál es la semana que le interesa?

—La del 9 de septiembre.

Empieza a pasar páginas que están llenas de pegatinas, dibujos y subrayados en rotulador. Está claro que la representante se divierte tuneando la agenda.

—Pleamar, aquí. Claro, la fiesta. El 11 de septiembre fue la fiesta.

—¿Qué fiesta?

—Tres marcas de ropa se juntaron para dar una fiesta con influencers, celebrities, prensa del corazón y demás. Un evento por todo lo alto, chico. Si no estabas en la lista de invitados no eras nadie.

—Entiendo que era una fiesta exclusiva.

—Con invitación y acompañante.

—¿Podía entrar un troll de Pleamar?

—¿Justiciero?

—¿Lo conoce?

—Las chicas estaban fritas con ese tipo o tipa, que puede ser hombre o mujer.

—¿Tenían alguna conjetura sobre la identidad de Justiciero?

—Tenían varias, a cual más delirante. Incluso sospechaban de Acacia, a la que también represento yo.

—Dígame, ¿cómo se sabe si alguien ha comprado seguidores?

—Eso se nota enseguida. Es una simple regla aritmética entre seguidores y likes. Si tienes dos millones de seguidores en Instagram y solo diez mil personas dan al «Me gusta» cuando cuelgas una foto, es que algo va mal.

—Es que has inflado la cuenta de seguidores artificialmente.

—Exacto. Y eso te puede funcionar al principio, pero al final canta mucho, te pillan y te van dejando de lado, porque llegas a menos gente de lo que tú quieres aparentar.

—¿Ese es el caso de Acacia?

—Acacia es mi representada, no puedo hablar mal de ella. Además, tiene varios contratos de imagen con marcas importantes.

—Vamos, Anelis, necesito saberlo, yo soy discreto, no soy más que un policía.

—*Off the record* se lo puedo decir. Sin duda ha comprado seguidores.

—Hoy he comido con ella. Estaba destrozada porque una celebrity ha dejado de seguirla.

—Sofía Lombo. Está obsesionada con esa mujer. Y no me extraña. Es la gran influencer de este país. Un poco avariciosa, me parece a mí. Acapara todo el pastel. ¿Sabe quién se ha quedado con la campaña de cosmética que tenía Martina? Sofía Lombo. No lleva ni dos días muerta y ese buitre carroñero ya ha tomado posiciones, ¿qué le parece?

—Veo que Sofía Lombo no está en su cartera.

—Ya me gustaría a mí que estuviera...

—Pues Acacia sufría mucho con la indiferencia de Sofía, daba pena.

—He visto casos peores. Chicas que están en tratamiento psiquiátrico por depresión porque han perdido seguidores. El mundo se ha vuelto loco. Hay gente que va de viaje a lugares exóticos y solo vive para hacer la foto maravillosa y ponerla en Instagram. No son capaces de disfrutar del viaje, o algo peor: hacen de esa búsqueda obsesiva su único disfrute.

—Disculpe un momento.

Darío se levanta al ver que Nieves lo está llamando por teléfono.

—Dime, Nieves.

—Se llama Omar Berrocal, estudia cuarto de Publicidad, se le puede guglear. Su página web no tiene desperdicio.

—¿Estás hablando de Justiciero?

—Pues claro. ¿Has oído hablar de la publicidad agresiva?

—No.

—Si quieres una *master class,* entra en la web de este chico.

—Es urgente que hablemos con él, Nieves.

—Lo he intentado localizar. Pero no responde al teléfono.

—Sigue intentándolo. Buen trabajo.

Cuando Darío vuelve al café, Anelis está guardando el cuaderno rojo en el bolso.

—Disculpe, era trabajo.

—No se preocupe, yo también he tenido una llamada de trabajo. Acacia.

—¿Qué le pasa?

—Está deprimida, tengo que levantarle el ánimo.

—Vaya, espero que no sea nada.

—Son niñas malcriadas. Más que una agencia de representación parece que tengo un jardín de infancia —le tiende la mano—. Un placer, inspector. Espero que nos volvamos a ver pronto.

—¿Le dice algo el nombre de Omar Berrocal?

—¿Omar? Claro. Es buen chico, pero no era buen cámara, en mi opinión. Es el que grababa los vídeos de Pleamar.

—¿Es posible que asistiera a la fiesta de septiembre?

—Fue con Martina. Yo estuve charlando un rato con él. Pero las cosas no estaban bien entre ellos. Es más, creo que lo dejaron esa misma noche.

—¿Cómo que lo dejaron?

—Omar y Martina eran novios. De esos mal avenidos, pero novios.

Dos meses antes

Martina no se ha acostumbrado al griterío de emoción que se forma cuando llega a los sitios. Todavía tiene que contener el impulso de girarse para ver si hay un cantante famoso cerca, o un actor de los que arrasan entre el público adolescente. El desconcierto dura apenas dos segundos, los que tarda en comprender que es ella quien provoca el alborozo. Viene con Leandra de la mano y enseguida acceden al *photocall,* una alfombra roja guarnecida con paneles de publicidad junto a los que posan las dos jóvenes con la sonrisa en todo lo alto y la mirada feliz. Nadie diría que hace unas horas han discutido ferozmente por unos pendientes de jade que querían lucir ambas y que luce Leandra, que ha hecho valer el argumento de que combinan mejor con su atuendo. Es cierto: lleva unos pantalones negros, muy cortos, y una camisa verde botella a juego con las deportivas que calza. El destello de los pendientes remata un conjunto que no luce mucho al lado del de su hermana. Martina va embutida en un vestido negro de fiesta, espectacular, calza tacones de vértigo y el pelo dorado baila sobre sus hombros como el fulgor de una antorcha. Alta, rubia y con un busto generoso, parece un ídolo teutón junto a la pobre figura asustada que casi siempre compone Leandra, más bajita, menos estilosa, morena y encima bizca, para el que se fija bien.

En la puerta del Florida Park, en el Retiro, se suceden los *flashes* de las cámaras, que crean el efecto de un campo de luciérnagas. Es difícil dar con una adolescente que no esgrima su teléfono móvil, como si fuera el arma de combate de un regimiento. En un extremo del enjambre humano, alejado un par de metros, un joven fuma con aire huraño. Viste una chaqueta que le viene grande y una camisa azul marino. Es Omar Berrocal, el cámara de Pleamar. Se aprecia en Martina un resto de su última sonrisa, pero es como una estrella fugaz. Ya se ha apagado cuando se reúne con él.

La fiesta es en el jardín. Camareros con pajarita ofrecen bebidas y canapés, y entre ellos flota Anelis atrapando cervezas y algo de comida. También luce su habitual pajarita, pero hay algo carnal y tosco en ella que impide tomarla por una camarera. Nadie le pedirá una copa de rioja. Con una cerveza en cada mano, Anelis se acerca a Acacia y a la joven que la acompaña, Noemí, a la que presenta como su novia. Hace solo un mes, en la última fiesta, apareció con un hombre llamado Ismael al que también presentó como su novio. Pero Anelis finge no sorprenderse. Acacia está en pleno desarrollo de su tema de conversación favorito, que consiste en desgranar lo efímero del enamoramiento, la facilidad con la que ella entra en combustión y lo pronto que se enfría, asunto que desarrolla en presencia de Noemí como si ella no tuviera más remedio que compartir su visión y el desparpajo con que la explica, pero se calla de pronto y abre los brazos en un gesto teatral.

—¡Martina!

Dando pasos de pato se acerca a Martina y le planta dos besos.

—Qué guapa estás, cabrona —luego mira a Leandra, como sorprendiéndose de encontrarla siempre allí, orbitando alrededor de su hermana—. ¿Qué tal estás, Leandra?

—¿Tú qué tal?

Un estudioso del lenguaje habría desarrollado ya una teoría sobre esa costumbre de Leandra de no contestar nunca a la simple pregunta de qué tal está. No quiere decir que bien, porque no lo está, y tampoco quiere contestar la verdad porque eso podría llamar a nuevas preguntas que conducirían a la respuesta final: no estoy bien porque no me gustan las fiestas. No me gusta ser famosa y mucho menos la hipocresía de este mundillo. Leandra prefiere escapar de las preguntas y disfrutar del escaso interés que suscita en este tipo de reuniones. Entre perpleja y divertida, asiste al intercambio de efusiones entre Martina y Acacia, que se detestan de forma muy educada. Aunque esta vez el acto de hipocresía dura menos que otras veces, pues una mujer con aire de ejecutiva irrumpe en la conversación con la urgencia de hablar con Martina. Es la responsable de marketing de una de las marcas que anuncia Pleamar, y está descontenta con el último vídeo.

—No se ven las botas en el vídeo.

—Claro que se ven —se defiende Martina—. Lo que pasa es que no las enseño a cámara porque eso produce rechazo. Y pierdes seguidores.

—Vale, eso lo entiendo. Pero es que no se ven.

—Sí que se ven, Paloma —media Leandra.

—Yo tengo la solución.

Omar saca una libreta del bolsillo y consigue captar el interés de las tres mujeres. En la primera página, una viñeta representa a Martina y Leandra peleándose descalzas.

—La gente se vuelve loca con las peleas de las hermanas. Les encantan. Propongo montar una pelea en la que las dos están descalzas.

Pasa una página para enseñar la siguiente viñeta. Está tan concentrado que no advierte la mueca de disgusto de Martina.

—La pelea la gana Leandra, que ataca con malas artes. Un pisotón por sorpresa, una patada. Y entonces... —pasa otra página—. Martina se calza las botas y contraataca.

En la última página, Omar ha dibujado un primer plano de las botas y un eslogan: pisando fuerte.

—Se ven las peleas, se ven las botas, se ve todo.

Omar se guarda la libreta, satisfecho. Paloma se retira un mechón de la cara y no se molesta en disimular la irritación.

—No vendemos botas para dar patadas. El vídeo de ayer no vale, chicas. Pensad en otro.

Martina está tan enfadada que ni siquiera espera a que Paloma se aleje lo suficiente antes de lanzarse a por Omar.

—¿Tú eres gilipollas?

—No me insultes —dice él poniendo el índice muy cerca de la cara de ella.

—¿A quién se le ocurre proponer esas ideas de bombero?

—Te estoy intentando ayudar. Que vendas publicidad de forma más creativa, cojones, que no te enteras.

—¿Haciendo dibujitos en tu libreta? ¿Así me ayudas?

—Es un *storyboard* —dice Leandra.

—Es una gilipollez —resume Martina.

—Te vuelvo a repetir que no me insultes.

—Tú eres el cámara, ¿vale? Limítate a grabar y a editar los vídeos. No des ideas.

Un clamor llega de fuera. Sofía Lombo, la *it girl* de moda, la influencer con más seguidores en Instagram, acaba de llegar a la fiesta. Lleva un vestido blanco, de princesa, con una cenefa en la cintura. Un tocado primoroso. Se adentra en el jardín dando besos y repartiendo sonrisas, como si regara el lugar con un chorro de simpatía. Martina se obliga a recomponer su porte, aunque sabe que todavía quedan unos minutos para que la recién llegada la aborde. Acacia le sale al paso, la cubre de zalamerías, de chascarrillos, consigue crear la complicidad ilusoria de los buenos saludos. Leandra nota que su mirada bizquea. Es un tic nervioso, siempre se siente intimidada en presencia de esa mujer.

Sofía se libra por fin de Acacia y se acerca a ellas.

—¿Has visto a mi hermano?

Lo dice al tiempo que da dos besos a Martina y otros dos a Leandra.

—Estaba fuera, ha llegado el primero, se quería hacer un selfie contigo.

—No lo he visto —dice Martina.

—Está enamorado de ti, no se habrá atrevido. Pobre.

—¿Por qué no entra? —pregunta Leandra.

—No puede, aquí se agobia con tanta gente —dice Sofía.

A Leandra le gusta ese chico porque tiene una discapacidad intelectual. Es lento, no sigue las conversaciones y parece vivir en su mundo. Pero tiene la mirada brillante y un gesto travieso que a ella le encanta. Le gusta pensar que está jugando, que ha hecho de la vida un juego con reglas propias, como si supiera algo que nadie más conoce. Lo ha visto en el Instagram de Sofía, que lo adora y lo retrata una y otra vez. Martina no deja de notar el desprecio con el que Sofía, una vez más, despacha la presencia de Omar. Ni siquiera lo saluda. Es un simple cámara, lo considera de una casta inferior. En otros momentos le podría molestar ese desdén, pero ahora que está enfadada lo disfruta. Él es orgulloso y sabe cómo responder a la ofensa. Aprovecha la pasada de un camarero con una bandeja y se hace con dos bebidas.

—Tomad, que estáis secas.

Ofrece una a Martina y otra a Leandra. Nada para Sofía. Ha conseguido el objetivo doble de ofender a Sofía y avergonzar a Martina, que crispa los labios un instante. De manera que hay una batalla soterrada entre ellos. Leandra sabe que tendrá que recoger los restos del naufragio, no es la primera vez que se pelean y siempre empiezan así, con desplantes que parecen poca cosa. Sofía sale del paso proponiendo un selfie de las tres. Pone su mano sobre el hombro de Leandra y ella intenta disimular la incomodidad que le causa el contacto físico, sufre un espasmo de gata huraña y se esfuerza en mantener la sonrisa mientras ve que Omar se retira con aire sombrío, se acerca a otro grupo y poco a poco al de Acacia, artero, como un depredador rondando a una presa. Pretende dar celos a Martina y elige a la mujer más indicada para montar el teatro. Primero se gana la confianza de Noemí, a la que hace reír con una frase depositada en el oído. Después extiende sus redes hasta la otra, la que de verdad le interesa.

La noche promete emociones fuertes, Leandra lo sabe y en esos momentos echa de menos a su novio. Le gustaría que estuviera allí con ella, pero Juan es taciturno y alternativo, desprecia las redes sociales y los codazos por un like. Ni siquiera ve los vídeos de Pleamar. Sí tiene WhatsApp. Esa es la vía que ella empleará al llegar a casa para decirle que lo ha echado de menos. Él no estará en línea y ella se hará la enfadada al día siguiente. Pero en el fondo le encanta que su novio sea así.

Sofía Lombo continúa con su paseo por los jardines y Martina busca con la mirada a Omar. Ha conseguido arrinconar a Acacia y los dos parecen estar pasándoselo muy bien. Cerca de ellos, Noemí mordisquea un canapé y cruza una mirada de resignación con Martina. A Leandra le gustaría decirle a su hermana que no entre al trapo, que está en juego su dignidad y también la producción de los vídeos, que han puesto en manos de ese hombre. Un error en toda regla mezclar los asuntos del corazón con el trabajo. Pero Omar está olfateando el cuello de Acacia y ella se ríe complacida, segura de que esa escena descarada adorna la noche de algún modo mágico. Y Martina interrumpe el olfateo agarrando a Omar de la muñeca y tirando con fuerza de él, que la mira con expresión de victoria. Leandra está convencida de que la copa de cerveza que sostiene Martina estaba destinada a Omar, pero es Acacia la que toma la voz cantante para pedirle que se tranquilice, que solo estaban jugando a adivinar su perfume, y es ella la que recibe la ola de cerveza en la cara. Omar se interpone entre las dos mujeres antes de que lleguen a las manos, Anelis se acerca a poner paz y Noemí, hasta entonces tan modosa, agarra del cuello a su novia y la aparta de allí con una furia inesperada.

Martina corre hacia la salida y Leandra se pregunta por qué ella no ha intervenido, por qué la vida le parece siempre un paisaje que contemplar en vez de un campo de batalla. Tendrá su momento de protagonismo por la noche, en su habitación, cuando Martina la reclame para desahogarse. No es la primera pelea que presencia entre ellos, pero algo le dice que esta, ante testigos y con la participación insidiosa de Acacia, podría ser la definitiva.

Martina no devuelve el adiós al portero. Se aleja del Florida Park hasta llegar a un banco del Retiro y allí se sienta a llorar de forma desesperada. Alguien le toca el hombro. Es Adrián, el hermano de Sofía Lombo.

—Te estaba esperando —dice con una sonrisa.

Martina achina los ojos, intenta sonreír, se limpia las lágrimas con el dorso de una mano.

—Adrián... Lo siento, no te he visto al entrar.

—Estás triste.

—Estoy bien, no te preocupes.

—¿Por qué lloras?

—No lloro. Ya se me ha pasado. ¿Nos hacemos un selfie?

—¿De verdad?

—Claro, ¿tú no querías un selfie conmigo?

—Sí, pero es que estás triste.

—Sonrío y no se me nota. Siéntate aquí conmigo.

Le hace un sitio en el banco. Él se sienta con las rodillas muy juntas, sonriente.

—¿De verdad no te importa?

—Hazme todas las fotos que quieras.

Él saca su móvil y lo sostiene con una mano temblorosa.

—Espera —dice Martina—. Te tiembla mucho la mano.

—Estoy muy nervioso.

—La saco yo.

Coge el móvil de Adrián, que sonríe con un punto de vértigo desde las profundidades de su mente. La sonrisa de Martina es preciosa.

Justiciero

En las imágenes sale un anciano cruzando la calle. Truena la bocina de un camión que no logra impedir el atropello. En el cadáver hecho puré se lee sobreimpresionado: «Un buen oído te salva la vida. Audífonos al cincuenta por ciento».

Nieves clica ahora en otro vídeo. Un adolescente está en su habitación ajustándose una goma en el antebrazo. Está en el trance de meterse un pico. Se oye la entrada en la casa de su madre, que da un portazo y grita que ya está de vuelta. El chico carga la jeringuilla, la prueba, brota de la aguja la lágrima promisoria. La madre irrumpe en el cuarto en el momento culminante de la operación. Sobre su rostro de espanto, aparece el siguiente letrero: «Un buen oído te quita problemas. Primera consulta gratis».

Darío está ya suficientemente impactado, pero aún queda visionar un tercer vídeo de la serie: un niño se adentra en un jardín, ganan presencia los ladridos de un pitbull, el niño sigue caminando como si nada y el perro lo devora en una sucesión confusa de imágenes. La cámara apunta al cielo, en un final pudoroso, pero se sienten los jadeos del animal y se forma letra a letra el eslogan siniestro: «Campaña de prevención de la sordera infantil».

—¿Qué cojones es esto, Nieves?

—Publicidad agresiva.

—¿Es esto lo que se estila ahora para anunciar un producto?

—No tanto, aunque cada vez se busca más el impacto. Pero es el tipo de publicidad que predica Omar Berrocal.

—Menudo angelito.

—Esta es su web, está claro que presume de sus ideas y espera que alguien se las compre.

—Me consuela saber que no son anuncios reales.

—Podrían llegar a serlo, espera y verás.

—Esos vaticinios apocalípticos no me hacen ningún bien, Nieves. Créeme.

—Los tiempos cambian, inspector. Hay que adaptarse.

Darío está a punto de protestar, pero reciben el aviso de que Omar Berrocal se encuentra en la brigada. Ha respondido por fin a los mensajes de Nieves. Ella baja a buscarlo y él hace un esfuerzo por concentrarse y repasar los hechos. Omar era el novio de Martina. Lo dejaron hace dos meses. Esa ruptura se convirtió en un punto de inflexión. De ser un gran admirador de Pleamar, pasó a convertirse en su principal enemigo. En un troll, como dice Nieves. En un hater, como dice Anelis. En un detractor de los vídeos, como dice pomposamente él. No es momento de fustigarse por ser tan antiguo. Cuando baja a la sala de interrogatorios, Omar ya está sentado. Viste una camisa gris de lunares con el cuello disparatadamente grande. De nuevo le parece a Darío que está presenciando un carnaval. Le pasa con el atuendo de los jóvenes, con sus peinados, con sus tatuajes. Omar luce perilla y un pendiente en una oreja. Es alto y desgarbado. Su abuela diría de él que es un zangolotino, una palabra que le gusta mucho y que ya no emplea nadie.

—¿Es usted Omar Berrocal? —pregunta nada más entrar, antes incluso de sentarse a la mesa.

—Llámame de tú, por favor, que no soy un viejo.

—De acuerdo, pero tú me llamas de usted, que podría ser tu padre.

—Como quiera.

—Llevamos un día detrás de ti, pero no respondes a las llamadas.

—Estaba en una casa rural rodando un *spot*.

—¿Publicidad agresiva?

—Veo que han curioseado en mi web. ¿Qué les parece mi material?

—No tengo palabras.

Nieves carraspea. Como siempre que Darío lanza las primeras preguntas, nota la urgencia de intervenir. No le gusta ser una investigadora a la zaga del hombretón que lleva la voz cantante.

—¿Cuánto tiempo lleva en la casa rural rodando ese anuncio?

—Tres días. Tenía un plan de dos días, pero ha habido lío con la actriz, que se ha puesto tonta, y he tardado más de la cuenta.

—Por curiosidad, ¿de qué era el *spot*? —pregunta Nieves.

—Una adolescente que se suicida porque han quitado de la cartelera una película que quería ver. El *claim* es: «¿Quieres que te pase lo mismo? Ven al cine». Espero que me lo compren los Renoir o los Yelmo, ya veremos.

—Una idea descabellada, creo —rezonga Darío.

—¿El anuncio en sí o la pretensión de que me lo compren?

—Ambas cosas.

—Yo no lo veo así. ¿Han visto la última campaña de las compañías de móviles? Son muy bestias. Es una tendencia que va a más. Imparable, diría yo.

—No nos desviemos del tema. ¿Sabes que Martina Müller ha sido asesinada?

—Claro que lo sé, en las redes no se habla de otra cosa.

—¿Y te da igual? Tengo entendido que Martina era tu novia hace dos meses.

—Está bien informado, pero dos meses son una eternidad en la vida.

—¿Te da igual que la hayan matado?

—Yo no he dicho eso.

—¿Así son los afectos ahora? ¿Sales con una chica, desaparece del mapa, la matan y no te entra congoja, o angustia o alguna clase de emoción que vaya más allá de la indiferencia?

—El mundo está lleno de mujeres. No me voy a quedar rayado por una que pasa de mi culo.

—Muy bien expresado, con mucha inteligencia y mucha sabiduría. Se nota que has practicado yoga.

—Inspector...

Nieves reconviene a Darío, que enseguida reconoce que se está extralimitando. No ha dormido bien esa noche y le irrita la chulería del personaje que tiene delante.

—¿Es usted Justiciero?

—Tutéeme, por favor.

—Contesta.

—Si ya lo sabe, ¿por qué me lo pregunta?

—Porque su respuesta tiene que constar en la transcripción del interrogatorio.

—Sí, uso ese nick de vez en cuando.

—¿Por qué Justiciero? —pregunta Nieves.

Omar titubea unos instantes. Se acaricia la perilla un segundo y después se toca la oreja, los gestos pequeños que delatan nerviosismo.

—¿Por qué no? Es un nick como otro cualquiera.

A Nieves no le parece lo mismo. Cada noche, cuando chatea en su casa, tropieza con un montón de seudónimos. Y entre Robertobenigni y Folladorcompulsivo hay una enorme diferencia. En cada elección que hacemos hay un poso significativo.

—No estoy de acuerdo —continúa Nieves—. Un justiciero es alguien que se toma la justicia por su mano, pasando por encima de la ley.

—Si usted lo dice...

—No hay nada bonito en esa palabra, Omar, y sin embargo la eliges como nick. ¿Por qué?

—No lo sé. Supongo que me gusta dar caña en los comentarios que escribo. Y para eso es mejor llamarse justiciero que querubín.

—Pero con Pleamar, hasta el once de septiembre, eras más querubín que justiciero —dice Darío, y nota la mirada de aprobación de Nieves.

—Les ponía comentarios positivos. Martina era mi novia. Todo el mundo lo hace.

—¿Ella sabía que tú eras Justiciero?

—No, no lo sabía. Bueno, no lo sé. A lo mejor se lo imaginaba.

—Y después de la ruptura amorosa, te conviertes en un hater —afirma Nieves.

—Eso es. No estoy orgulloso, pero esa es la verdad. La odiaba.

—¿Por qué rompisteis?

—Porque las parejas rompen.

Darío se mantiene en silencio. Hay algo de verdad en el lugar común de Omar, a veces es mejor simplificar la vida y no enloquecer buscando las razones reales. Las parejas se enamoran por nada. Es lógico que también rompan por nada. No hay que armar el gran rompecabezas en los finales cuando el amor arranca con una tontería que el azar ha puesto en tu camino. Las parejas rompen. Punto. Pero Nieves no está conforme con la explicación.

—¿Podrías explicar un poco más el motivo de la ruptura?

—Discutimos en una fiesta. Ya está. Discutíamos mucho en general.

Nieves aguarda unos segundos por si acaso el silencio empuja a Omar a extenderse más. Pero no lo hace.

—Tú grababas los vídeos de Pleamar, ¿no es así?

—Hasta el momento de la ruptura, sí.

—¿Te pagaban por ello?

—Una mierda comparado con lo que ganaban, pero sí me pagaban.

—¿No te molestó perder el trabajo?

—Cuando sales con la estrella del grupo, sabes que todo va unido. Si se acaba la relación, a tomar por culo el curro.

—Se entiende entonces el odio que le tenías a Martina.

—Cualquiera lo entendería.

—Entiendo que quisieras hacer daño a Martina. Pero a Leandra... Leandra no te había hecho nada. ¿Por qué también a ella?

Darío no deja de admirar el descaro de Nieves al acorralar de esa forma al sospechoso. También admira que no se tambalee la mole. Omar se mantiene en la misma postura, ni siquiera se toca la perilla o el pendiente, los tics nerviosos que sí ha mostrado antes.

—Yo no le he hecho nada a Martina. Una cosa es odiarla y otra muy distinta matarla.

—Sin duda, hay una gran diferencia —tercia Darío—. ¿Sabes si alguien quería hacerles daño?

—No tengo ni idea.

El interrogatorio ya no da más de sí. Cuando Omar se levanta, Darío se sorprende de lo alto que es. De nuevo piensa en la palabra de su abuela: un zangolotino.

—¿Qué piensas de él?

Nieves ha seguido a Darío hasta su despacho.

—Que está loco. Ha podido grabar uno de sus *spots* de publicidad agresiva con las pobres hermanas.

—Hey, eso sí revela sentido del humor. Aunque sea de lo más macabro.

—Me parece mucha casualidad que haya estado fuera tres días. Justo los que habría necesitado para preparar el secuestro, secuestrarlas y organizar el cautiverio.

—Eso mismo pienso yo. Pero no olvides que el novio de Leandra sigue desaparecido.

—¿Has hablado con su madre?

—La llamo tres veces al día. Juan Briones sigue sin dar señales de vida.

—Averigua en qué casa ha rodado Omar el *spot*. Localiza a la actriz que se puso tonta y habla con ella. Vamos a ver si se confirma su coartada.

—A sus órdenes.

—¿Tienes planes para esta noche?

—¿Me estás invitando a salir, jefe?

—Te estoy invitando a una vigilancia. Un plan apasionante.

—Cuenta conmigo.

Cinco horas después, Darío y Nieves vigilan la puerta de un chalet situado en la calle Ave del Paraíso, el lugar donde vive Omar Berrocal.

—La actriz se llama Paola Fuster —explica Nieves, que ha estado investigando hasta última hora—. Estuvo con Omar la noche del martes y la mañana del miércoles, momento en el que se enfadó con él y se volvió a Madrid.

—¿Dónde está la casa rural?

—En Riaza, provincia de Segovia.

—Sé dónde está Riaza.

—Él se quedó hasta ayer grabando planos y editando vídeos.

—¿Quién dice eso?

—Omar. He hablado con él otra vez. Le he preguntado si tiene testigos de su estancia allí y dice que no. Que su trabajo es muy solitario y apenas ha salido a tomar el aire.

—Muy sospechoso.

No se mueve un alma en la casa de Omar Berrocal. Las persianas bajadas, el jardín en silencio. No hay nada en lo que distraer la vista, un perro correteando por el césped, unas manos velludas podando los setos, una adolescente que sale con su bicicleta a desafiar el día desapacible.

—¿Qué pretendemos averiguar exactamente con esta vigilancia? —pregunta Nieves.

Darío nota el reproche en el tono de la pregunta.

—No tenías por qué haber venido. Yo solo te he preguntado si te querías sumar a la vigilancia.

—Si tú vienes, yo tengo que venir —dice Nieves—. Eres mi jefe.

Él rechaza esa jerarquía con un gesto de cansancio. No le gusta verse como el superior que da las órdenes. Nunca le ha gustado.

—¿Qué estarías haciendo ahora si no estuvieras aquí?

Nieves asiente con rabia antes de contestar.

—Hoy tenía una alubiada con amigos.

—¿De noche?

—De noche están igual de buenas. Me habría puesto hasta el culo de vino y habríamos tomado un par de copas.

—Es buen día para legumbres. Todavía estás a tiempo. Corre, que me quedo yo.

Ella lo mira.

—De eso nada, yo me quedo contigo.

—Que no me importa.

—A mí sí. Este es mi trabajo, ya me comeré esas alubias otro día.

Entre las diez y las doce presencian la llegada de varios jóvenes bien pertrechados con botellas y chucherías.

—Parece que hay fiesta en la casa —dice Darío.

—Menos mal que no has dicho la palabra «guateque».

—Nieves, te rogaría que no hicieras chistes malos sobre mi edad.

—No es una fiesta, jefe. Ahora quedan en una casa para beber y salen con el pedo puesto.

—Pues nada, esperaremos.

—Me ha extrañado que no me encasquetaras a mí la vigilancia. Tienes fama de que no te gustan.

—Podría haber empleado alguna argucia para escaquearme.

—Argucia. Creo que es la primera vez que escucho esa palabra.

—Lo peor de todo es que me lo creo.

—Pero a mí no me engañas. Tú estás aquí por escapar de tu hija.

—No vamos a abrir un capítulo de confidencias, te lo advierto.

—Pero si es lo único bueno de las tronchas. Que podemos hablar y conocernos mejor.

—¿Incluso de los temas dolorosos?

—Especialmente de los temas dolorosos.

—Muy bien, ¿qué te pasó con Robledo? Es un buen tipo, a mí me cae bien.

—Es un baboso, un acosador y un hijo de puta.

Darío la mira unos segundos. Ella tiene la vista clavada en la puerta del chalet, los labios juntos y resecos.

—Ha sido mi compañero durante varios años, Nieves. Podrías hablar de él con más...

—No puedo —interrumpe ella—. Ya sé que caía bien a todo el mundo y que era un buen inspector. Pero yo no puedo verlo así. A mí me ha hecho la vida imposible. Pero nadie en la brigada me apoya, así que no me voy a ofender porque tú tampoco me creas.

—El juez sí te creyó, que es lo importante.

—Son más importantes tus compañeros. Tu entorno laboral. Tus amigos. El juez no tenía más remedio que creerme, le enseñé los mensajes en el móvil, los mails... Y eso que solo vio la punta del iceberg, lo demás es imposible demostrarlo.

Vibra el móvil de Nieves. Lo consulta. Le enseña a Darío un mensaje que acaba de recibir: «Me gustaría lamerte entera».

—¿Eso es de Robledo?

—No. Es de un tío con el que estoy ligando en internet. No lo conozco. Y mira lo que me escribe para que me derrita.

—¿Estás en una de esas páginas de contactos?

—La mayoría de los tíos escribe estas frases cuando todavía no te conocen. ¿Qué coño está pasando? ¿De verdad creen que me voy a echar en sus brazos? ¿Ni siquiera merezco un ratito de seducción?

—No deberías meterte en esas páginas. Es una forma muy frívola de ligar.

—¿Has ligado por internet alguna vez?

—No.

—Entonces, ¿por qué hablas sin saber? Esas páginas son divertidas, lo que pasa es que hay mucho cabestro. Hay que saber filtrar.

—A mí me gusta más la vieja forma.

—Un cortejo lento del siglo XIX.

Darío sonríe. Nieves escribe en su móvil.

—«Vete a la mierda, imbécil.» Ya está. Pretendiente bloqueado.

—Bien hecho, no te merece.

—Robledo me escribía este tipo de frases todas las noches.

Darío no dice nada. Le cuesta imaginar a su amigo traspasando esos límites. Le cuesta.

—Para mí es muy importante que me creas —dice Nieves.

Él deja pasar unos segundos y de pronto le parece que ha perdido la ocasión de contestar, que ya es tarde para brindarle su apoyo.

A la una y cuarto, los jóvenes empiezan a salir del chalet. Se reparten en un par de coches y se dirigen a una discoteca de Pozuelo. Darío aparca su viejo Scénic en doble fila, cerca de la puerta. Imposible encontrar un buen sitio en esa zona. Uno de los conductores ha invadido una plaza de minusválidos. El otro opta por un vado. Omar Berrocal se baja del coche y de pronto abre los brazos al ver a alguien que se le acerca.

—No me lo puedo creer —dice Nieves.

Los dos policías presencian el beso ardiente que Omar le da a una joven morena de pelo largo. Pero Darío no entiende las implicaciones de esa escena.

—¿Qué pasa?

—Esa es Paola Fuster. La actriz que supuestamente se enfadó con él.

—Han hecho las paces.

—Y me ha mentido.

El grupo entra en la discoteca. De vez en cuando Paola sale a fumar un cigarrillo, a veces sola, a veces con amigos.

Nieves suspira con impaciencia.

—¿Cuánto tiempo vamos a estar vigilando a este patán?

—Un rato más. Ya sé que no te apetece, pero es importante. Es el exnovio de Martina, las amenazó por internet... Hay que salir de dudas.

Nieves asiente.

—¿Tú qué crees que les ha pasado? —pregunta.

—No lo sé. Tenían popularidad y, por lo tanto, tenían también enemigos.

Pasan las horas, es tarde. Nieves dormita en el asiento del copiloto. Darío mantiene la vigilancia entre bostezos. Todo sería muy sencillo si Omar se deslizara entre las sombras al salir de la discoteca, se reuniera con Paola en su coche y condujeran hasta una casa abandonada donde mantienen secuestrada a Leandra Müller. Pero nada de eso sucede.

A las seis de la mañana, agotado, Darío decide levantar la vigilancia. Está deseando llegar a su casa y dormir unas cuantas horas a pierna suelta. Pero recibe una llamada que lo cambia todo.

La luz de una farola ilumina el rostro dormido de Nieves. No se ha despertado con el timbre del móvil. Tampoco con la conversación que ha mantenido Darío, breve, sin adornos, a base de preguntas concretas. Sí se despierta con el ruido del motor arrancando y con la voz que la llama por su nombre.

—Nos vamos al embalse de Cazalegas.

—¿Qué ha pasado? —pregunta ella, todavía somnolienta.

—Ha aparecido el cadáver de Martina.

Dos

Pleamar

Martina está cubierta por una sábana blanca que resbala hasta dejar su rostro a la vista. Parece compungida o asustada por algo.

—No me quiero levantar —dice—. No quiero ir a clase.

Se vuelve a tapar con la sábana, pero enseguida asoma de nuevo su naricita arrugada.

—Me muero de vergüenza. ¿Cómo puedo ir a clase cuando mi madre se ha liado a tortas con una tertuliana en un programa en directo?

Se muestra el corte del programa de Telecinco que recoge la pelea. María Lizana, desatada, increpando a una periodista del corazón con la que comparte mesa. Alguna fibra sensible toca la aludida en su respuesta, porque María se levanta como un resorte y le tira del pelo. La otra le da una patada y María le suelta un bofetón en la cara justo antes de que el presentador del programa y otro participante acudan a poner paz.

Martina se incorpora y se queda sentada en la cama, abrazada a sus rodillas.

—Sé que todos habéis pasado vergüenza alguna vez por algo que han hecho vuestros padres. Pero seguro que no tanta como la que pasé yo ayer.

Entra Leandra en la habitación con la mochila del colegio.

—Yo sí que he ido a clase. Horrible.

—¿Se han burlado de ti?

—No, porque no he querido hablar con nadie. Llevo todo el día con la cabeza agachada. Me duelen las cervicales.

—Pobrecita, te tenías que haber quedado en casa.

—Pero notaba risitas por todas partes. Incluso los profesores. Se aguantaban las ganas de reírse cuando me miraban. Y la gilipollas de Lorena… Dice que mamá es una maleducada, que no se puede ir así por la vida. Me dan ganas de matarla.

—¿A mamá o a Lorena?

—A las dos.

—No, a mamá hay que defenderla.

—Defiéndela tú, yo paso.

—A mí no me hables en ese tono.

—¿En qué tono, idiota?

—Que no me interrumpas, que estoy hablando yo.

—Te hago un favor al interrumpirte, así no dices tonterías.

Y de pronto, en una prodigiosa coreografía, las hermanas reproducen la discusión de su madre con la tertuliana y terminan replicando la pelea tal cual se produjo, con los insultos, el tirón de pelo, la patada defensiva y el manotazo. Lo hacen hasta que las dos se ríen y es Martina quien se dirige a la cámara para decir.

—Está claro a quién hemos salido.

Sus labios se pegan a la cámara en un beso que pretende ser sensual.

Este vídeo, colgado el 12 de mayo de 2018, tuvo cinco millones trescientas veintidós mil quinientas ochenta y dos visualizaciones.

Cazalegas

Darío conduce por la carretera de Extremadura hacia Cazalegas. El embalse se acopia de las aguas del río Alberche y es una zona de recreo donde se puede pasear, practicar deportes náuticos y comer en alguno de sus merenderos. Pero no encontrarán ahora mucha diversión. Es noviembre, es temprano, hace frío y allí les esperan la Guardia Civil y el cuerpo de Martina. Nieves suelta un bostezo ahogado que suena como un maullido. Tiene sueño y está intranquila, como siempre le pasa cuando llega la hora de inspeccionar un cadáver.

Darío toma la salida 106 y desde ese punto los dos policías permanecen callados. La proximidad del horror impone un escrúpulo de respeto. Un guardia civil con una baliza luminosa les indica el sendero que deben recorrer para llegar al sitio exacto. Está amaneciendo y una niebla blanca flota por encima del agua, como si el pantano borboteara en un silencio gélido.

Un sargento les sale al paso y saluda con un gesto discreto, también él contagiado del aire luctuoso del lugar. Darío no devuelve el saludo, quiere ir al grano: se presenta como el inspector Mur y a Nieves como la subinspectora González.

—¿Quién la ha encontrado?

—Un pescador. Nos ha llamado a las seis de la mañana.

—¿Tanto madrugan los pescadores?

—Quería pescar el *black bass,* hay alguno por aquí, por la zona de los juncos. Un pez raro.

—¿Ha tocado el cuerpo?

—Él dice que no. Nos ha llamado con el susto metido dentro. Pero cuando hemos llegado estaba pescando tan tranquilo. A cinco metros del cadáver. Hay gente que no tiene alma.

—Joder con el pez ese. Sí que debe de ser un buen trofeo —deja escapar Nieves.

—¿Ha llegado la Científica? —pregunta Darío.

—Todavía no.

—¿El juez?

—Está de camino.

—¿Venimos de Madrid y somos los primeros?

—Los segundos, los primeros hemos sido nosotros.

Darío esquiva la tentación de entrar en una refriega. Ya ha tenido muchos líos de intendencia con otras divisiones a lo largo de su carrera.

—¿Dónde está el cuerpo?

—En los juncos, al lado de la encina.

Afortunadamente, el sargento acompaña la frase señalando la dirección con el brazo. No es la primera vez que le dan en el campo indicaciones arbóreas, a él que no sabe distinguir un alcornoque de un ciprés. Hacia allá se encaminan los dos policías. El guardia civil sujeta a Nieves del brazo.

—¿Ha desayunado?

—¿Cómo dice?

—Se lo pregunto porque no es agradable lo que van a ver.

—¿Por qué no se lo pregunta a mi compañero? ¿Me ve más blandita a mí?

—Le han arrancado los ojos.

A Nieves se le quitan las ganas de responder con una bordería. Ha visto a Martina Müller en muchos vídeos. Una joven llena de gracia, con los ojos chispeantes, traviesos, intensos. Se la figura ahora sin ellos y le entra una tristeza indecible, mezclada con rabia.

Martina es un bulto lechoso entre los juncos. Lleva la camiseta blanca con la que salió de su casa el miércoles. También los pantalones negros. Solo tiene un zapato, el otro pie está descalzo a no ser por un calcetín tobillero que está a punto de resbalar del todo pero resiste milagrosamente. El cuerpo entero es un amasijo de sangre y barro. Está curvado de forma sinuosa, como en una postura de siesta holgazana. Los ojos son dos hoyos negros, pequeños, y justo al lado del izquierdo, en la sien, hay una babosa inmóvil. También le han arrancado el cabello y así parece una muñeca vieja encontrada en un desván. Calva, desojada y con una veintena de erupciones de sangre, tejido y pus en todo el cuerpo. La han cosido con un arma punzante.

Darío la mira en silencio. En momentos como este echa de menos la fe religiosa que todo lo simplifica: ante cualquier desgracia, uno bisbisea una oración. Él tiene que dejar pasar unos segundos y digerir la brutalidad que han hecho con una joven que era pura luz.

—Qué hijo de puta —oye decir a Nieves—. Se ha ensañado con ella.

Así es. En el vídeo macabro Martina tenía un cuchillo en el cuello y algún corte más. Pero una vez muerta le han arrancado los ojos y el pelo y la han triturado a puñaladas.

—La cuerda —dice Darío. Su voz suena ronca y no se ve capaz de articular una frase entera.

—¿Cómo? —pregunta Nieves.

—No está la cuerda. Ni el trocito de esmeralda.

Nieves se inclina hacia el cadáver. Menea la cabeza. Darío se gira hacia el sargento.

—¿Habéis inspeccionado la zona?

—En efecto, pero no hemos encontrado nada. Huellas de neumáticos mezcladas y muy poco visibles. Hoy ha helado, hay escarcha.

—¿Pisadas?

—Las del pescador. Enormes, calza un cuarenta y cinco.

—Tiene que haber más pisadas —se impacienta Darío—. Ha cargado un cadáver hasta aquí.

—A ver si los de la Científica sacan un molde. Yo no he visto nada. Pero estaba oscuro cuando hemos llegado.

Darío mira alrededor. Hay bolsas de chucherías, condones, botellas de plástico, desperdicios. La orilla del pantano parece un estercolero. Busca huellas, colillas, pistas, cualquier cabo pequeño al que agarrarse para encontrar al asesino esa misma mañana. No encuentra nada y se desespera. Nieves mantiene la vista fija en el cadáver, como hipnotizada, o como queriendo demostrar al sargento que no es mujer de remilgos.

—Quería enseñar el cadáver, la barbaridad que ha hecho con ella —dice el sargento acercándose al inspector—. Si no, la habría echado al agua, de ahí dentro no sale nada. Una piedra en el cuerpo y santas pascuas. Aquí el fango se lo traga todo.

—Quiero una investigación exhaustiva —dice Darío—. Imágenes de las cámaras de la autovía entre las dos y las cinco de la mañana. Un listado de todos los vehículos que hayan pasado por la salida del embalse.

—¿Por qué hasta las cinco? El pescador llegó a las seis.

—Llevaba un buen rato ahí tumbada. Tiene una babosa en la cara, esos animales no se distinguen por su velocidad.

—Hasta las cinco entonces.

—Y quiero testigos. Esto está lleno de condones, alguna pareja estaría retozando por aquí.

—Esta noche hacía mucho frío, inspector.

—Testigos, sargento. Vaya a Talavera de la Reina y a Cazalegas. Pregunte en cada casa si alguien ha visto algo raro esta noche.

—A sus órdenes.

Darío advierte una resistencia en el sargento, pero la entiende. Le está encargando una misión imposible porque está impresionado con el asesinato. Está dando palos de ciego.

En el viaje de vuelta apenas se pronuncia una palabra. Los dos comparten el asombro, la rabia y la impotencia. Han dejado instrucciones a la Policía Científica, también a la desesperada: buscan un trocito de esmeralda, buscan un residuo del aliento del asesino que se haya podido enredar en los juncos, en el matorral, en las ramas de las encinas. Han hablado con el juez y han dispuesto el traslado del cuerpo al Instituto Anatómico Forense de Madrid.

Al llegar, es Darío el que propone comer juntos. Han pasado la noche en vela, él ni siquiera ha dormido, han presenciado los efectos de una atrocidad. Es imposible regresar a la rutina como si no hubiera pasado nada.

Recalan en el Café del Mono, un bar en el barrio de Argüelles que a Nieves le gusta. Hablan poco, se tantean, ninguno de los dos sabe si procede hablar con distensión en un momento como ese. Después de comer, piden una copa.

—¿Te has fijado en los lamparones que tenía el sargento en el plumas? —dice Nieves.

—¡Sí! A lo mejor le ha dado la papilla a su hijo antes de salir de casa.

—¿Con el plumas puesto?

—No lo sé, yo solo digo que ser padre es llevar la ropa sucia todo el rato.

—¿Eso es ser padre?

—Bueno, es una de mis definiciones favoritas. Tengo otras.

Nieves enarca una ceja y da un sorbo a su whisky doble. Él se ha pedido un gin tonic.

—¿Has visto la cantidad de condones que había en ese embalse? —dice Nieves—. Madre mía, lo que se folla por ahí.

—Era un basurero. Pero la anécdota más alucinante es la del pescador.

—¡Es verdad! —se ríe Nieves—. El tío pescando con un cadáver al lado. Qué huevos tiene.

—¿Qué cojones es un *black bass*? ¿Tú habías oído hablar de ese pez?

—En mi vida. Espera —saca el móvil, teclea con rapidez y en pocos segundos aparece en la pantalla un pez como cualquier otro. Se lo enseña a Darío.

—Un pez —dice él.

—Un pez —coincide ella.

La copa para relajarse un poco se multiplica por tres, y cuando Darío llega a casa son ya las siete de la tarde. Como está un poco borracho, tarda en identificar los ruidos que proceden del salón. Su hija ha invitado a unos amigos y hay fiesta por todo lo alto. Una forma como otra cualquiera de desafiar su autoridad. O, bien mirado, una pirueta imaginativa para hacer elástico el castigo: no puedo salir, pero monto fiesta en casa.

Como no se ve con fuerzas para saludar a tanta gente, se refugia en su dormitorio. Ya en la cama, coge el móvil y escribe: «Se me ha olvidado decirte algo muy importante».

Nieves está en línea. No tarda en responder: «¿Qué es?».

«Yo sí te creo.»

Nieves contesta con el emoticono de una carita sonriente.

Ya está casi dormido cuando lo despierta el pitido de un mensaje. Es Nieves. Juan Briones ha aparecido. Lo ha citado en la brigada esa misma noche. Darío agradece la excusa para salir de casa, para alejarse de las voces juveniles, la música, el ruido, su hija.

Nuestro refugio

No se quita la cazadora roja con la que ha llegado a la brigada, una prenda demasiado ligera para una noche desapacible que anticipa el invierno. Sentado en la silla, aguarda entre escalofríos las preguntas del inspector, que se concede unos segundos para estudiar al personaje. ¿Por qué tiembla de ese modo? Puede que esté congelado por el paseo hasta allí, tal vez tenga fiebre y aun así haya acudido a la llamada de la policía por un sentido del deber o quizá es víctima de una congoja incontrolable y en cierto modo natural, dadas las circunstancias. Las reacciones físicas de las personas a los acontecimientos estresantes pueden adoptar formas muy peculiares. Sudoración en las manos, un tic en el ojo, sequedad en la boca, descomposición estomacal, esas son de andar por casa. Pero Darío ha visto casos tremendos: visión doble, caída de pelo, amnesia y hasta sordera que dura hasta que el impacto traumático va perdiendo su fuerza devastadora. No se va a dejar impresionar por el tembleque de ese joven de aire huidizo y extraño.

Juan Briones, veinte años, vecino de las hermanas Müller, novio de Leandra desde hace ocho meses. Sus ojos se esconden tras el flequillo o en una postura cabizbaja. De un verde intenso, parecen dos piezas de orfebrería encastradas en una cara de niño. Como es bajito, durante mucho tiempo pasará por la humillación de que le pidan el carné de identidad en la puerta de las discotecas. Eso en el caso de que las frecuente. Nieves lo ha llamado al móvil y, esta vez sí, ha respondido. Ya estaba de vuelta de su misteriosa escapada.

—¿Dónde has estado estos días? —pregunta Darío.

—¿Tengo que contestar a eso?

—Tu madre nos ha contado que fuiste a buscar a Leandra —interviene Nieves.

Juan se encoge dentro de su cazadora. Pese a la brevedad del gesto, se puede reconocer un asentimiento.

—¿Dónde creías que estaba?

—En nuestro refugio.

—¿Y dónde es eso?

—No quiero decirlo. Es algo nuestro y solo nuestro.

Así que no se puede entrar en el territorio sagrado de una pareja. Darío se queda mirando a ese mocoso que se ampara en el misticismo del amor para no dar una coartada clara.

—¿Sabes que Martina Müller ha sido asesinada?

—Sí.

—¿Has visto el vídeo?

—No.

—Entonces, ¿cómo lo sabes?

—Me lo ha dicho mi madre.

—La mataron el miércoles o el jueves. Necesito saber dónde has estado.

—Ya se lo he dicho.

—No has dicho una mierda.

—Si le digo dónde es el refugio, estoy traicionando a Leandra.

—Me vas a decir dónde está, porque si no el próximo refugio que vas a conocer es el calabozo —lo amenaza Darío.

Nieves decide mediar.

—Juan, tienes que colaborar con nosotros. Es muy importante para que podamos encontrar a Leandra.

La mención a su novia emociona al joven de forma automática. Levanta la mirada, hay un brillo de mercurio en sus pupilas.

—He estado en una cabaña abandonada. En La Navata. Pensé que Leandra iba a venir. Estaba seguro.

—Pero no apareció.

Él aprieta los labios y menea la cabeza conteniendo el llanto.

—¿Hay algún testigo que pueda confirmar que has estado allí? —pregunta Darío.

—No. He estado solo. Bueno, en el tren había una chica que me miraba mucho.

—¿Por qué te miraba?

—Supongo que porque soy guapo. No lo sé. Seguro que esa chica se acuerda de mí.

—¿Hablaste con ella? ¿Cómo podemos encontrarla?

—Ni idea, no sé quién es. No hablé con ella, tengo novia.

Darío disimula el pasmo que le produce la inocencia de Juan. Tengo novia, luego no hablo con nadie. El amor es un territorio sagrado. Me quedo dos días en una cabaña en el bosque porque Leandra vendrá a mis brazos. La han secuestrado, pero ese cautiverio lo deshace mágicamente la fuerza de nuestro amor.

—Juan, ¿has comprado recientemente una tarjeta prepago para el móvil?

—No, mi móvil es con contrato.

Darío y Nieves cruzan una mirada. Es como si el inspector quisiera verificar que a ella le parece que es el momento de poner las cartas sobre la mesa. Y parece que sí.

—El vídeo de la muerte de Martina se ha grabado con tu móvil.

Juan se queda perplejo y da la sensación de que los temblores cesan de golpe.

—Eso es imposible.

—¿Me puedes enseñar tu DNI?

—No lo tengo. Me robaron la cartera hace unos meses.

—¿Quién te la robó?

—Bueno, a lo mejor la perdí. Pero yo supongo que me la robaron, porque no ha aparecido.

—¿Has denunciado ese robo?

—No.

—¿Por qué no?

Él se encoge de hombros. No sabe qué contestar a eso. Cómo hacerles comprender que le gusta estar indocumentado, que no tener DNI es una forma de rebeldía, que quiere ser un verso suelto en un mundo de borregos etiquetados.

—¿Sabes que tienes la obligación de denunciar el robo de tus documentos?

—No lo sabía.

—¿No has echado de menos el DNI en estos meses?

—No.

—¿En ningún trámite, en nada?

—No.

—¿Cuándo sucedió el supuesto robo de tu cartera?

—No lo sé exactamente. Hace dos meses o así.

—¿La perdiste en la calle, en un bar, en el metro...?

—No lo recuerdo. Llegué a casa y no la tenía. Eso es todo.

—¿Te la pudiste dejar en casa de Leandra?

—Podría ser. Soy un desastre. También la podría haber dejado en la barra de un bar. Ya sé que es raro, pero lo pierdo todo. He perdido dos veces las llaves del coche de mi madre. He perdido el paraguas unas cinco veces. Me dejo las bufandas, la cazadora... Perdí una que me encantaba, carísima, que me trajo mi padre de Ámsterdam. Esa me duró una semana.

Lo pierde todo. Eso puede explicar que la cazadora que lleva puesta sea el mejor abrigo de todo su armario.

—¿Desde cuándo eres novio de Leandra? —pregunta Darío.

—Desde marzo. Ocho meses.

—¿Alguna vez te ha hablado Leandra de algún enemigo o de alguien que quisiera hacerles daño? —dice Nieves.

—Me dijo que tenían un acosador en su canal. Un tal Justiciero.

—¿Algo más? ¿Alguna preocupación, algo raro que le hubiera pasado a ella o a su hermana?

—Había una youtuber que no le caía bien.

—Acacia.

—Esa. Y no le gustaba el cámara que habían contratado.

—¿Omar?

—No, el que contrataron después.

—¿Quién es ese cámara?

—No sé cómo se llama, yo no me interesaba mucho por su trabajo. Ya sé que está mal, pero no me interesaba nada.

—¿Te daba envidia el éxito de tu novia?

—Qué va, era ella la que rechazaba el éxito.

—¿Leandra no estaba cómoda con el éxito? —pregunta Nieves.

—Leandra nunca fue como Martina. Leandra es un espíritu libre, una chica maravillosa.

—Si no estaba cómoda con el éxito, ¿por qué seguía subiendo vídeos? —continúa Nieves.

—Porque estaba dominada por su hermana. Hablábamos mucho de esto, yo quería que volara sola, que no dependiera tanto de ella. Pero supongo que no es fácil. Ella me decía que yo no podía entenderlo porque soy hijo único.

—¿Entender qué?

—Las relaciones entre hermanos.

Darío aparta de su cabeza un recuerdo de su infancia, compartida con cinco hermanos. Eran felices y, sin embargo, ahora no mantiene mucha relación con ninguno de ellos. En algún momento, la arcadia se convirtió en un jardín enmarañado.

—¿Cómo era la relación de Leandra con Martina?

—Muy intensa. Yo creo que se querían mucho y se llevaban bien. Pero era una relación de mucha dependencia.

—¿En qué te basas para decir eso?

Nieves se inclina hacia delante, un modo de fijar la importancia de la pregunta. También un modo de intimidar al joven, que se encoge en su cazadora roja. ¿Se ha adentrado en un terreno pantanoso al hablar de la dependencia emocional?

—No sé, se notaba.

—Se tenía que notar mucho, has mencionado dos veces la dependencia. ¿En qué se notaba?

—En lo de Ámsterdam, por ejemplo.

—Ámsterdam...

—Leandra se iba a venir conmigo a Ámsterdam.

—¿De viaje?

—A vivir.

—¿Tenías pensado vivir en Ámsterdam con Leandra?

—Bueno, con mi padre. Se fue a vivir allí cuando... Cuando se separó de mi madre.

—Y tú preferías vivir con él.

Juan asiente. Aunque intenta mantener el tipo, se nota que está sufriendo. A Nieves le parece que tiene razón Cati Salazar, no ha digerido bien la separación.

—Estuve un mes viviendo en Ámsterdam con mi padre. Leandra me prometió que iba a venir también, que se iba a quedar con nosotros, que iba a hacer la vida allí... —Juan aprieta los labios—. Pero no vino.

—¿Por qué?

—Pues... Porque no era capaz de separarse de Martina.

—Dejarlo todo y marcharse con tu novio de cuatro meses al extranjero no es lo más normal —suelta Darío, y de pronto le parece que la frase le ha quedado muy mojigata.

—Pero ella quería hacerlo. Me lo prometió. Y luego no vino.

—Y entonces tú decidiste volver a Madrid —concluye Nieves.

—Sí. La echaba de menos.

Nieves asiente, pensativa. Hay algo que no entiende.

—Juan, ¿no habría sido más fácil quedarte a vivir con tu madre y así no te alejabas de Leandra ni la obligabas a un cambio de vida tan radical?

—Es que yo no quería vivir con mi madre.

—¿Por qué?

Juan se encoge de hombros. Nieves le mantiene la mirada, como dando a entender que no se conforma con ese gesto. Darío piensa en la increíble variedad de las relaciones familiares. Él creció pensando que la familia era un pilar indestructible para todo el mundo. Ahora le parece que una bomba de racimo ha caído sobre esa venerable institución y las esquirlas saltan por todos lados: hijos que detestan a su madre, madres que escapan de sus hijos, jóvenes que rechazan la autoridad y hasta la existencia de los padres... Padres que no saben si quieren a sus hijos.

—¿Por qué no querías vivir con tu madre? —insiste Nieves.

—Porque no quería.

—Pero ahora sí quieres.

—Lo hago por estar cerca de Leandra, no por mi madre.

—¿Tanto la odias?

—¿Puedo hacer yo una pregunta?

La petición desconcierta a los dos policías. Juan aguarda el permiso, que le dan ambos con un gesto.

—¿Cuándo me van a devolver el ordenador de Leandra?

—Cuando terminemos de analizarlo. ¿Tienes prisa por recuperarlo?

—Sí.

—¿Se puede saber por qué? —pregunta Nieves.

—Porque están todas sus fotos ahí. Y me gusta verlas. Antes de acostarme, las miro una por una. Es el momento más bonito del día.

Hay algo raro en ese rostro angelical, o eso le parece a Darío. Juan parece un joven venido de otra galaxia. Nieves no se fija en el rostro. Su mirada está pendiente de las manos, ocultas dentro de las mangas de la cazadora durante toda la conversación. Pero un solo instante, en un gesto rápido para retirar el pelo de un ojo, una de las mangas ha retrocedido lo suficiente para dejar al descubierto la cicatriz de la muñeca derecha.

—Juan, ¿te puedes remangar?

Darío no entiende la pertinencia de la pregunta. Mira a Nieves con una interrogación. Juan, asustado, implora con la mirada una rectificación, un indulto, un permiso para no tener que hacerlo.

—Por favor —insiste Nieves.

Juan se remanga. Hay un cerco transversal en cada muñeca.

—¿Te has intentado suicidar?

Juan asiente. Nieves recuerda las advertencias de Cati sobre la fragilidad de su hijo, sobre lo mucho que le costó digerir la separación.

—¿Por qué?

Quiere una respuesta clara. Quiere la versión de Juan. Los padres no siempre aciertan con las razones de una depresión. Pero la respuesta no llega. Juan se encoge de hombros y una lágrima rueda por cada una de sus mejillas.

Dos meses antes

A Leandra le gusta sentarse enfrente de Juan, aunque eso la obligue a viajar en contra de la marcha del tren. Él se marea si lo hace. Preferiría que ella se sentara a su lado, ir juntos de la mano, que ella apoye la cabeza en su hombro y que el paisaje que desfila por la ventana sea el mismo para los dos. No entiende su preferencia y ella no le explica lo mucho que le gusta escrutar cada uno de sus gestos, mirarlo fijamente hasta obtener una reacción de timidez, esa timidez que aparece de cuando en cuando en el hombre solitario y misterioso y que a ella le gusta sorber con la mirada. Él es dominante y mandón y ella disfruta al sentir que con un poco de descaro consigue descolocarlo.

—¿No me vas a decir adónde vamos?

—Ya queda poco.

No dice nada más y ella tampoco insiste. Está acostumbrada al aire enigmático que siempre parece envolver a Juan y también a su empeño por convertir la vida en una improvisación. Nada le produce más alergia que la rutina, los actos señalados en un calendario real o imaginario, la sensación de inercia que nos empuja a recorrer cada día sin haber tomado una sola decisión creativa. Él presume de haber tomado varias. A pesar de haber sacado un trece en selectividad, nota que le permitía estudiar cualquier grado, desconcertó a sus padres al comunicarles que no quería matricularse en ninguna universidad. Prefería pasar unos años meditando, viendo la vida pasar y tratando de visualizar un futuro plausible sin las normas agobiantes que sabotean la felicidad de las personas. Dedicó muchas horas a componer canciones con su guitarra y llegó incluso a grabar una maqueta que fue rechazada por dos discográficas.

Leandra considera que la maqueta es buena, aunque quizá un poco rara, y que él no debería rendirse tan pronto. Intuye que en la pose del músico incomprendido laten la cobardía y la humillación de haberse visto desdeñado. Pero este fracaso le proporciona a ella una buena oportunidad de ser una buena pareja. Porque ella quiere ser una buena pareja para él. Lo anima a continuar, mantiene viva su fiebre compositora, le hace ver que no hay manera más bonita de estar en el mundo que componiendo canciones. Intenta sutilmente, pues es un camino pedregoso por el que podría despeñarse, que él ensaye fórmulas más trilladas, que no le tenga tanta ojeriza a la melodía, que se deje de experimentos que solo consiguen alejar sus obras del gran público. Todavía hay mucho nudo que deshacer en este aspecto, pues Juan ya tiene espigada su última fijación, que se está apartando de su camino al perseguir el éxito, pues eso es lo que busca la mayoría.

Otra de sus decisiones personales, que forjan un carácter iconoclasta, es la de no tener perfiles activos en ninguna red social. La vanidad de la gente, la estupidez colectiva y el postureo ridículo le producen tristeza, o eso clama él. Aunque Leandra se siente apelada por esta diatriba, dado que ella sí participa de las redes, entiende su decisión y en el fondo la admira. Muchas veces ha pensado en lo maravillosa que sería la vida sin estar pendiente del juicio de los demás.

En esta obsesión por vivir sin ataduras, Juan arremete también contra la autoridad de los padres, que no cree que se hayan ganado por el mero hecho de habernos traído al mundo, y contra la tiranía de las amistades, que nos obliga a perder mucho tiempo con personas que carecen de interés y que no mejoran nuestro espíritu.

Un hombre indómito, huraño, que viviría feliz como un eremita con su guitarra y un paisaje. Esto es, quizá, lo que más halaga a Leandra: ella aprueba el examen de este hombre tan severo. Ella sí mejora su espíritu. Ella consigue que su vida sea más bonita. Cómo lo consigue es un misterio para ella, pues no se tiene en gran estima, pero el caso es que Juan la tiene en un altar. Leandra sabe que él la adora, que sufre el tormento de los celos cuando ella acude a una fiesta como parte de su carrera de youtuber. Cree que a él le encantaría ir, aunque solo fuera para controlarla, pero no lo hace por proteger su imagen de hombre solitario. Ahora se ha inventado la excusa de que su ordenador se cuelga todo el rato porque está lleno de virus y no puede grabar su música. Ella le presta el suyo y se hace la tonta: sabe que solo quiere espiar sus conversaciones en el correo electrónico y en el Messenger. Sabe que necesita verificar que no hay nada oculto en su vida. Consiente el espionaje como un acto de amor.

Le gusta saber que detrás de esa máscara impenetrable se esconde un hombre inseguro, consumido por los celos. Lo mira sabiendo que esos ojos verdes lloran por las noches cuando lo asalta el temor de ser abandonado. El flequillo se le mete a veces en un ojo y él sopla hacia arriba para quitárselo, pero ahora no lo hace. Leandra anticipa el gesto que no se produce. Es más fuerte la expectación de Juan que la molestia por el pelo.

—Ya estamos.

Juan se levanta y coge la guitarra que ha traído consigo. Se bajan en la estación de La Navata, un apeadero junto al río Guadarrama. Él explica que un día cogió el tren y le fastidió mucho la idea de tener que bajarse en Aravaca, su parada, y que en ese momento tuvo la revelación de que en realidad podía continuar el camino y consentirse el capricho de bajar en cualquier parte. Le pareció bien hacerlo en La Navata, paseó por allí y descubrió un sitio que ahora le quiere mostrar a Leandra.

Caminan por la calle del Molino y después atraviesan un terreno abrupto, de matorral y piedra caliza, hasta el cauce del río. Allí, entre árboles frondosos se esconde una cabaña abandonada que tal vez sirvió en su día de refugio del guardabosques.

—Mira qué pasada.

Leandra hace un esfuerzo por adaptar la mirada a la penumbra de la caseta. Dentro hay un tablón apoyado en la pared, un par de cartones, un brick de zumo de naranja y dos botellas de agua abolladas. El suelo está sucio y se distingue el brillo de algún clavo. Aunque le cuesta encontrar el encanto al lugar, sabe que debe compartir el entusiasmo de su novio.

—Qué chulo, ¿cómo has encontrado esta cabaña?

—Por casualidad, paseando sin rumbo. No me digas que no estaría guay vivir aquí.

—Bueno, tanto como vivir...

—No digo aquí, tal cual está. Digo el plan de vivir en una cabaña en medio del bosque.

—Eso sí estaría bien.

—Alejarse del ruido, de la ciudad, de toda la mierda...

—Podría ser nuestro lugar.

Juan la mira sonriente y ella sabe que ha pronunciado las palabras mágicas, las que renuevan el amor.

—Sí, nuestro lugar. Un sitio que solo conozcamos nosotros, al que venir cuando necesitemos estar solos.

—Eso es.

—¿Sabes cuál es el sueño que tuve al encontrar esta cabaña? Me imaginé viniendo uno de esos días malos, en los que necesito desaparecer, y encontrándote aquí porque a ti te ha pasado lo mismo. Que coincidamos sin haber hablado antes, por pura conexión astral.

—Sería increíble.

—Algún día nos pasará. Anda, siéntate.

Leandra estudia el espacio con cierto recelo. Él sacude un cartón y vuelan las motas de polvo como un enjambre de insectos diminutos y feroces. El asiento los acoge a los dos.

—Te quiero enseñar una canción que compuse ayer.

Los primeros acordes le resultan familiares. Reconoce una base que él utiliza casi siempre para empezar sus canciones, algo así como una espoleta de seguridad que activa para sentirse en terreno conocido. Pero no es una crítica que le pueda hacer, Juan se ofendería muchísimo ante la acusación de que emplea recursos previsibles. La canción le gusta, le parece triste y teñida de una desesperación muy particular. Imagina a su novio componiéndola y se ve inundada por la admiración que siempre ha sentido por él, tan intensa como el primer día. Un hombre raro, diferente a los demás, con una mirada propia sobre la vida. Muy guapo, hermético, autodestructivo.

—¿Te gusta? —pregunta él, y ella ve en su mirada el miedo de otras veces, el vértigo de que un día ella se descuelgue con que la canción no le dice nada.

—Me encanta.

—¿Más que la anterior?

—Esa es buenísima, pero esta me hace soñar.

—¿Soñar con qué?

—No sé, soñar.

—Eso no es una respuesta.

Juan la mira con ojos penetrantes, el verdor de la pupila se llena de fuego y ella nota su decepción por no ser capaz de ofrecer respuestas más complejas. Necesita salir por algún lado, evitar que nazca la primera revelación sobre lo poco inteligente que es ella.

—¿Te cuento una fantasía que tengo contigo?

—Sí, claro. Cuéntamela.

—Que me folles en el bosque.

Él la mira con aire indeciso.

—¿Aquí, en esta cabaña?

—En esta cabaña no, en el bosque. Al aire libre.

—¿Ahora?

—Sí, ahora. Vamos a buscar un sitio.

Él sonríe, nervioso, y ella disfruta del modo tan sencillo con el que ha conseguido darle la vuelta a la situación.

—Deja aquí la guitarra, que te va a pesar.

—No voy a dejar aquí la guitarra.

—¿Quién te la va a quitar?

—Y yo qué sé. No la quiero dejar.

—Deja aquí la guitarra, llévame a un sitio tranquilo cerca del río y fóllame.

Juan se levanta. Le tiemblan las piernas y desea con toda su alma que ella no lo note. Deja la guitarra detrás del tablón y coloca los cartones a modo de pantalla. Le tiende la mano a Leandra y salen los dos de la cabaña. Afecta un aire resuelto según recorren el cauce estrecho del Guadarrama, y para marcar más claramente su desenvoltura se permite algún comentario sobre lo frondoso que está todo. Leandra no escucha sus explicaciones. Va buscando un lugar adecuado, libre de testigos, y empieza a comprender que, por remoto que sea un paraje, siempre hay un paseante con un perro o un viejo buscando setas.

Cerca del puente medieval encuentra un sotobosque de helechos entre árboles silvestres. Se oye el rumor del agua y las hojas de las hayas alfombran el suelo.

—¿Nos sentamos allí? —propone Leandra.

Antes de contestar, Juan se gira por si hay algún senderista cerca. Está inquieto. Se sientan sobre las hojas y enseguida él cambia de posición para evitar una raíz que se le está clavando en el culo. Ella se mofa de su torpeza. Aspira el aire de la tarde y se queda mirando el cauce del río, que en realidad solo se adivina más allá del bosque. Sabe que se podría desarbolar a su novio sin prolegómenos, pero prefiere disfrutar un poco más de la inquietud de él, de su timidez en el sexo.

—¿En qué estás pensando, en el polvo que vamos a echar o en tu guitarra?

Él se la queda mirando unos instantes.

—Estoy pensando en ti.

Ella sonríe, complacida. Le parece increíble lo fácil que resulta pasar de ser una novia sumisa a una mujer decidida que puede obtener lo que quiera.

—Buena respuesta. Dame un beso, anda.

Le muerde el labio antes de que él pueda reaccionar. Nota que los tiene un poco cortados, seguramente por los nervios del momento que él nunca reconocería pero que ella sabe que siente. Alivia su sequedad con la lengua, y cuando él pretende convertir su maniobra en un beso ardiente ella lo amonesta con un ademán y continúa deslizando su lengua por los labios, por las encías, por los dientes. Mientras lo hace, hurga en su cinturón, se lo desabrocha y no tarda más que unos segundos en dejar su polla al aire libre. Juan se tumba y entrecierra los ojos para disfrutar del momento. Leandra lo masturba despacio. Oye el ladrido de un perro y disfruta de la irresponsabilidad de seguir a lo suyo, indiferente a la posibilidad de ser sorprendida por alguien. Los ladridos se alejan, ella juega con la polla de Juan y él no piensa en la desgracia de que en el fondo le guste lo mismo que a todos los hombres.

Por tener los ojos cerrados no advierte que ella se ha quitado las bragas, y de pronto nota a Leandra encima de él, exagerando los suspiros o quizá emitiéndolos como expresión real de placer, Leandra guiando las manos de él hasta sus pechos y, ahora que él abre los ojos, Leandra desafiándolo con la mirada, sus pupilas brillando con expresión diabólica, una mirada de lunática y una frase lapidaria, «te van a robar tu guitarra pero me tienes a mí», una frase que ella repite varias veces, entre gemidos, como un diapasón, y que va meciendo a Juan junto al rumor de los árboles y del agua. «Te van a robar tu guitarra, pero me tienes a mí».

Dios te quiere

Nada más abrir los ojos, Ángela Mur se da cuenta de que la resaca es de las malas. Siempre le pasa cuando mezcla cerveza con ron, y anoche encima remató con la botella de vodka que había traído Lucas. La fiesta se alargó hasta las cinco, más que otras veces.

Todavía tumbada, tantea en la mesilla en busca del móvil. Son las once. Demasiado pronto para un domingo por la mañana. Demasiado pronto para quien se ha acostado a las tantas y hasta arriba de alcohol. Le gustaría dormir seis horas más. No se ve capaz de afrontar un día con su padre en casa, una comida con él y después el paso lento de la tarde.

Se acurruca entre las sábanas con la intención de dormir más, pero sabe que ya no puede. Le vienen recuerdos confusos de la fiesta. Vino mucha gente, algunos eran amigos de Katia y no los conocía de antes. Uno de ellos se fijó en ella, se reía con cada chorrada que soltaba, la acompañó un par de veces a la cocina para coger hielo. ¿Coqueteó con él? Un poco, pero más por darle celos a Lucas que porque le gustara de verdad. No sirvió de nada. Sonia se ha cruzado en su camino y le ha tomado ventaja, no hay duda de ello.

No se lo pasó muy bien, esa es la triste conclusión a la que llega últimamente después de una noche de juerga. Es como si faltara siempre algo, un ingrediente mágico que nunca se presenta cuando está bebiendo con sus amigos. Pero no sabe cuál es.

Vino la policía dos veces porque un vecino se había quejado. Ella prometió bajar la música y no les dijo que su padre era inspector de homicidios. Habría sido un buen modo de poner firmes a esos dos, pero no le apetecía presumir de padre, ni siquiera mencionarlo. No lo soporta. No sabe por qué, no lo culpa de la separación ni de que su madre haya puesto un océano entre ellas. Los matrimonios rompen, hay un montón de casos entre sus amigos.

Tiene ganas de vomitar, puede que por la resaca o quizá por la perspectiva de pasar el domingo con su padre. Al oír el ruido de la ducha, comprende que tiene que ser rápida. Se levanta, se enfunda unos vaqueros y la camiseta negra de anoche, se pone las zapas, coge las llaves, el móvil, el tabaco y la cartera y sale de casa. Nada más cerrar la puerta se da cuenta de que se ha precipitado. No se encuentra bien. Debería haberse levantado más despacio. Debería haber bebido agua y tomado un ibuprofeno. Siente una arcada y en un segundo de vértigo busca un lugar donde vomitar. Se abalanza sobre una maceta en el descansillo y allí vacía varias copas de vodka. Oye una voz, pero está tan concentrada en evitar que los mechones rebeldes del pelo se pringuen que no hace caso de ella. Ni siquiera sabe si es una voz que solo está en su cabeza.

—Mira lo que estás haciendo contigo.

La voz no está dentro de su cabeza. Suena en el descansillo con un eco que la hace más presente. Hay alguien mirándola.

—Tienes que aprender a respetarte —replica la voz.

Ángela reconoce al vecino de al lado y recuerda ahora que también él se quejó anoche de las voces, de las carcajadas, de los ruidos.

—No me habéis dejado dormir.

—¿Eres tú el que llamó a la policía?

—No.

—Pues vino dos veces.

Se fija ahora en el propietario de esa voz tan engolada, como de locutor de radio. Es un joven de unos veinte años que viste pantalones de tela, camisa azul y jersey morado.

Un joven bien afeitado, de pelo corto, de ojos claros, calmo en sus modales y en su mirada.

—¿Dónde vas así vestido?

—¿Dónde vas tú? ¿No crees que deberías regar esa planta?

—Ya la he regado. ¿No lo has visto?

—Riega la planta, por favor.

—Vete a la mierda.

La mirada del joven no se altera. Se acerca un poco más y se detiene. Ahora sí ha contrariado el gesto.

—¿Cuánto hace que no te aseas?

—¿A ti qué te importa?

—No hueles bien. También me lo pareció anoche.

Ángela toma aire. Se pregunta si ya ha vaciado el estómago del todo. Cree que sí. Baja las escaleras y sale a la calle. Sabe que el vecino la ha seguido con la mirada, husmeando los últimos efluvios de su cuerpo podrido. Hace mucho que no se ducha. Es verdad. Es apatía, no tiene fuerzas para la higiene personal. Respira el aire de la calle y empieza a sentirse mejor. Pero no tanto como para tomar un café, la sola idea le produce repugnancia.

No sabe adónde dirigirse. Vaga por la ciudad durante un buen rato, encadenando un cigarrillo tras otro. Y entonces comprende lo que tiene que hacer. Se presenta en el hospital de La Zarzuela y pregunta por Rodrigo Méndez. En recepción le dicen que está en la Unidad de Cuidados Intensivos, pero no se le puede visitar. Aun así, Ángela deambula por allí y termina encontrando a la hermana de su amigo, a la que conoce de alguna que otra quedada. Rodri está en coma, intubado, ha sufrido una conmoción cerebral y es pronto para evaluar el daño neurológico. Pero los pronósticos no son optimistas. Ángela asiente, conmovida. Anoche hablaron de Rodri, pero solo por encima, como para dejar constancia de la preocupación general. La desgracia del amigo común no impidió a nadie echar unas risas, fumar unos canutos y tomar unas copas. Nada le gustaría más que entrar en esa unidad que es como un búnker y tumbarse junto a su compañero. Así es como le gustaría pasar el domingo.

Cuando vuelve a casa, su padre no está. Allí siguen los restos de la fiesta: las botellas, los vasos, el cenicero lleno de colillas. En el suelo hay un folleto que alguien ha deslizado por debajo de la puerta. Es un folleto religioso que informa de encuentros en la parroquia del barrio. En la portada, en letras grandes, se lee: «Dios te quiere».

Autopsia

Mientras aguarda en la puerta del chalet de los Müller, Nieves anticipa la desolación que va a provocar en los padres de Martina y trata de inmunizarse convocando sensaciones positivas. Se deja acariciar por el aire frío que baja de la sierra. Guiña los ojos al mirar un efecto luminoso de los rayos de sol pasando entre las hojas de un plátano de sombra. Ha llamado ya tres veces y nadie responde al telefonillo. El frescor de la mañana, el suelo alfombrado de hojas, los árboles casi desnudos conforman una estampa definitivamente otoñal que acentúa el drama de esa familia.

Al cuarto intento sobreviene un timbrazo que aprovecha Nieves para empujar la puerta. Camina por el sendero que parte en dos el jardín y sube los tres peldaños que la separan de la entrada a la casa. Allí está Tobías Müller, plantado en el umbral como una figura trágica, despeinado y con una herida en el pómulo de la que mana un hilo de sangre, a juego con la chaqueta de lana roja que lleva puesta. Aunque trata de afectar naturalidad, su turbación es más que evidente. Caducan de golpe todas las fórmulas de cortesía luctuosa que Nieves tenía preparadas, porque enseguida se da cuenta de que ha sucedido algo anómalo.

—Señor Müller, ya pueden venir a identificar el cuerpo de su hija.

El doctor asiente de forma mecánica y se lleva la mano al bolsillo. Extrae un pañuelo y se limpia la sangre que ya surcaba su rostro de forma imparable.

—¿Se encuentra bien? —pregunta Nieves.

—Sí, todo bien.

—Tiene sangre, ¿cómo se ha hecho esa herida?

—Un percance sin importancia —dice mientras se guarda el pañuelo en el bolsillo—. Si me da cinco minutos, me arreglo y acabamos con esto.

—¿Su mujer está en casa?

—No se encuentra muy bien. Así que lo mejor será que vaya yo solo. Supongo que no hace falta que vayamos los dos.

—No, no es necesario.

—De acuerdo entonces. Espere unos minutos, por favor.

Un instinto sacude las entrañas de Nieves al ver que Tobías Müller está cerrando la puerta para dejarla esperando en el jardín. Pone el pie justo a tiempo de impedir que se cierre por completo y empuja la hoja de madera con suavidad, pero también con firmeza. El vestíbulo es un campo de batalla: platos rotos, añicos de loza aquí y allá, un jarrón rodando de un lado al otro y unas flores pisoteadas sobre un charco de agua. Tobías no está contento con la intrusión de la subinspectora, pero en su ánimo pesa más la vergüenza. Toma aire y soporta resignado el escrutinio del zafarrancho que allí ha tenido lugar.

—Hemos tenido una pelea, pero está todo bien.

—¿Dónde está su esposa?

—Se ha encerrado en el estudio, se ha tomado unas pastillas para los nervios, puede que esté dormida.

—Esa herida que tiene en la cara es muy reciente. No puede estar dormida.

—Compruébelo usted mismo, si no le parece que esto es una invasión de la intimidad.

—¿Se lo ha hecho ella? —pregunta Nieves señalando la sangre, tenaz, que de nuevo colora el rostro del doctor.

—Me ha saltado un cachito de loza, ha sido un accidente. No tiene importancia, de verdad, las parejas discuten.

—¿Dónde está el estudio? —pregunta Nieves, inflexible.

—Suba la escalera, la primera puerta a la derecha.

Nieves emprende la subida y se gira en el último peldaño, aprensiva, como temiendo un ataque por la espalda.

Tobías Müller ha recogido el jarrón del suelo y ahora sostiene el ramo de flores empapadas. Parece un pretendiente patético esperando a que baje su amada.

—¿María? —llama Nieves al tiempo que empuja la puerta del estudio.

María Lizana está tumbada en un sofá, pero se incorpora y trata de adecentar su aspecto. No es una tarea fácil, porque está demacrada por el llanto y aturdida por la trifulca que acaba de vivir.

—¿Se encuentra bien?

Ella abre los ojos ante la obviedad de la pregunta, pero no tiene fuerzas para una respuesta sarcástica. Se limita a sonreír de forma grotesca y a agachar los hombros, como si ya no pudiera soportar el peso de las desgracias. Nieves busca las señales de un maltrato físico, pero no encuentra heridas ni moratones. Sí hay un desgarro muy visible en esa mujer, pero es emocional. La violencia se advierte en el desorden del estudio. Hay fotografías en el suelo, un marco roto y un revoltijo de papeles y libros. Una parte de la discusión ha tenido lugar allí, no hay duda. Nieves reconoce a Cati en una fotografía: sale junto a María con un trofeo ganado en un torneo de pádel, como se deduce de las raquetas que ambas sostienen con una mano.

—Enseguida me arreglo, yo también quiero ir a ver a mi hija —musita con la voz estragada, sin la vibración rotunda de otras veces.

Nieves comprende que ha escuchado la conversación con Tobías y agradece en el fondo de su alma no tener que repetir la información. Sería como meterle la puntilla a esa mujer deshecha.

Ella misma conduce al matrimonio al depósito de cadáveres, un trayecto que se produce en un silencio tenso de llamativa fisicidad. Tobías Müller en el asiento del copiloto, sosteniendo el pañuelo ya muy manchado de sangre, como si quisiera hacer ostentación ante su mujer de las consecuencias de su mal genio. María Lizana detrás, llorando suavemente. Cuando llegan al lugar, Nieves los advierte sobre el estado del cadáver: la falta de los ojos, el cabello arrancado, el ensañamiento en las cuchilladas. Ninguno de los dos reacciona de manera especial. Han llegado al límite de su resistencia y parecen dos condenados camino del cadalso, sin esperanza. Dos sonámbulos. Dos personas desalmadas que han perdido la brújula.

Un auxiliar saca el cadáver de la nevera. Ha sido maquillado para atenuar el impacto de la contemplación. Dos gasas sirven de tapadera a los abismos oculares. Un forro verde y liviano cubre los más de veinte pinchazos del cuerpo. Pese a todas las precauciones, la visión del cadáver impresiona. Martina está abotargada y la piel ya violácea le da un aspecto aterrador. Nieves aguarda en silencio a que los Müller den por terminada la identificación. Ignora que en esos segundos el doctor está pensando en lo que podría hacer su pericia profesional con ese rostro destruido por el asesino. Y también ignora, aunque esto aspira a averiguarlo, que María Lizana está frustrada por la oferta millonaria que tiene sobre la mesa para hablar en televisión del caso de sus hijas. O mejor dicho, frustrada por la oposición de su marido a que participe en el carnaval morboso, una oposición que los ha hecho discutir con vehemencia. Es cierto que la angustia y el estrés de los últimos días han podido poner algo de su parte, pero el asunto sustancial es que un contrato como ese podía aliviar de golpe sus problemas económicos y que Tobías, con muchas razones para sentirse responsable de las penurias, antepone un sentido arcaico de la dignidad y la moral para cerrarse en banda.

Ninguno de los dos pronuncia las palabras protocolarias, «es ella, es mi hija», pero Nieves sabe que la identificación se ha producido, que el pudor les impide consignar verbalmente lo que ya no tiene remedio. Con un gesto de asentimiento indica al auxiliar que puede devolver el cuerpo a la nevera. El doctor es el primero en enfilar el pasillo hacia la salida. María se acurruca en su chaqueta al sentir un estremecimiento y sigue a su marido unos pasos por detrás. Nieves los ve ir con infinita tristeza.

La parsimonia del doctor Parera le trae recuerdos a Darío de La Laguna, del ritmo lento con el que se desempeñan allí las tareas, un ritmo que comunica un disfrute tranquilo de la vida. Lo conoce desde hace muchos años y todavía no sabe si considerarlo un amigo, un compañero de trabajo o un simple conocido.

—La causa de la muerte ya la sabes, me parece que ha sido retransmitida en directo.

—Quiero que me la digas tú.

Parera separa la piel del cuello, por el lado de la herida.

—Acércate y lo verás. Le han seccionado la arteria carótida izquierda con un arma blanca, posiblemente un cuchillo no dentado. ¿Lo ves? —dice mirando a Darío, que guarda una distancia con la mesa de disección.

—Prefiero no acercarme mucho.

—¿Todavía estamos con esas? No creo que sea tu primer muerto.

—He visto pocos con este nivel de ensañamiento.

—Si te sirve de consuelo, las veintidós cuchilladas que hay en el cuerpo son *post mortem*.

—Me parece igual de aterrador.

El tórax de Martina está abierto en canal y el forense va sacando órganos que coloca en una pileta. Quiere abrir hueco para examinar bien la cavidad interior.

—Hay huevecillos en distintas partes del cuerpo. Todavía no llegan a ser pupas, yo diría que lleva muerta unos cinco días.

—Lo más probable es que la mataran el miércoles, el mismo día que desapareció.

—Eso cuadra con lo que estoy viendo. El cadáver ha estado en un interior.

—¿Cómo lo sabes?

—Si hubiera estado en un exterior las aves de rapiña se habrían pegado un buen atracón, y no hay señales de eso.

—¿En qué clase de interior han tenido el cuerpo?

—Eso es más difícil de determinar —se inclina hacia el cuerpo y lo estudia con una lupa—. Hay heridas superficiales serpiginosas.

—¿Eso qué es?

—Causadas por hormigas. Pero eso no nos saca de la duda, hormigas hay en todas partes —se fija ahora en una zona corroída de la piel, bajo el muslo derecho—. Pero esto en cambio... Sí, esto ya es otra cosa.

—¿Qué pasa, Antonio? No me dejes así. ¿Qué has visto?

—Hay huellas de colmillos, muy pequeñas. De un roedor, probablemente un ratón.

—Entonces estamos hablando de un sótano. O de una casa abandonada.

El doctor no se adhiere a la conjetura de Darío. Continúa con la inspección del cuerpo, la lupa muy cerca del ojo.

—Picotazos de dípteros y coleópteros. Yo diría que el cadáver ha estado en un lugar insalubre.

—¿Qué más, Antonio?

—Laceraciones en la piel, seguramente causadas por las cuerdas con las que la tuvieron atada. Presenta un pequeño corte en el pecho que no es compatible con un arma blanca.

Darío piensa en el trocito de esmeralda prendido en la cuerda. Se le habrá clavado en algún cambio de postura.

—Tiene las uñas rotas y llenas de arenilla y barro. Es posible que intentara trepar por una pared o por un pozo.

Darío observa con tristeza las manos de Martina. Estaba obsesionada con lucir unas uñas perfectas. ¿Habrá tenido, en algún momento de su cautiverio, el ánimo de lamentar el estropicio de sus uñas? ¿O era consciente de que ya no había ningún futuro para ella?

—El cabello se lo han cortado a lo bestia, yo diría que con un cuchillo. Como los indios apaches. Está claro que el asesino no disponía de muchas herramientas. Parece que ha usado el cuchillo para todo. Si quieres te cuento lo peor.

—Adelante, ya me has destrozado el ánimo para todo el día.

—No creo que la culpa sea mía.

—Dispara, ¿qué me falta por saber?

—Los ojos. La sustancia vítrea y el cristalino partido están al final del cráneo. Y se distinguen también fragmentos de las córneas.

—¿Cuál es tu conjetura?

—Que no se los han arrancado. Se los han hundido. Y yo diría que a base de cuchilladas.

Darío intenta apartar de su mente la escena.

—¿Cuándo tendremos el informe completo?

Parera resopla, saca el hígado del cuerpo, lo sopesa y lo deja en la pileta.

—Cuando deje de encontrar barbaridades me pondré a redactarlo. Vete a la calle, anda, estás pálido. Te vas a desmayar.

—Sí, creo que será lo mejor. Gracias, Antonio.

Se dirige a la puerta y oye la voz del forense, en el mismo volumen que antes pese a que ahora él está más lejos.

—Yo tampoco he visto muchos cadáveres así. Yo tampoco.

Lo dice y se pone a canturrear mientras hurga en el interior de Martina.

Utilidad

No soporta encontrar la casa hecha un asco. Ceniceros rebosantes de colillas, vasos usados, dos cajas de cartón con restos de pizza, bolsas de patatas, una botella de vodka junto a la pata del sofá. Al montar una fiesta cuando está castigada, su hija le está echando un pulso. Pero no recoger la mierda de sus amigos y esperar que lo haga él es una falta de respeto.

Está cansado. Lleva pegado a la piel el informe de la autopsia y le da la sensación de que el olor a desinfectante que impregnaba esa sala le va a acompañar durante varios días. Ángela está escuchando música rap en su cuarto. Se oye la canción y también sus canturreos. Darío toma aire. Lo último que le apetece es un enfrentamiento, tal vez podría encerrarse en su dormitorio a leer un rato y cruzar los dedos para que dentro de dos horas el salón esté limpio. Guarda el abrigo en el armario de la entrada. Se fija en una mancha que hay en el marco de la puerta. Parece una vomitona. Sale de dudas al acercar la nariz. Cuatro o cinco zancadas lo trasladan a la habitación de su hija, que está tumbada en la cama trasteando con el móvil. El rap suena ahora a todo volumen y se clava en la mente de Darío.

—Ángela...

Ella no se gira hacia él, no lo mira, no acusa su llegada. Aunque la música está muy alta, es imposible que no advierta su presencia.

—¡Ángela!

—¿Qué pasa? —contesta ella con un gruñido.

—Apaga eso y recoge el salón. Está hecho una mierda.

—Luego.

—Ahora.

—Déjame en paz, anda.

Sube la música para marcar que la conversación ha terminado.

—Ángela...

Ella se pone a cantar con voz histriónica. Darío le quita el móvil de un zarpazo. Su intención es bajar el volumen o incluso apagar el teléfono, pero no le da a tiempo a explorar los botones porque sucede algo imprevisto: sin incorporarse siquiera, Ángela ha girado su cuerpo en un gesto rápido para lanzar una patada de ninja que acierta a Darío en un costado.

—Dame el móvil.

—¿Estás loca?

—¡Que me des el móvil!

Lo dice al tiempo que se incorpora como un felino para recuperar su teléfono. Darío, paralizado por la sorpresa, no opone resistencia. Ángela reanuda la canción que estaba sonando y se queda apoyada en el cabecero de la cama, cantando como si estuviera sola. Él sale del cuarto, con el corazón disparado. Por un momento piensa que le va a dar un infarto. Se sienta en el sofá y trata de serenarse. Está aturdido y no nota todavía el dolor en las costillas por culpa de la patada brutal que ha recibido. Intenta poner los hechos en orden, pero no puede. Solo hay un hecho sobre el que meditar: su hija le ha pegado.

El incidente cancela de golpe el duelo que ya llevaba tiempo haciendo en la relación con ella, un duelo sutil que él estaba recorriendo con calma y paladeando la tristeza de las despedidas. El duelo por la utilidad. En la experiencia compleja de ser padre, lo que más le gustaba era sentirse útil, saberse necesario en la vida de su hija. En los primeros años la utilidad se impone sola. La niña necesita que la vistan, que la alimenten, que la lleven al pediatra y le den la medicina. Sigue ondeando en todo lo alto la bandera del padre necesario durante la segunda infancia. Hay que llenar de contenido el día de los hijos. Hay que jugar con ellos, llevarlos de un sitio a otro, al colegio, a la playa, a las fiestas de cumpleaños. Hay que leerles el cuento y así disponerlos al sueño.

Se va diluyendo el sentimiento de utilidad, o se va adaptando a funciones concretas: la de cocinero, la de chófer, la de suministrador de dinero. Poco a poco, el padre va perdiendo relevancia. Darío lo sabe, lo nota, lleva tiempo pensando en dónde debe ponerse ahora en el tablero que comparte con su hija. ¿Cuál es la distancia perfecta para no agobiarla, para no convertirse en un enemigo?

Todas esas reflexiones han perdido su razón de ser. Ahora hay una guerra en casa. Darío quiere que acabe ese día cuanto antes para poder refugiarse en la brigada. Tiene una investigación entre manos y no debe distraerse. Se levanta, se pone la mano en el costado, que le duele. Entra en el cuarto de Ángela.

—Quiero el salón recogido en una hora. Tú sabrás lo que haces.

No se queda a esperar una chulería de ella. Suelta la frase y se mete en su habitación. En su mesilla le espera un libro de Stendhal, pero sabe que ahora no puede recurrir al consuelo de la buena literatura. No lograría concentrarse. Se pone a buscar psicólogos en internet. Expertos en conflictos familiares. La oferta es abrumadora. Recuerda el caso de un auxiliar en la brigada que tenía problemas con un hijo adolescente. Se llamaba Márquez. Tal vez podría llamarlo, él acudió a un psicólogo y los ayudó a mejorar la convivencia. Oye ruidos. Pasos en el parqué, tintineo de vasos y platos. Después, el aspirador. Ángela está recogiendo los restos de la fiesta.

Uñas

—Tenemos un exnovio despechado y un novio que es más raro que un perro verde. Ninguno de los dos dispone de coartada ni para el día de la desaparición ni para los posteriores, o la que tienen es endeble o puede haber sido fabricada.

Darío pasea por su despacho mientras desgrana los aspectos principales del caso.

—También tenemos a unos padres pijos, cultos, capaces de razonar con buenos argumentos y de tirarse los platos a la cabeza, literalmente —añade Nieves.

Se pregunta por qué le llegan esa mañana semejantes vaharadas de perfume. Parece que el lunes es el día del aseo completo del inspector. ¿Un baño de sales con espuma o un simple apretar compulsivo del frasco de colonia? ¿Un modo de compensar el atroz informe de la autopsia?

Han repasado el vídeo con las imágenes de Martina torturada. Nieves sí cree ver un trocito de esmeralda prendido en la cuerda, aunque admite que podría ser un efecto de la luz verdosa que baña la escena.

—¿Cuál es la conjetura? —pregunta—. ¿Martina lleva puesto el collar y el asesino se lo arranca de un tirón?

—Eso creo yo —contesta Darío—. Y un trocito de esmeralda se queda atrancado en la cuerda.

—Luego Martina le robó el collar a su madre.

—No lo sé. Pero tal vez sí.

—¿Por qué se lo pone ese día?

—El asesino la obliga a ponérselo. Le quiere restregar su maldad. Han acusado del robo a la filipina, la chica que las ha criado, y ella no ha dicho nada. El asesino es un moralista que quiere castigar a Martina.

—¿Por qué sabe que lleva el collar encima? —pregunta Nieves.

—Tal vez lo lleva él, para montar la escena.

—Entonces es alguien que tiene acceso directo a la casa de los Müller.

—Puede ser. Estamos hablando de un crimen planeado con tiempo. A Juan le robaron la cartera hace unos meses. El asesino se guarda su DNI para comprar una tarjeta prepago. Quiere desviar las sospechas hacia el novio de Leandra.

—Acceso directo a la casa tienen Juan, Omar, el cámara nuevo y poco más.

—Y las amigas. Quizá entró Acacia.

—O Sofía Lombo. He mirado su actividad en las redes sociales. También ella dejó de dar likes a las Müller cuando antes era superfán. ¿Por qué? No lo sé.

—Habría que hablar con ella.

—La he llamado, le he dejado un mensaje en el buzón de voz. De momento, no hay respuesta.

—Buen trabajo —dice Darío—. Deberíamos preguntar a los Müller quién ha entrado en esa casa en los últimos dos meses.

—No parece que estén en el mejor ánimo para colaborar.

—Están rotos, es normal. Pero quieren que atrapemos al culpable.

—¿De verdad no se tocaban cuando les enseñaste el vídeo? ¿No se confortaban el uno al otro?

—Nada.

—Eso no es un matrimonio.

Darío reprime las ganas de refutar esa frase, se calla su opinión de que hay matrimonios sustentados por razones ajenas al amor, y por tanto no debemos caer en la presunción de que dos personas se quieren solo porque llevan muchos años juntos. Pero no quiere mostrarse como un cínico descreído delante de su compañera. Además, los Müller, por muy hundidos que estén, sí están colaborando. El equipo informático está inspeccionando el ordenador de Martina. El de Leandra ha sido ya destripado y no hay mucho de lo que tirar. Hay fotos de la joven, algunas muy insinuantes, pero nada que se salga de lo normal. Una chica que quiere mejorar su fotogenia con gestos procaces, divertidos o directamente destinados a excitar a su novio. En el navegador figuran búsquedas de academias de música en Estados Unidos, puede que realizadas por Leandra en un intento de vencer la resistencia de Juan a obtener una formación, o tal vez por el mismo interesado. Hasta el espíritu más ermitaño se deja tentar de vez en cuando por la normalidad del mundo. Buena parte de la memoria del ordenador la ocupan las canciones que componían entre los dos, un pastiche de música indie con pretensiones que ninguno de los dos policías ha conseguido escuchar entero.

Morillas entra en el despacho con un informe sobre los teléfonos investigados. La última comunicación de Martina se produjo a las once horas y diecisiete minutos del miércoles. Leandra envió su último wasap tres minutos antes. Desde entonces, ninguna actividad en los móviles.

—¿Y el número de la tarjeta de datos? —pregunta Darío.

—Estamos triangulando la señal, pero no está siendo fácil. Sí sabemos que el móvil solo se ha conectado dos veces: una el miércoles a las diez de la noche. Y la otra el jueves a la misma hora.

—Para subir los dos vídeos —concluye Nieves.

—Estamos acotando la zona de la señal, de momento es muy amplia. Oeste y norte de Madrid.

—Entonces, ¿la tiene en Madrid? —dice Darío.

—Los vídeos los subió desde Madrid. Pero podría tenerla fuera —Morillas saca otro papel y lo pone sobre la mesa—. Mirad.

Es un informe del ordenador de Martina. Contiene las búsquedas más recientes en el navegador, las últimas comunicaciones por mail y los archivos descargados en octubre y noviembre. Ahí sí encuentran un cabo del que tirar.

El 3 de noviembre, Martina tecleó en el buscador de Google: «uñas Huelva». Un día antes de su desaparición.

Darío piensa de inmediato en la agenda roja, tuneada, de Anelis Guzmán. Necesitan saber si Pleamar tenía algún evento en Huelva esa semana. No le suena que así fuera, la representante se ha quejado ya de los plantones de las hermanas Müller y no ha mencionado nada en esa ciudad. Aun así, se desplazan a la agencia para hablar con ella.

Es la propia Anelis la que abre la puerta de la oficina. La de su despacho está entornada. Ella la cierra para que los policías no puedan espiar el interior. Los recibe en el vestíbulo. Le pide a Andrés, su ayudante, que prepare café y que abra una de las cajas de bombones que ha recibido.

—¿Uñas Huelva? Eso quiere decir que Martina quería localizar un sitio donde le hicieran las uñas en Huelva.

—Hasta ahí llegamos —dice Darío—. Lo que queremos saber es si las chicas tenían algún evento programado en esa ciudad.

—Ni idea. Que yo sepa no. Pero como les gustaba tanto ir por libre, cualquiera sabe. Son capaces del doble juego, de funcionar a mis espaldas con otra representante.

—¿Estaban descontentas con usted?

—La relación con unas chicas jóvenes y famosas nunca es fácil. Son muy inmaduras —añade susurrando—. Lo digo en voz baja para que no me oiga Acacia, que también tiene lo suyo.

Apunta con la cabeza a la puerta que ella misma ha cerrado.

—Veo que ya ha salido de su depresión —dice Darío.

—Le tuve que dar un ansiolítico, pero creo que fue más eficaz un like que apareció en su Instagram muy oportunamente.

—¿Sofía Lombo le dio el like a la foto de la ensalada? —pregunta Nieves, casi con alivio.

—Se lo pedí yo encarecidamente —susurra de nuevo—. Pero que no se entere esa, que le vuelve a dar el ataque. Aunque ahora está muy feliz, firmando libros.

—No entiendo —dice Darío—. ¿Es escritora?

—Acaban de llegar los ejemplares justificativos de su primera novela. *Instagrameando el amor.* Un encargo de una editorial. Hacen un lanzamiento tremendo. Le he pedido que dedique unos cuantos libros para enviar a influencers.

Darío nota un nudo en el estómago. Está releyendo *La cartuja de Parma* y para él el amor es Fabrice del Dongo encerrado en la torre Farnesio y enviando mensajes a Clélia Conti desde una ventana. No quiere ni pensar en el tratamiento que alguien tan insustancial como Acacia puede hacer de semejante tema.

Un hombre delgado entra en la oficina cargando entre resoplidos un equipo fotográfico. Darío y Nieves lo reconocen al instante: es Vladimir, el que se acercó a la mesa el día que comieron con Acacia.

—Llegas tarde, hijo —dice Anelis.

—¿Ya está aquí? No me coge el teléfono.

—Te está esperando.

El tono de reproche insinúa que debe entrar a saludarla sin dilación, así que deja el equipo en el suelo, junto al sofá, y se mete en el despacho.

—¿Vladimir es su hijo? —pregunta Darío.

—Sí, es el que hace las fotos de algunas de mis chicas. Y también los vídeos. Y no lo hace nada mal, miren el equipo que lleva a cuestas. No hay nadie que use tanto aparataje en este mundillo.

Como para ilustrarlo, saca de la bolsa de plástico un par de objetivos, unos filtros y una antorcha. Andrés carraspea con amaneramiento y se acerca al sofá con una bandeja llena de tazas humeantes y bombones.

—Aquí hay leche, aquí hay azúcar y aquí hay sacarinas. Que aproveche.

—Gracias, Andrés —dice Anelis—. ¿Has mirado el contrato de Loreal?

—Ahora mismo saco una copia.

Se sitúa en su ordenador y se concentra en su trabajo, pero Darío advierte que no pierde ripio de la conversación. Nieves, en cambio, tiene la mirada fija en los accesorios fotográficos que la representante ha sacado de la bolsa. Uno de los filtros es un bastidor con un plástico verde. Y la antorcha de luz lleva un difusor para atenuar la luminosidad. El vídeo de Martina acuchillada se reproduce en su mente con la luz pobre, de bodegón, que baña esa lóbrega estancia. Una luz verdosa que a Darío le recuerda a una estufa de gas y que podría ser generada por ese equipo fotográfico que se desparrama por la abertura de la bolsa como las vísceras de un caballo destripado. Está tan absorta en sus pensamientos que no oye salir a Vladimir del despacho. Se ha puesto a guardar sus bártulos en la bolsa y Nieves piensa por una fracción de segundo que esa estampa pertenece a la escena del crimen y se la está figurando, el fotógrafo recogiendo el equipo después de la grabación del vídeo.

—Vamos a empezar con la sesión. ¿Quieres estar, mamá?

—Id empezando. Ahora entro.

Vladimir vuelve al despacho y el aroma del café devuelve a Nieves a la realidad. Se sirve una sacarina y un poco de leche y mientras remueve el conjunto oye la voz de Anelis aportando un dato nuevo que por una razón misteriosa a ella le resulta familiar, como si fuera la pieza que faltaba en el puzle de su cabeza y ella la estuviera buscando debajo del sofá.

—Mi hijo trabajó con Pleamar unas semanas, cuando despidieron a Omar, el fotógrafo que tenían. Pero no se llevaron bien, no sé qué pasó.

—¿Hubo algún problema con él, o simplemente no se entendieron? —se interesa Darío.

—No lo sé. Esas chicas son imprevisibles, lo despedirían por cualquier tontada.

—¿No le preguntó a Vladimir qué había pasado?

—Le pregunté, pero ya sabe cómo son los hijos, qué le voy a contar. No sueltan prenda.

—No es fácil, no —concede Darío.

—¿Mamá? —se oye la voz de Vladimir.

—Vamos a ver esas fotos —dice Anelis levantándose—. Acábense el café tranquilamente. ¿Necesitan algo más?

—Eso es todo, muchas gracias —Darío se levanta también—. Nos vamos corriendo, que tenemos prisa.

Nieves vacía su taza de un trago. Se le queda en la boca el regusto de la sacarina mal disuelta. Necesita compartir sus sospechas con Darío cuanto antes, pero apenas ha empezado a desgranarlas, mientras bajan las escaleras hacia la calle, cuando Andrés, el ayudante, les da alcance.

—Esperen...

Los dos policías se giran hacia él. La postura de Darío, con un pie en cada escalón y la mano en la barandilla, es algo forzada. Nieves aguarda un escalón más abajo, mirando la cara de apuro del joven de la pajarita y los tirantes. Enseguida comprende que hay algo que le quema por dentro.

—He visto el vídeo de Martina —dice hablando muy deprisa—. Pobrecita.

—Es espantoso. Pero te aseguro que atraparemos al culpable.

—Yo no sé quién ha sido, se lo juro por lo que más quiero. Pero también quiero que lo atrapen.

—¿Quieres contarnos algo, Andrés? —lo anima Nieves.

Él se gira hacia la puerta de la oficina, que está entornada y derrama sobre el descansillo un charco de luz.

—Si mi jefa se entera de esto, me mata. He escuchado la conversación. Y les ha mentido. Por lo menos en una cosa.

—¿En qué nos ha mentido?

—Vladimir sí le contó por qué lo habían despedido. Dijo que había tenido un incidente con una de las hermanas. Anelis le preguntó si se refería a un incidente sexual, si les había sacado la polla a las chicas, dijo textualmente. Él dijo que no tanto, pero dio a entender que sí, que se había propasado con una de las hermanas.

—¿Tú estabas presente en esa conversación? —pregunta Darío.

—Yo estaba en mi ordenador y ellos en el despacho. Pero se oye todo. Hablan a gritos.

—Gracias por la información, Andrés. Puede ser de mucha utilidad —dice Darío.

—Me vuelvo a mi sitio. Suerte. Y cojan al cabrón que ha matado a Martina.

Darío y Nieves descienden en silencio las escaleras, un silencio poco natural, impuesto por ese zaguán que parece lleno de oquedades y de oídos que escuchan por detrás de las paredes. Una vez en la calle, se desahogan.

—¿Por qué nos ha contado todo esto? —pregunta Nieves.

—No lo sé. Anelis le debe de pagar muy poco.

—A lo mejor estaba enamorado de Martina.

—Me creería más que esté enamorado de Vladimir.

—¿Solo porque tiene un poco de pluma piensas que es gay?

—Ya lo sé, Nieves, me dejo llevar por mis prejuicios de macho ibérico. Habla con pluma y lleva tirantes y pajarita, cojones. ¿Qué quieres que piense?

—Puede que le gusten los chicos y las chicas.

—Puede ser, para ti la perra gorda. Le gustas tú y le gusto yo —dice Darío rezongando—. Pero un poco más yo.

Se estaban fugando

Para viajar desde Madrid hasta Huelva se puede coger un Media Distancia, un tren vetusto de motores antediluvianos que han reventado más de una vez. Las imágenes de pasajeros abandonados en medio de un sembrado a la altura de Torrijos o de Navalmoral de la Mata han salido en la prensa y la falta de reacción de las autoridades enardece a los usuarios. En ese tren se viaja con frío o con un calor sofocante, según la época del año, pues tanto la calefacción como el aire acondicionado deben ser racionados para no comprometer el funcionamiento de los motores. Si uno quiere calentarse con una bebida o bien aliviarse con un refresco no puede ir a la cafetería, por la sencilla razón de que no existe tal servicio. Hay que conformarse con unas máquinas expendedoras.

¿Es este el tren que cogieron las hermanas Müller el 4 de noviembre? Darío y Nieves entran en la estación de Atocha y se dirigen al andén número trece. Faltan cuarenta minutos para la salida, pero allí está el tren estacionado, descansando su vieja dignidad. Dentro encuentran al interventor, un hombre que viste una camisa blanca ajustada que resalta su barriga y a la que sirve de adorno una corbata negra muy estrecha. Está colocando almohadones en un armario y tiene gotas de sudor en la frente y en las mejillas.

Los dos policías se identifican y le muestran una fotografía de Martina y Leandra. El hombre mira la foto unos segundos, el tiempo que se suelen tomar los testigos antes de menear la cabeza y decir que no, que esos rostros no le suenan de nada. Es lo que les ha pasado con la mujer que estaba en el control de acceso al andén. Ella ha esgrimido la excusa de que el miércoles no estaba en ese punto, deberían mirar la planilla para averiguar quién era. El trabajo policial exige paciencia, volver a los sitios más de una vez, convertir una simple consulta en una pesquisa minuciosa para poder obtener resultados. Por eso a los dos les sorprende la reacción del interventor.

—Sí, me suenan mucho. Viajaron el miércoles y yo diría que en el vagón número cinco.

—¿Está seguro? —pregunta Darío.

—Completamente seguro, son ellas. Las tuve que despertar para que me enseñaran el billete. Eran novias.

—¿Novias? —se sorprende Nieves—. Son hermanas.

—Ah, hermanas. Pues parecían novias. Estaban abrazadas. Al principio pensé que se estaban dando el filete, pero luego vi que estaban dormidas. Eso sí, muy pegadas.

—¿Pegadas cómo? ¿Puede explicarlo? —pregunta Darío.

El hombre titubea y Nieves tiene la impresión de que considera por un momento abrazarla a ella para ilustrar la postura. Por fortuna, el pudor sale en su rescate.

—La más pequeña estaba apoyada en la otra y la abrazaba muy fuerte. De hecho ni se despertó, fue la mayor la que me dio los dos billetes.

—¿Dónde se bajaron?

—En Huelva. Hicieron el trayecto entero.

Una vez en la brigada, Nieves envía una circular a la comandancia de Huelva. Necesitan ayuda para rastrear los pasos de las hermanas Müller. Habla con un oficial llamado José Carrillo, que se compromete a enviar un informe completo cuanto antes. Testigos que hayan podido verlas en la estación, dependientes de comercios cercanos, taxistas, agencias de alquiler de vehículos y trabajadores de la terminal de autobuses, por si acaso se han desplazado a otro lugar por ese medio. Nieves envía una fotografía de Leandra para que la coloquen aquí y allá como forma de solicitar la ayuda ciudadana. Odia ese rótulo, «desaparecida», escrito en grandes caracteres bajo el rostro sonriente.

Es un modo de reconocer que la policía está en la parra, que no dispone de pistas sólidas de las que tirar. Pero no hay más remedio que hacerlo.

Nieves entra en el despacho de Darío para contarle las novedades, pero él se adelanta. Lee el resultado de sus pesquisas en la pantalla del ordenador.

—Vladimir Dumont, veinticinco años. Llegó a España procedente de Cuba hace tres. Trabajó como fotofija en dos cortos y como auxiliar de cámara en un documental. Después estuvo un año sin hacer nada. Vive con su madre, que le está metiendo en el mundillo como fotógrafo y cámara de influencers.

—Y tiene un equipo fotográfico espectacular, con filtros verdosos y una antorcha de luz tamizada —añade Nieves.

—Hay que hablar con él cuanto antes.

—Estoy en ello. Lo he llamado, no responde.

Darío asiente. Nieves se queda pensativa.

—No hicieron fotos —dice—. Las hermanas Müller. Los dos teléfonos apagados durante el viaje. ¿Por qué?

—Porque se estaban escapando. No querían dar pistas sobre su paradero.

—¿De quién se estaban escapando?

—No lo sé. De sus padres.

—¿Un ambiente familiar puede ser tan sofocante?

—¿Me lo preguntas a mí? Yo me escaparía esta misma noche.

—Tú tienes otra forma de evitar el conflicto. Te basta con esquivar a tu hija.

Lo dice con naturalidad, sin cargar la frase de intención, pero el dardo está lanzado y vuela hasta clavarse en el pecho del inspector, que esboza una sonrisa amarga. Ella lo nota.

—Perdón. No quería decir eso.

—No te preocupes. Estoy pensando en lo que nos ha contado el interventor. Es como si Leandra estuviera aferrada a su hermana mayor, como si necesitara su protección. Como si tuvieran miedo.

—Puede que estuvieran huyendo de una amenaza.

—«Alguien quiere hacernos daño» —recita Darío—. ¿Recuerdas esa frase en uno de los vídeos?

—Claro que la recuerdo. Nunca te la tomaste muy en serio.

—Igual es el momento de hacerlo.

Suena un pitido en el móvil de Nieves. Darío advierte su respingo, la ve chateando con la ilusión de una adolescente.

—¿Un nuevo ligue?

Nieves le dedica una sonrisa sarcástica.

—En horas de trabajo no chateo. Era Sofía Lombo. Hemos quedado en su casa.

Darío consulta su reloj. Ha localizado a Márquez. Ha quedado con él para tomar una caña. Quiere saber en qué consistió la intervención del psicólogo, si resultó eficaz, si las cosas con su hijo han mejorado desde entonces. Necesita hablar con alguien que haya pasado por los mismos problemas que él. Necesita consejo. Necesita ayuda.

—¿Te importa ir sola? Yo tengo algo que hacer.

—Qué misterioso.

—Problemas con mi hija. Pero no preguntes, por favor.

Nieves asiente y, acto seguido, coge su libreta y un bolígrafo y se los guarda en el bolsillo de la chaqueta.

Sofía Lombo

Sofía Lombo vive en la calle Almagro, en un edificio señorial. Recibe a Nieves vestida con una chaqueta de punto color crema y con zapatillas de andar por casa.

—Me estoy haciendo un té, ¿te apetece uno?

Nieves aprecia la sonrisa natural con que la ha saludado, su desenvoltura en el tuteo, en el modo de integrarla en su espacio desde el primer momento.

—No, gracias.

Como siempre que habita un lugar suntuoso, se siente incómoda. Prefiere interrogar a testigos en pisos destartalados, sentarse en un sofá mugriento o arrimar una silla vieja a la mesa camilla. La conversación con Sofía va a tener lugar en un salón más amplio que el piso entero de la subinspectora, sus pies van a pisar una alfombra de cinco centímetros de grosor y sus ojos se van a posar, en alguna mirada distraída, en un óleo de Sorolla. Sofía entra con una bandeja en la que lleva una tetera, dos tazas y un plato con galletitas danesas.

—Traigo dos tazas por si te animas.

Se sube de un salto a un sillón de cuero y se sienta sobre sus piernas cruzadas. Una postura de yoga adoptada con una agilidad admirable.

—Cuéntame, supongo que quieres hablar de las hermanas Müller.

—¿Las conocías?

—Claro, éramos amigas. Qué horror lo que ha pasado.

—¿Erais amigas o simplemente compañeras de trabajo?

—Amigas. Buenas amigas. De verdad. Sobre todo con Martina. Me encantaba. Nos seguíamos la una a la otra, nos apoyábamos, coincidíamos en un montón de fiestas...

—¿No se había enfriado vuestra amistad?

—No, ¿por qué?

—He estado mirando tu actividad en las redes. Espero que disculpes mi intromisión.

—Lo tengo todo público, no es ninguna intromisión.

—He visto que antes le dabas likes a todo lo que ponía Pleamar. Pero de pronto dejaste de hacerlo.

—Sí, mucha gente me lo dice, me piden un like, o que comparta, o que les haga publicidad... Estoy harta de eso.

—Entiendo que la fama tiene ese lado coñazo. Pero has dicho que Martina era tu amiga.

Sofía se inclina hacia la tetera. Se sirve una taza.

—¿Seguro que no quieres?

—Seguro.

—Últimamente estoy menos pendiente de mis redes.

—No es lo que tengo entendido, Sofía. La campaña que tenía Martina para anunciar unas botas la has heredado tú.

—Me han llamado, sí. Estuve a punto de mandarles a la mierda, para no parecer un buitre. Pero pagaban bien. Y si no la cojo yo, la habría cogido otra persona.

—Creo que sí te voy a aceptar una taza de té. Me estás dando envidia.

—Claro.

Sofía se incorpora para servir la taza. Nieves la observa. El pulso firme, la naturalidad intacta. No está nerviosa.

—¿Te molestó que Martina publicara una foto en la que se te veía comiendo carne?

Un chorrito de té cae sobre el plato. Una pequeña victoria para Nieves, que ha conseguido que la conversación se rice un poco.

—Menuda tontería.

—En tu perfil te presentas como vegana.

—Soy vegana convencida y ese día comí carne. No creo que sea un gran pecado ni que se pare el mundo por eso.

—Pero se generó un terremoto en tus redes. Y perdiste muchos seguidores.

—Los he ido recuperando. La gente es muy talibán, quieren que pienses exactamente como ellos. Hay que aprender a pasar de esas cosas.

—¿Tu amistad con Martina se estropeó a raíz de eso?

—Una pregunta, inspectora.

—Subinspectora.

—Da igual. ¿Usas redes?

—No como tú. Nivel usuario.

—Si las usaras a tope, como hago yo, sabrías que estas cosas son muy habituales. Estamos todo el día picadas con una youtuber o con una instagramer porque ha dicho esto o aquello, porque no te sigue o porque no te comparte. De verdad, son niñerías. No hay que darle importancia.

—Pero tú se la diste. Ni un like a Pleamar desde que Martina subió la foto de la carne.

Sofía Lombo sonríe en señal de incredulidad.

—¿Eso me convierte en sospechosa de haberla matado? No, lo digo en serio. Porque estoy flipando.

—Solo quiero que me ayudes a conocer el entorno de las hermanas Müller. Pero ya que lo preguntas, me gustaría saber qué hiciste el miércoles pasado.

—¿Ese fue el día que desaparecieron?

—Sí.

—Pues estuve en casa con mi hermano. Mi padre está de viaje y no lo puedo dejar solo. Tiene una discapacidad intelectual.

—¿Y tu madre?

—Mi madre murió hace tres años. Un cáncer.

—Lo siento.

—No pasa nada, lo tengo superado.

Unos golpes en la pared sobresaltan a Sofía. Golpes secos, rítmicos, que van ganando presencia.

—Perdona.

Sofía sale del salón.

—Adrián, cariño, estoy aquí. No pasa nada —la oye decir Nieves.

Todavía se oyen más golpes.

—Adrián, para, por favor.

Nieves se levanta, se acerca a la puerta del salón. Los golpes en la pared y los ruegos de Sofía proceden del pasillo. Se adentra en la casa sabiendo que la ampara la curiosidad policial. A fin de cuentas, ese chico es el que sostiene la coartada de la sospechosa y es natural que quiera conocerlo. Nieves se asoma a una habitación que tiene la puerta abierta. Adrián aparenta dieciocho años. Está de pie junto a un mural de corcho que adornan varias fotografías de Martina. Tiene los brazos pegados al pecho y está dando cabezazos a la pared, como un autómata. Su hermana intenta detener el bamboleo, pero no es fácil.

—Ya está, Adrián, te vas a hacer daño.

Se gira al notar la presencia de Nieves en el umbral.

—Te voy a pedir que te marches, si quieres seguimos otro día. Está teniendo una crisis.

—¿Y esas fotos? —Nieves señala el mural de corcho.

—Estaba enamorado de Martina.

La mención del nombre provoca un sollozo agudo que nace de las entrañas de Adrián.

—Desde que ha muerto está fatal. Ayer tuvo un ataque de epilepsia. Hoy lleva todo el día así. Le he subido la medicación, pero no hay forma. Ya no sé qué hacer.

El sollozo se convierte en un aullido continuo y en una tanda de cabezazos contra la pared, más contundentes que los anteriores.

—¡Adrián!

—¿Te ayudo?

—No, yo me encargo. Gracias.

Nieves interpreta ese gracias como una invitación a marcharse. Cuando sale del portal y se aleja calle abajo le parece oír todavía los gritos de Adrián. Y cuando está en el coche conduciendo hacia la brigada detecta un nudo en el estómago, la forma inicial que adopta siempre su suspicacia. Algo raro ha sucedido en ese piso. ¿Es el rechazo instintivo, inconfesable, que provoca un discapacitado intelectual? ¿Es la compasión que se abre paso a lo bestia dentro de ella? No. No son los cabezazos en la pared, ni la fijación de lunático de Adrián, un pobre enamorado. Lo que está cobrando forma en la mente de Nieves ha pasado en el salón, durante la charla con Sofía Lombo. El teléfono móvil. Eso es. La influencer con más seguidores, la chica del momento, la mujer que arrasa en las redes sociales, no tenía el teléfono móvil ni en la mano ni sobre la mesa. Y eso a Nieves no le encaja.

Una cita extraña

Ángela se ha metido en la ducha, se ha lavado el pelo y se ha puesto unas gotas de perfume. Y todo porque el vecino, el que deslizó un folleto religioso por debajo de la puerta, la ha invitado a dar un paseo. Todavía no sabe en qué estaba pensando cuando le dijo que sí. En su mundo de rebeldía adolescente nada rechina más que un curita soltando consejos sobre cómo vivir la vida sin salirse del camino. Pero justo cuando llamó a la puerta ella acababa de discutir con Lucas, que se había presentado al examen de Lengua en lugar de hacer pellas juntos, como habían convenido, y en su interior rugía un volcán en erupción, la forma habitual de sus enfados, un deseo de acción que la podía abocar a cualquier locura con tal de no quedarse en casa.

—Quiero hablar contigo. ¿Tienes tiempo para dar una vuelta?

Esa fue la fórmula escogida por el vecino, una frase directa, sin preámbulos, pronunciada con firmeza, sí, pero también con un punto de dulzura, un aire beatífico del que ella se habría reído noventa y nueve de cada cien veces. Por qué se produjo la excepción justo en ese momento es algo que Ángela no alcanza a comprender. No sabe si es por el enfado con Lucas, porque necesitaba salir de casa, porque pasear con un tipo así de raro es algo que encaja muy bien en su espíritu transgresor o porque el vecino le parece muy guapo.

—¿Por qué quieres hablar conmigo?

Ángela le lanza la pregunta a bocajarro nada más poner el pie en la calle.

—Porque me preocupas. Sería muy mal cura si no supiera reconocer a alguien que se está apartando del camino.

—¿Eres cura?

—Estoy estudiando Teología.

—¿Y si consigues convertirme a tu religión te aprueban?

—No es eso. Es que me impactó verte el otro día así, tan destrozada. Una chica tan joven como tú.

—¿Por eso me metiste el folleto por debajo de la puerta?

—¿Has tenido tiempo de echarle un vistazo?

—Lo he tirado a la basura.

—Es lógico, yo también lo haría si alguien intenta convencerme de lo que no soy.

Habla de forma pausada, como si quisiera protegerse de la velocidad imperante en el mundo. O como si fuera inmune a ella.

—¿Eso es lo que quieres? ¿Convencerme? ¿No serás de una secta?

—En absoluto. Me reúno los miércoles en la parroquia de San Miguel con gente como tú, gente que quiere compartir inquietudes y pasar un buen rato charlando.

—¿Hay alcohol?

—No hace falta el alcohol para pasárselo bien.

—Yo no soy de esos pringaos que no beben.

—Yo no bebo y te aseguro que no soy un pringao.

—Me apetece una caña. ¿Paramos en un bareto? —lo provoca ella.

Él sonríe para dejar claro que ha captado la broma.

—Prefiero pasear.

Caminan hacia la plaza de Chamberí. Sopla el viento y Ángela tiene frío. Ahora lamenta haberse puesto una cazadora vaquera que no abriga nada. Él lleva un gabán un tanto antiguo y una bufanda.

—¿Cómo te llamas?

—Gonzalo. ¿Y tú?

—Ángela. Si mis amigos me ven contigo se descojonan durante un mes.

—Me gustaría que vinieras el miércoles a la parroquia. Las reuniones las conduce el padre Héctor, es ecuatoriano, un hombre muy cálido y muy divertido. Te sorprendería.

—Paso de esas charlas, no me gustan. Yo no creo en Dios.

—Pero Dios sí cree en ti, eso es lo maravilloso. Y a mí me ha pedido que te ayude.

Ella se para y lo mira como si estuviera loco.

—¿En serio? ¿Cómo te lo ha pedido? ¿Has tenido una visión?

—Es mucho más sutil. Pero yo lo noto.

—Yo no necesito que me ayuden.

—Yo creo que sí, Ángela.

—Tengo un amigo que está en el hospital. Él sí que necesita ayuda.

—¿Quieres hablarme de él?

Ángela le cuenta lo que pasó con la policía, las pintadas, las carreras, el salto desde el puente y la mala caída. Gonzalo escucha la historia sin interrumpirla, con paciencia y respeto. En la plaza de Chamberí hay personas mayores terminando el paseo de cada tarde, entre palomas y niños. Está oscureciendo y en el barrio, poco a poco, se empiezan a cerrar las cortinas. También se iluminan algunas ventanas que fragmentan la noche en rectángulos de luz. La tensión de Ángela ha desaparecido en algún momento de la charla sin que ella se dé cuenta. De pronto se siente a gusto hablando con ese extraño que menciona cada dos por tres el amor de Dios sobre todos los hombres y la infinita comprensión con la que nos abraza. La facilidad con la que abre su corazón para revelar confidencias, secretos y complejos la deja un tanto confundida. Una persona ajena a nuestro entorno, alejada varios anillos de nuestro núcleo, puede ser el mejor amigo una tarde cualquiera.

Cuando ya están volviendo a casa, Gonzalo acepta el trato que Ángela le ofrece: lo acompañará el miércoles a las reuniones del padre Héctor si quedan otro día para tomar unas cañas. Se despiden en el rellano con una sonrisa, y cuando ella está metiendo la llave en la cerradura se da cuenta de que el paseo ha obrado un cambio muy positivo en su estado de ánimo. Ni siquiera se acuerda de torcer el gesto cuando se encuentra a su padre en el recibidor.

—¿Dónde has estado? —pregunta Darío.

—Dando un paseo con el vecino.

—¿Con qué vecino?

—Con el de al lado. Se llama Gonzalo, estudia el grado de Teología.

Lo dice mientras cruza el pasillo hacia su habitación, y a Darío, estupefacto, le parece que no lo ha dicho en broma.

No le hace falta llamar a la puerta porque Ángela la ha dejado entornada. Simplemente la empuja y entra.

—He pedido hora con un psicólogo.

—¿Para mí?

—Para los dos.

—No quiero ir al psicólogo.

—Vamos a ir y vamos a contar lo que pasó ayer. ¿Está claro?

—No pasó nada.

—Me diste una patada, Ángela. Vamos a ir al psicólogo y se lo vamos a contar. Una sesión. Si no nos gusta, no volvemos.

Ella no responde. Se sienta en la cama y conecta los cascos al móvil. Aunque se ha vuelto huraña y ahora actúa como si estuviera sola, Darío se toma el silencio por un sí.

Vladimir

—Martina era una zorra descarada, acostumbrada a salirse con la suya. Supongo que le molestó que yo no entrara en sus provocaciones.

Vladimir Dumont habla con vehemencia Se ha presentado en la brigada y suelta su versión de los hechos antes incluso de que le pregunten sobre ello. Sabe lo que las hermanas han contado por ahí, sabe que su madre no se calla ni debajo del agua, sabe que la policía va a meter la nariz en ese asunto. Es inútil mantenerlo en secreto, mejor dar la cara y afrontar el interrogatorio cuanto antes.

—¿No te da reparo insultar a una mujer que ha sido asesinada?

—Eso no la convierte en una santa.

—¿No te da pena que la hayan matado?

Vladimir exhala un suspiro de desgana.

—No voy a entrar en esas hipocresías sociales de que el muerto era una bellísima persona cuando en realidad era un grandísimo hijo de puta. Martina usaba la seducción como un juego de poder, lo hizo conmigo, le salió mal y por eso me despidió.

—¿Me cuentas lo que pasó entre vosotros?

—Ella acababa de dejarlo con su novio y estaba como una gata en celo, con ganas de tirarse al primero que se le pusiera por delante.

—¿Eso cómo lo sabes? No la conocías de antes, que yo sepa.

—De alguna fiesta, pero no, nunca habíamos hablado.

—Entonces, ¿por qué sabes que Martina era seductora por sistema?

161

—Conmigo se comportó así.

—A lo mejor le gustabas.

Él suspira con un principio de hastío. No le gusta que lo contradigan, está claro, y Nieves anota mentalmente ese rasgo de su carácter. Quiere encontrarle las cosquillas, ponerlo en un aprieto, pescarlo en alguna incongruencia. Lo mira en silencio hasta que él desvía la mirada.

—¿Empezamos desde el principio?

—Como quiera, pero no tengo mucho tiempo.

—Te contratan para grabar los vídeos de Pleamar cuando Omar Berrocal y Martina discuten.

—Eso es.

—¿Por qué te contratan a ti, si no te conocían de nada?

—Supongo que conocían mi trabajo. Este es un mundo muy pequeño.

—¿Tu madre no tuvo nada que ver?

—¿Me está preguntando si mi madre me enchufó? —pregunta Vladimir, irritado.

—Tu madre es la representante de las hermanas Müller. Me parece normal que te proponga ella.

—Yo prefiero pensar que me contrataron porque les gusta mi curro, y no por un puto enchufe. Usted es libre de pensar lo que quiera.

—Perdona, no quería incomodarte.

—Pues lo ha hecho. Llevo muchos años de carrera.

—¿Cuánto tiempo trabajas para las hermanas Müller?

—Dos semanas.

—Es decir, dos vídeos.

—Exacto. Dos vídeos y algunas fotos para el Instagram de Martina.

—¿Por qué solo dos semanas?

—Porque Martina Müller me despidió. ¿Me deja ahora explicar por qué me despidió?

—Adelante.

—Gracias —dice él con sarcasmo—. Cuando le he dicho que era una zorra descarada no lo decía enfadado ni

162

nada de eso. Lo decía porque desde que entré en esa casa me buscaba por las esquinas, se restregaba en mi cuerpo, me miraba de forma insinuante... Y hacer eso con un tío al que no conoces es ser un poco zorra.

—Perdona que te interrumpa, es que me llama la atención el tono con el que estás hablando. ¿Una mujer que quiere ligar contigo es una zorra?

—La relación que yo tenía con ellas era laboral.

—Ya, pero la vida está llena de romances que surgen en la oficina. No siempre es fácil separar las cosas, ¿no crees?

—Yo creo que es muy fácil saber cuándo te corresponden y cuando no.

—¿Y tú no la correspondías?

—Yo solo quería hacer mi trabajo.

Nieves se esfuerza en poner un punto de calma en su mirada, convencida de que basta con eso, con un escepticismo manso para que el otro salte.

—Una tarde me pidió que la acompañara a su cuarto. Quería que grabara unos planos de un póster de un actor guapo. El que hace de Thor, creo que era. La idea era recoger el momento en el que ella quita el póster de la pared porque se había cansado de perseguir a los hombres guapos. Ahora quería fijarse en otras virtudes, en la inteligencia, en el sentido del humor, en la sensibilidad y todo eso.

—Muy loable.

—Me dijo que prefería a un hombre como yo.

—Te estaba llamando feo.

Tiembla un instante el párpado derecho de Vladimir, ofendido por el comentario. En realidad, Nieves lo encuentra atractivo. Un cuerpo musculoso, un desaliño estudiado, una mirada melancólica, aunque quizá un poco somnolienta. Un suave acento cubano. Es un hombre que puede gustar a las mujeres.

—También me estaba llamando inteligente, divertido y sensible.

—Eso es cierto. ¿Qué pasó en ese cuarto?

—Yo le dije que sí, que podíamos grabar el plano del actor y después a ella arrancando el póster, y empecé a estudiar la luz que había en la habitación. Ya era casi de noche, tenía que usar un flexo para iluminar bien la escena. Y de pronto ella cerró la puerta con el pestillo.

—¿Dónde estaba Leandra en ese momento?

—Merendando, yo qué sé.

—Pero en el vídeo iban a salir las dos.

—Sí, había un guion, salían las dos. Y decían que abajo los hombres guapos y que vivan los feos. Un tema apasionante —dice con desprecio.

—Vale, ella echa el pestillo. ¿Qué pasó?

—Me preguntó por qué estaba tan nervioso. Le dije que no estaba nervioso. Entonces se sentó en la cama y con una vocecita angelical susurró: «¿No te gusto?».

—¿Y tú qué hiciste?

—Me puse a sacar mis aparatos, a iluminar la habitación... Pasé de ella. Y cuando estaba colocando el trípode vi que se había quitado la camiseta y estaba en sujetador.

Vladimir hace una pausa, como esperando una reacción de Nieves, que no llega.

—«No me puedo creer que no te guste», me dijo. Yo le pedí que se vistiera, que me estaba empezando a sentir muy incómodo, y ella se enfadó. Empezó a insultarme, me dijo que era un cobarde, que a ella no la rechazaba nadie, que era una mierda de tío, etcétera. Se puso como una loca. Así que recogí mis bártulos y me fui a mi casa. Al día siguiente me mandó un wasap diciéndome que estaba despedido. Y luego me enteré de lo que iba contando por ahí, que yo la había acosado y que me la había intentado tirar. Esa es la historia.

Nieves asiente despacio. Esa es la historia. Una versión opuesta a la de Andrés, el ayudante de Anelis, y a la de las propias hermanas, que han difundido el incidente de forma muy distinta. ¿Quién dice la verdad? ¿Qué pasó en esa habitación? Imposible saberlo. La antipatía que a Nieves le despierta el fotógrafo no le impide reconocer que ha contado su relato de forma creíble. Conoce varios casos de denuncias cruzadas: una mujer acusa a su marido de maltrato y él la acusa a ella. ¿Cómo averiguar la verdad en esos laberintos conyugales? Ella activa el olfato, el instinto de policía, y comprende con tristeza que no sirve para nada. Necesita pruebas, o al menos una contradicción clara, un olor pútrido que husmear.

—¿Dónde estuviste el miércoles pasado?

—El miércoles en casa, el jueves de copas, el viernes de resaca. Pregúntele a mi madre, vivo con ella y todavía me regaña cuando llego tarde, como si fuera un niño.

Una coartada débil, piensa Nieves, porque una madre daría la vida por un hijo. Pero es una coartada. Piensa en la conversación con Vladimir mientras vuelve a casa, resignada al hecho de haberse saltado, una vez más, la clase de zumba. Pero la espera una cena sana que ya tiene preparada, un rato de chateo con algún pretendiente y una copa de vino con unas onzas de chocolate y un poco de música. Le gusta estar sola, dejar el móvil en silencio por unas horas, aunque lo mire de vez en cuando por si acaso ha pasado algo.

Emprende dos conversaciones en Tinder, sin éxito. El primer tío le ofrece, en su cuarta frase, ir a un hotel. Lo bloquea. El segundo le pregunta si duerme en pijama o desnuda. También lo bloquea.

Casi sin darse cuenta se sorprende zambulléndose en los vídeos de Pleamar. Visiona también algunos de Acacia y después navega por los canales de otros youtubers. La desazona comprobar que en los canales femeninos abundan los consejos de belleza mientras que los masculinos muestran rivalidades en videojuegos y deportes. Si los influencers, que llegan de forma tan directa a los jóvenes, están perpetuando los viejos roles de los hombres y las mujeres, nunca llegaremos a la igualdad. Siente una opresión en el pecho que se parece a la angustia. Ella está orgullosa de su vida solitaria y no cifra la felicidad en una hipótesis de hombre querible o en el sentimiento amoroso. Le gusta ser independiente, tener un buen trabajo y en vacaciones marcharse un par de semanas a algún país exótico, con su mochila a cuestas, confiando en que sus habilidades sociales le permitirán conocer gente. Y siempre es así. Pero ella no es una influencer. El mundo y sus costumbres se siguen rigiendo por normas ancestrales que no hay manera de cambiar.

Ya en la cama, antes de apagar la luz, se entretiene mirando fotos de Bali, el destino al que pretende viajar en las vacaciones de Navidad. Después entra en el Instagram de Martina: una joven guapa, simpática, alegre, que cuida su imagen al detalle. Medio mundo vive bajo la tiranía de la imagen. Piensa en Cati, en su rostro deformado por las operaciones de cirugía estética. Una inquietud la va ganando. De pronto le parece que está olvidando un detalle importante de la investigación. Una fotografía, la de Cati y María Lizana con un trofeo ganado en un torneo de pádel, le viene a la cabeza. Una Cati risueña, sin hinchazones ni estiramientos artificiales. Una foto de Cati antes de que la abandonara la cordura. Esa es la foto que le ha creado inquietud a Nieves, y no sabe por qué.

Martina no era promiscua

—Salían las dos juntas en una foto, vestidas de deporte, sosteniendo un trofeo que habían ganado jugando al pádel.

La subinspectora habla muy deprisa, con la ansiedad del que cree haber encontrado una pista importante. Pero Darío no la ve.

—Muy bien, eso demuestra que hacen deporte. ¿En qué nos ayuda eso?

—Me he informado. Jugaban en un polideportivo de Aravaca, el Goyeneche. Allí ganaron el campeonato de pádel el año pasado. Y este año también estaban apuntadas.

—¿Y las eliminaron?

Nieves sonríe para señalar la inminencia de la gran revelación.

—Se retiraron en semifinales. No se presentaron.

Darío exhala un suspiro de fastidio.

—Es muy raro, jefe. Yo he jugado al pádel. Conozco la fiebre competitiva de ese deporte. Si llegas a semifinales las disputas y muerdes para llegar a la final.

—A lo mejor estaban enfermas.

—Ese partido lo juegas a menos que te estés muriendo.

—Muy bien, ¿cuál es tu teoría? ¿Qué pasó?

—Que se pelearon. Algo pasó entre ellas y quiero averiguar qué es.

—Nieves, no podemos ir a casa de María Lizana y preguntarle por qué se retiró de un torneo de pádel. Esa mujer acaba de perder a su hija.

—Lo sé. Pero podemos hablar con Cati, la madre de Juan Briones.

Darío se remueve el pelo. Empieza a comprender que no es fácil sacarle a su compañera una idea de la mollera.

—¿Para qué? ¿No ves que no tiene importancia? ¿Por qué no nos centramos en las pistas del caso?

—Hay algo más. Algo que no te he contado porque no es más que una intuición.

—Cuéntamelo. Seguro que me parece más sólido que lo del pádel.

—Cuando estuvimos en casa de los Müller para pedir los ordenadores de las hermanas, María dijo que el de Leandra lo tenía Juan, el hijo de Cati. Y Tobías la miró de un modo muy extraño.

—Se abren la cabeza tirándose platos. ¿Qué peso puede tener una mirada torva en comparación?

—Puede que ninguno. Pero a mí me dio la impresión de que pasaba algo. Déjame que vaya a hablar con Cati, no hace falta que vengas si no quieres.

—Prefiero quedarme, a ver si los de Huelva mueven el culo y mandan resultados. Buscamos una casa abandonada, con un sótano. Además, estoy esperando a Omar Berrocal. Hay mucho trabajo por delante, Nieves.

—Lo sé —dice ella mientras coge su abrigo y se encamina a la salida.

Unos acordes tristes de guitarra provienen de la casa de Cati. A Nieves le da pena interrumpir ese momento de dulzura en el que seguramente está retozando Juan Briones, y piensa que en otras circunstancias se dejaría arrullar por la canción y aguardaría con calma a que cesara la música antes de llamar al timbre. Pero ahora no tiene tiempo para esas consideraciones. Juan abre la puerta con cara de pocos amigos. No hace ningún esfuerzo por disimular lo mucho que le molesta la visita intempestiva. Nieves advierte pinceladas sombrías en su rostro, como si estuviera perdiendo la esperanza. O tal vez cristalicen así la angustia y la tristeza en un joven misántropo que se siente fuera del mundo.

—Hola, Juan. ¿Está tu madre?

—No está.

—¿Sabes dónde puedo encontrarla? Necesito hablar con ella.

—Los martes tiene masaje. Si quiere le doy la dirección, está cerca.

—Te lo agradezco.

Juan abre un cajón de una mesita colocada en el vestíbulo. Está buscando la tarjeta del centro de masajes.

—Creo que tu madre juega mucho al pádel —dice Nieves.

—Sí, se le da bien —contesta Juan mientras sigue rebuscando.

—Tengo entendido que hacía buena pareja con María Lizana.

—Han ganado algún torneo.

Se gira ahora hacia Nieves, con un folleto en la mano que publicita, con aire pomposo, un centro de bienestar físico y mental. Vamos, masajes de toda la vida.

—Este es el sitio al que va. Está en la avenida de Europa.

—¿Tu madre sigue jugando al pádel con María? —pregunta Nieves, más interesada en ese tema que en el folleto que coge blandamente.

—Ya no, se han peleado.

Juan se rasca el pelo, quizá empieza a pensar que está hablando de más.

—¿Tienes idea de por qué se han peleado?

—¿Por qué no se lo pregunta a mi madre?

—Juan, es importante que colabores. Ahora estoy hablando contigo. ¿Por qué se han peleado tu madre y la madre de las hermanas Müller?

Juan suspira y de pronto se mete en el salón sin previo aviso, como si fuera un escapista. Nieves se queda desconcertada, de pie en el vestíbulo con el folleto en la mano. Al cabo de unos segundos regresa el joven con una fotografía enmarcada de su madre.

—Esta es mi madre —dice con una mezcla de orgullo y de rabia.

En la imagen, Cati posa sonriente, los labios de un rojo brillante y los ojos eclipsados por el ala de una pamela. Nieves la mira, sin saber adónde la puede llevar la contemplación de esa foto.

—¿La reconoce?

—Parece algo más joven, pero sí, es ella.

—Ya no. Ahora es un monstruo. Pero mi madre era esta —dice moviendo el marco—, una mujer muy guapa.

—Juan, ¿te encuentras bien?

Los ojos de Juan brillan hasta formar dos lágrimas. Está nervioso, presa de una emoción radical que puede ser ira y también puede ser odio.

—Ese hombre le ha destrozado la cara —asiente varias veces con brío, como para clavar en el suelo su convicción—. Le ha destrozado la vida.

—¿A quién te refieres?

—Al doctor Müller. Él fue el médico que la operó.

La mente de Nieves se convierte en un torbellino de imágenes, de sospechas, de posibilidades. Recuerda la turbación de Tobías cuando ella mencionó el nombre de Cati, se le presenta con tintes nítidos y angustiosos la discusión del matrimonio, la herida sangrante en el pómulo del doctor la siente de pronto ella en un segundo de suplantación corporal que no intenta comprender.

—¿Por eso se han enfadado las dos amigas?

—¿Usted qué cree?

—Juan, me estás contando que el padre de tu novia ha cometido una negligencia médica con tu madre.

—La palabra «negligencia» me parece demasiado suave. Lo de ese hombre ha sido una chapuza. Una puta escabechina. Un crimen.

Casi jadea al rematar su acusación y Nieves tarda unos segundos en digerir tanta inquina. De pronto, Juan parece arrepentido de haberse dejado llevar a ese extremo.

—Si no le importa, necesito estar solo —dice.

Fuera, Nieves aspira el aire fresco del otoño mientras repasa las novedades. Decide ir a buscar a Cati al centro de masajes, es urgente conocer su versión de los hechos. Antes de entrar en su coche, oye de nuevo la guitarra de Juan, que está atacando la misma pieza de antes. Pero de pronto para con un gruñido abrupto de las cuerdas, como si hubiera comprendido que en su estado de ánimo es imposible sacar algo decente de un instrumento musical.

—¿Puedes apuntar el modelo y la matrícula de tu coche? —Darío desliza un folio hacia la posición que ocupa Omar, sentado en la silla con las piernas muy abiertas. Está delgado y ojeroso, es como si hubieran pasado cinco años desde la última vez que le tuvo delante en esa misma habitación.

Él mira el bolígrafo unos segundos, como si quemara, y finalmente lo coge.

—¿Le interesa solo mi coche o también el de mi padre? A veces se lo pido prestado.

—De los dos.

Omar asiente y garabatea los datos a gran velocidad. Darío piensa que es un modo de expresar su chulería, anotar las matrículas con una caligrafía ilegible, pero le sorprende comprobar que los números se leen perfectamente.

—¿Dónde estuviste ayer?

—¿Por qué no se lo pregunta a sus hombres? Llevan días vigilando mi casa.

Es cierto. La vigilancia no se ha levantado, dos oficiales se están ocupando de ella y cambian de vehículo cada ocho horas para no llamar la atención. Y aun así este imbécil se ha dado cuenta, piensa. Sánchez, el oficial más joven, encargado del turno de noche, sostiene que Omar no ha salido de casa. Sí han salido algunos vehículos del garaje. ¿Cómo sabe que el sospechoso no viajaba en uno de ellos? Según Sánchez, no era él, lo habría reconocido. Pero no es posible saber si en algún momento se ha quedado dormido o se ha despistado, las vigilancias son muy exigentes porque el momento clave, el que justifica el despliegue, sucede siempre en alguna curva invisible de un tedio eterno.

—Quiero que me lo digas tú.

—Estuve en casa viendo una peli.

—¿Con tu nueva novia?

Omar lo mira con sorna.

—No tengo novia.

—Paola Fuster, la actriz con la que has grabado tus anuncios agresivos.

—No es mi novia.

—Pues lo parece.

—Usted es de otra generación. No entiende cómo se relaciona la gente joven.

Darío prefiere pensar que la pulla da en la diana por casualidad, no porque tenga delante a un demonio inteligente y perspicaz que sabe ver dentro de su alma. Es cierto que le acompleja estar a un paso de los cincuenta.

—¿Por qué mentiste a mi compañera cuando le hablaste de Paola Fuster como si no tuvieras una relación personal con ella?

—No le mentí, le dije que era muy pesada y que discutimos durante el rodaje. Y todo eso es verdad.

—Pero al día siguiente te estabas morreando con ella.

—Eso también es verdad.

Darío lo mira unos segundos en silencio, afectando tener el control del interrogatorio, algo que no sucede en absoluto. Ha citado a Omar en la brigada porque no soporta lo que le han hecho a Martina Müller y quiere resolver el caso sin dilación. Pero no tiene una estrategia definida, solo quiere ver de frente a un sospechoso muy claro, el exnovio desairado, y escuchar el rugido de sus tripas. El viernes por la noche lo estuvo vigilando. Tuvo fiesta en casa, después se metió en una discoteca de Pozuelo, pero no le vio salir de ella. ¿Pudo escapar delante de sus narices, coger su coche y tirar el cadáver de Martina en el embalse de Cazalegas? ¿Puede haber viajado el domingo o el lunes hasta el lugar donde mantiene secuestrada a Leandra?

—¿Conoces a Vladimir Dumont?

—Sí, el hijo de Anelis Guzmán. Un payaso que vive del cuento.

—¿No deberías respetar más a un colega de profesión?

—No lo considero mi colega. Es un farsante, no tiene ni puta idea de hacer fotos.

—¿Sabes que es el cámara que trabajó con Pleamar cuando te despidieron?

—Sí, y también sé que duró muy poco.

—¿Sabes que Martina intentó seducirlo?

Omar aprieta los labios y empieza a mover una pierna como si la propulsara un muelle colocado bajo su talón.

—Me extraña.

—¿Por qué te extraña?

—Porque ese tío es un pringao.

—¿Crees que a Martina solo le gustaban los tíos como tú?

—Le gustaban los tíos de verdad, no ese imbécil. Es imposible.

—¿Tú dirías que Martina era promiscua?

Cesa el movimiento en la pierna de Omar.

—¿Qué cojones importa eso?

—A Martina le han asestado veintidós puñaladas. Ese furor homicida solo casa con alguien que la conocía y que la odiaba. Y resulta que ese eres tú. Así que la pregunta te interesa mucho, porque tienes la oportunidad de decirme que había más hombres en su vida.

Omar toma aire. Se acaricia el mentón. Saca un cigarrillo y se lo pone en los labios.

—Aquí no se puede fumar.

—No lo voy a encender.

Se queda con el cigarrillo en la boca y entre los dedos, alternativamente, como un adicto que necesita imaginar al menos el acto de fumar. Está tenso y sudoroso, observa Darío. Y no fija la vista en ningún punto de la sala.

—No era promiscua —dice mientras juega con el cigarrillo hasta que de pronto se parte en dos—. Me da igual lo que diga ese flipao. Martina tenía sus cosas, pero no se iba con cualquiera.

Gotas de sudor surcan el rostro de Omar. Definitivamente, no parece el mismo hombre. Es una versión nerviosa del joven arrogante con el que habló la primera vez. El duelo se ensaña con cualquiera, eso es normal, pero a Darío se le antoja estar presenciando una suplantación de identidad, un juego de dobles o una comedia boba de hermanos gemelos. Ideas descabelladas, claro. Es más fácil pensar que a Omar Berrocal le pasa algo raro.

Masaje

El Templo del Masaje recibe al visitante con una salita de decoración minimalista, rota en una esquina por una lámpara de gran diámetro que esparce una luz anaranjada y tenue. La zona de espera consiste en tres mesitas bajas con un tablero de cristal encastrado en un marco de madera. Cada uno de los cristales deja ver un jardín japonés, la arena blanca y gustosa describiendo surcos y formas sencillas. Sentada en un puf compacto de cuero, Nieves observa a una pareja de treintañeros que sorben un té, el agasajo habitual después de la sesión de relax. Tanto él como ella consultan sus respectivos teléfonos móviles. Poco les ha durado el efecto del masaje, piensa Nieves. Ya están retomando sus asuntos candentes, ya resuelven gestiones o contestan mensajes sin cuento.

Una tinaja con ramas secas establece la división entre la antesala y el pasillo que conduce a las cabinas. En las paredes cuelgan imágenes de paisajes relajantes, una playa exótica, un valle soleado entre montañas nevadas, un mosaico de nenúfares en un lago. Hay que afinar el oído para percibir la música oriental que suena como venida de otra realidad, como si se colara desde un local anexo.

Una joven de aire desenvuelto trabaja detrás del mostrador de recepción. Nieves se ha acercado a ella y ha enseñado su placa de forma discreta, sin ostentación ni arrogancia, contagiada de la calma del lugar ha susurrado las preguntas necesarias sobre Cati y ha obtenido la información deseada: se está sometiendo a un tratamiento facial y le quedan veinte minutos.

La subinspectora hojea un folleto con la información de los servicios que ofrece el centro. Le sorprende la cantidad de amenazas que puede sufrir la piel de la cara: formación de sebo en los folículos, descamación de la capa córnea, queratinización que genera arrugas, acúmulo de corneocitos y de grasa. ¿Qué tratamiento habrá elegido Cati? ¿Exfoliación facial con mascarilla? *¿Peeling?* ¿Hidratación a través de corrientes? ¿Una simple limpieza de cutis? Nieves piensa con tristeza en lo poco que se puede hacer ya con el rostro deformado de esa mujer. Y, sin embargo, ella acude a su cita semanal con una tenacidad y una ilusión conmovedoras. O tal vez lo haga con la ceguera de una mujer desesperada, esclava de las apariencias. Cualquiera sabe. Consulta su reloj. Quedan quince minutos para que salga Cati. Más lo que tarde en vestirse y limpiarse la cara de potingues. Después querrá tomarse un té en esa salita y ella tendrá que aguardar todavía unos instantes, respetar el silencio sagrado del lugar y elegir un café donde poder charlar despacio con esa mujer que podría tener información importante para esclarecer el caso. No le ha contado a Darío los últimos avances. No sabe si la omisión responde a la propia inercia de sus pasos, que no ha dejado un hueco libre para hacerlo, o a una pequeña revancha por el escepticismo del inspector hacia sus intuiciones. Ahora, la impaciencia de la espera cobra un matiz de intranquilidad y de culpa. Debería hablar con él. Debería contarle dónde está y ponerlo al corriente de su conversación con Juan Briones. Decide salir a la calle y llamarlo por teléfono. No responde. Estará ocupado en la brigada, piensa.

Un hombre se planta ante el escaparate del centro y se queda mirando al buda de bronce, en posición de rezo, que parece incitar al paseante a ingresar en esa arcadia de bienestar y de calma. El señuelo resulta ser eficaz, porque el hombre, tras unos segundos de indecisión, opta por empujar la puerta y entrar en el local. No parece el cliente típico de un templo de masajes. Un hombre de aire chulesco, con un tatuaje que le cruza el cuello y unos músculos bien formados que se distinguen incluso a través de la sudadera que lleva por todo abrigo.

Nieves entra detrás de él y se extraña más todavía al captar fragmentos de la conversación breve que el hombre mantiene con la recepcionista. Ha pedido hora para un tratamiento facial. Deberá esperar unos minutos, dice ella. Él quiere saber por qué, le dicen que la masajista que lo va a atender está ocupada con un cliente. El hombre se sienta a esperar y evita las miradas de los demás. Un tipo hosco y huidizo, un cromañón en un entorno de fotos relajantes, infusiones y música oriental para dormir a un elefante. La pareja da por terminado el té y se marcha. El hombre parece respirar con alivio.

—¿En qué cabina me van a atender? —pregunta.

La recepcionista se queda cuajada por la sorpresa, pero está adiestrada en la simpatía a toda costa y consulta la planilla.

—En la tres. Enseguida le paso.

Nieves no tiene mucho que hacer, salvo balancear el folleto, mirar el dibujo sencillo del rastrillo en la arena de los jardines japoneses y pensar en lo extemporáneo que resulta preguntar en qué cabina te van a dar el masaje, como si ese dato tuviera alguna importancia. El hombre se levanta con gestos perezosos, camina por la sala, se queda mirando las ramas secas de la tinaja y se adentra por el pasillo. Ninguno de sus movimientos llama la atención de la recepcionista, pero sí la de Nieves, que nota un respingo en su interior, como el de un gato recién despertado al detectar un movimiento en su cercanía.

Antes de que sus sospechas, casi aprensiones, puedan ser conectadas, se oye un disparo y una cadena de gritos de histeria o de terror o de ambas emociones mezcladas. Una de las ramas secas roza el brazo de Nieves cuando ella se abalanza como un ciclón a la zona de los masajes. Irrumpe en la cabina número tres con el arma en la mano. El hombre robusto ha descargado ya dos disparos sobre

Cati, que tiene el rostro cubierto de un gel verdoso con unas protuberancias que parecen cráteres lunares o pulpa. Y está a punto de descargar el tercero cuando Nieves impone su voz.

—¡Policía! ¡Suelta el arma!

El hombre se gira hacia Nieves en un gesto mecánico, casi con parsimonia, como si no hubiera la menor duda de que la seguridad de sus movimientos habría de bastar para derretir la débil resistencia que ha surgido por un costado. Nieves dispara dos veces. No tiene tiempo de apuntar a la pierna ni de buscar cualquier otra solución. Que un hombre armado te apunte a la cara es uno de esos raros momentos en que la vida se simplifica. Hay que salvar el pellejo. Hay que disparar a matar. Punto.

La cabeza del hombre está reventada y se asienta sobre la capucha gris de la sudadera, que emerge por detrás del cráneo como un conejo de guiñol. La masajista está en el suelo, aferrada a sus rodillas y sacudida por un llanto imparable. Más que para dar masajes, está para recibirlos. Cati tiene un balazo en el cuello, en el nacimiento de la papada, y otro que le ha perforado la mascarilla y ha provocado salpicaduras de sangre que motean su rostro y le dan la apariencia de un batracio exótico. Nieves saca su teléfono, llama a Darío una y otra vez, pero no hay respuesta.

La consulta de Pablo Liaño está en la calle Arturo Soria, en un barrio de chaletitos al que llega el ruido del tráfico como un murmullo muy lejano, casi arrullador. Pasan unos minutos de las ocho y Ángela no ha aparecido. A Darío no le sorprende. La ha llamado al móvil por pura inercia, no porque albergara la menor esperanza de hablar con ella. Todavía podría entrar jadeando, poniendo cualquier excusa para justificar el retraso, y sentarse en una silla de la sala de espera, lo más alejada posible de su padre, para entretenerse un rato con el móvil hasta que el psicólogo los atendiera. Pero no va a suceder eso. Darío lo sabe, se huele el plantón desde el mismo instante en que comunicó a su hija la dirección y la hora de la cita.

Una mujer sale del despacho y musita un saludo cabizbajo mientras cruza la sala hasta la salida. La figura de Liaño, un hombre alto, fuerte, con una sonrisa afable, se enmarca de pronto en el umbral.

—¿Ha venido solo?

—Eso parece.

El psicólogo asiente, como si estuviera acostumbrado a este tipo de situaciones.

—¿Quiere pasar y hablamos usted y yo?

Darío resopla en un gesto de pereza. Nunca ha hecho una terapia. Le parece absurdo, casi obsceno, contarle intimidades a un desconocido. Pero se siente acariciado por la calma de ese lugar y le parece que ya va siendo hora de poner sobre la mesa algunos complejos y algunos traumas del pasado, como un mercachifle que abre su maletín y empieza a exponer su mercancía. No ha sido buen padre. En ninguna etapa de la vida de Ángela. Nunca llegó a romper la membrana de extrañeza que envuelve al bebé cuando viene estrepitosamente a poner la rutina patas arriba. No fue paciente con los caprichos y las rabietas de la niña durante la primera infancia, no se involucró en los problemas del colegio ni en los primeros sarpullidos de la adolescencia. No cree haber disfrutado de la paternidad como debería. Y lo peor de todo es que le pesa. Cuando se separó de Marta, Ángela ya empezaba a llenar su vida de minas. Y él optó por desaparecer, por marcharse un año a La Laguna con el pretexto de que estaba deprimido y necesitaba empezar de cero. ¿Estaba buscando de verdad un renacimiento o era una simple huida? No lo sabe, encuentra razones válidas para sostener ambas opiniones.

Se nota exhausto, exigido por un problema que le supera. De pronto le parece que no hay nada más natural que charlar con ese hombre tan afable y decirle que ha sido un mal padre y que sus decisiones, sus escaqueos y su permanente alergia al conflicto han formado con los años un cóctel explosivo. Se levanta, se mete en el despacho de Liaño y pone el móvil en silencio.

Sicario

Aunque el mito sobre el trabajo policial puede inducir a pensar en una vida llena de peligros, con tiroteos a diario y misiones especiales de alto riesgo, lo cierto es que muy pocos policías pasan por el trance de tener que matar a una persona. Para Nieves es la primera vez, y quizás por eso Darío se muestra especialmente protector con ella. Quiere que se tome un ansiolítico y se vaya a casa a descansar, ya se encarga él de investigar los hechos y de redactar el atestado del incidente. Ella valora su buena intención, pero no soporta a los hombres que la tratan como si fuera de cristal. Lleva muchos años siendo policía, sabe que estas cosas, aunque sean infrecuentes, pueden pasar. No se va a arrugar ahora por haber reventado la cabeza de un asesino que pretendía matarla a sangre fría. Además, nota un hormigueo de vanidad que prefiere no compartir con nadie: sabe que su actuación esa noche adornará su carrera con los contornos de una vivencia memorable.

Primero toca, eso sí, digerir lo sucedido. Matar por primera vez, aunque fuera en defensa propia, es un rito de paso. Pero para ella lo peor no es romper el velo que separa la luz de la oscuridad, ni incumplir el mandamiento católico más admonitorio de todos ni desajustar la brújula moral. Ninguna milonga de esas. Lo peor es que hay que afrontar el fastidio de la investigación interna, un policía de gatillo fácil no tiene lugar en este mundo y es importante establecer un relato sólido de lo sucedido para evitar problemas.

Por eso han llevado hasta la brigada a la masajista que estaba trabajando con Cati y a la joven que atendía la recep-

181

ción. Sus testimonios deberían disipar toda sospecha de negligencia en la reacción de Nieves.

La masajista está en *shock,* pero ha salido ya del ataque de histeria y de la posterior crisis de ansiedad que sufrió cuando empezaron a llegar las ambulancias y los coches de la policía. El ansiolítico que le han dado la ha sumido en un aturdimiento de enfermo mental medicado. Habla con tono monocorde, sin alma, dejando caer las palabras. Pero Darío, que es quien redacta el informe, comprueba con alivio que el discurso de la joven es coherente y sólido. Cuenta la irrupción del sicario en la cabina número tres abriendo la puerta de un embate y la pregunta que brotó de sus labios nada más hacer su aparición: «¿Cati?».

Solo eso, el nombre de pila abreviado. ¿Qué hizo Cati? ¿Cuál fue su respuesta ante esa pregunta abrupta, formulada por un intruso en el espacio sagrado de una cabina de masajes? Según la masajista, Cati dijo: «Sí, ¿qué pasa?». Solo eso. Una respuesta automática, la pura inercia de una vida entera reaccionando al oír su nombre. En una décima de segundo más habría desconfiado del tono áspero del hombre que la interpelaba de ese modo. Pero no hay tiempo, se ha dado por aludida sin saber que está firmando su sentencia de muerte. Todo sucede muy deprisa. El hombre descerraja dos tiros en su cara. La masajista grita, se esconde bajo la camilla, oye una voz femenina gritando al sicario que suelte el arma y justo después dos disparos.

Es aquí cuando Darío deja de teclear y levanta los ojos hacia la masajista.

—¿Vio usted al hombre apuntando a la policía con su arma?

—No. Yo estaba debajo de la camilla, intentaba protegerme. No vi nada.

Darío cambia una mirada de preocupación con Nieves, que está sentada en un rincón de la sala, presenciando la declaración.

—El hombre armado entra en la cabina y dispara a su cliente. Segundos después entra la policía y le pide que suelte el arma. Lo lógico es que el asesino se gire hacia la puerta con la intención de disparar, ¿no es así?

—Yo eso no lo vi.

—Haga memoria —insiste Darío—. ¿Está segura de que no lo vio?

—Inspector —interviene Nieves, seria y digna—. Ya ha contestado a su pregunta.

—Lo siento, es que no lo vi —remata la masajista.

Darío toma aire. Sabe que la ambigüedad en un punto clave desluce el informe. Pero el relato consignado no deja de ser muy impactante, hay que confiar en que no caiga en manos de uno de esos sabuesos de Asuntos Internos que levantan las orejas al menor resquicio de duda.

El testimonio de la recepcionista tiene menos interés. Resulta ser la hija del dueño del Templo del Masaje, y está más preocupada por evitar que la noticia salga en prensa que por establecer un relato fiel de los hechos. Su preocupación tiene todo el sentido del mundo: ¿quién va a querer darse un masaje en la cabina número tres? ¿Cómo publicitar ese paraíso de sensaciones cuando allí se ha producido un asesinato? Las salpicaduras de sangre afean las fotos de las dunas y el azul turquesa del mar.

Dan por terminado el informe y Nieves no quiere irse a casa todavía. Las noticias que llegan del hospital de La Zarzuela son preocupantes. Cati se debate entre la vida y la muerte. La primera bala ha penetrado por el hueso nasal y se ha alojado en el cráneo. La segunda le ha desgarrado la mandíbula y sus efectos no son letales, pero el rostro de esa mujer, ya de por sí desfigurado, no va a tener remedio. Eso si sale viva del quirófano.

En la brigada hay un revuelo de oficiales investigando la filiación del sicario. No tardan en llegar los primeros resultados. Julián Ramos Portela, español. Cuarenta y dos años. Antecedentes penales por tráfico de drogas. Varias detenciones por agresiones físicas y por tenencia ilícita de armas. Trabajaba en la seguridad de varias discotecas. Hace una década perteneció al clan de los Miami, una banda que lideró el tráfico de pastillas y de cocaína en el Madrid de finales de los noventa y los dos mil. Una banda sanguinaria que la policía considera desarticulada, aunque algunos informes hablan de una actividad latente, con unos pocos miembros dispersos que todavía se dedican al menudeo y a la extorsión. Visto lo sucedido, esos informes no pecaban de alarmismo ni de exceso de celo. Julián Ramos Portela no ocupó en los Miami ningún cargo de responsabilidad, pero su nombre aparece en varios sumarios siempre de forma lateral, como un colaborador necesario o un compinche en tal o cual asesinato. Parece haber aprovechado la experiencia de esos años para labrarse una reputación de sicario.

—La han investigado —dice Darío—. Tenían clara su agenda, que los martes se daba un masaje a las siete de la tarde.

—Así es —coincide Nieves—. Este hombre era un asesino profesional que actuaba por encargo.

—Y según tu conversación con Juan Briones, hay un sospechoso muy claro de haber contratado a Portela.

—Eso creo. Tenemos que ir a hablar con el doctor Müller.

—Tengo que ir a hablar con el doctor Müller —dice Darío recalcando la primera persona del singular.

—Tenemos. ¿O es que me vas a apartar del caso?

—Tú te vas a casa a descansar y mañana te coges el día. ¿Está claro?

—No pienso quedarme en casa cuando hay un asesino suelto y una niña secuestrada. No me he hecho policía para guardar reposo.

—Nieves, lo que has vivido es muy duro, ¿es que no te das cuenta?

—Duro es lo de Cati, pobre mujer. Y lo de las hermanas Müller. Lo mío son gajes del oficio.

184

Darío se desespera. Salta de la silla de un brinco y pasea por la sala, inquieto.

—¿Por qué no me has cogido el teléfono? —pregunta Nieves.

—No podía, lo siento. Pero lo silencié a las ocho, podrías haberme contado tu conversación con Juan Briones. Era importante, seguramente habría ido contigo al centro de masajes.

—¿Y qué habría pasado entonces? Tal vez te habría tocado a ti disparar al sicario. ¿Cambia eso las cosas?

—Para mí, sí. Yo estoy al borde de los cincuenta, tengo el culo pelado, tú eres muy joven. Tienes toda la carrera por delante.

—No sigas por ahí, jefe. No me gusta.

—¿Por qué no te gusta?

—Porque es paternalista.

—Solo quiero mostrar compañerismo. Soy tu superior, mi obligación es protegerte. Y hoy has estado a una décima de segundo de comerte una bala.

—Hoy he hecho mi trabajo, como todos los días. Punto. No me protejas, yo sé protegerme solita, lo he hecho toda mi vida.

Darío la mira con estupor.

—De acuerdo, tú ganas. Pero ahora nos vamos a descansar, que ha sido un día muy largo. Los dos. Y mañana me acompañas a hablar con el doctor Müller.

Nieves asiente con tristeza. ¿Está arrepentida de haber lanzado esa diatriba contra Darío solo por defender su imagen de mujer independiente? ¿O es el abatimiento natural por haber matado a un hombre?

El inspector no tiene tiempo de dilucidar la cuestión, porque entra un oficial con noticias.

—Ha llamado Carrillo, el policía de Huelva. Una taquillera de la estación de autobuses ha reconocido la foto de las hermanas.

—¿Dónde fueron?

—Compraron billetes para Mazagón, un pueblo de la costa.

—Habla con Carrillo, que centren el operativo en Mazagón y que busquen una casa abandonada, o una fábrica, cualquier interior en el que pueda haber ratones.

—¿Ratones?

—Eso he dicho. Mañana hablaré con él largo y tendido, pero transmítele estas instrucciones.

El oficial se despide con un gesto y sale.

—Así que las chicas se iban a la playa —dice Nieves.

—Eso parece.

—Deberíamos ir en persona a Mazagón.

—El único sitio al que vas a ir es a la cama.

—Sí —admite Nieves—. Creo que va siendo hora.

Darío la mira con aire indeciso.

—¿Puedo llevarte a casa en mi coche o eso es un comportamiento paternalista?

—La verdad es que sería todo un detalle.

—Pues vámonos.

Hay zonas de sombra en el rostro de Nieves, que apoya la cabeza en la ventanilla durante el trayecto hasta su casa. Darío se pregunta si su compañera es capaz de anticipar lo que se avecina. Es la policía más impopular de la brigada, y todo por haber denunciado al inspector Robledo por acoso sexual. Una deslealtad. Una traición al trasnochado código policial que todavía rige en el siglo XXI. La ropa sucia se lava dentro, la mierda no se airea. Mucha gente está esperando el menor traspiés para vengarse de ella. Y acaba de matar a un hombre de dos disparos. Darío es perro viejo y nota el aleteo de los buitres. Cuando ve a Nieves entrando en su portal, cuando ella se gira hacia él cansada y casi sonámbula para despedirse con un gesto breve de agradecimiento, solo espera que esa noche duerma bien y que no lleguen a sus oídos los tambores de la venganza.

Rinoplastia

La subinspectora Nieves González se tiene por una mujer aguerrida y no ha querido tomar tranquilizantes para dormir. Esa noche ha tenido pesadillas con el sicario, pero está decidida a contarle al inspector Mur que ha dormido como un lirón. Una base de maquillaje le disimula las ojeras y un café doble muy cargado la mantendrá despierta y entonada.

Darío la recoge a las diez de la mañana, una hora algo tardía y escogida por él seguramente para dejarla descansar lo máximo posible. Es una mañana fría y lluviosa y tienen una tarea desagradable por delante: interrogar a un hombre que acaba de perder a su hija.

—¿Has dormido bien? —pregunta Darío justo cuando ella entra en su coche.

—Perfectamente.

—Me alegro —sonríe él—. He hablado con el doctor Müller. Está en la consulta, pero nos puede recibir ahora.

Nieves agradece no tener que entrar de nuevo en esa casa. Se imagina un desastre de platos rotos y flores aplastadas, un campo de batalla que no quiere revisitar. La consulta está en la calle Columela, cerca de la Puerta de Alcalá. En el vestíbulo, un cartel anuncia una liposucción de regalo por una rinoplastia. Darío menea la cabeza al leer la oferta. Tiempos frívolos, piensa. Una mujer elegante y estirada, ya en la cincuentena, es quien los acompaña hasta el despacho del doctor.

—Pasen, por favor —dice Müller con aire afable—. Tengo un rato libre, a las once entro en quirófano.

Hay algo en el alemán que resulta extraño desde el primer momento, un tono impostado en su simpatía que no resulta natural. Puede que la estructura del duelo admita algún que otro remanso, una concesión al humor o un ramalazo ocasional de dulzura, pero esa bonhomía que muestra al recibirlos no es la de un hombre abatido por la tragedia. Es como si algo pesara sobre su cabeza, algo grave que no le deja concentrarse en su dolor y rebozarse en él, como haría cualquiera en sus circunstancias. La visita de los inspectores debería ponerlo en guardia tal y como había sucedido otras veces, su mirada debería contener el presagio de otra desgracia, algún hallazgo truculento en la autopsia de Martina o incluso la muerte de Leandra. Pero ahora muestra el talante de un hombre en paz con el mundo y enamorado de su profesión. Nieves piensa de inmediato que lo sabe todo, que el sicario le tenía informado de cuándo se iba a producir el ataque a Cati y él está preparando su cortina de humo. Darío, menos suspicaz, considera que el hombre quiere mostrar un aspecto más civilizado después de sus últimas demostraciones nada decorosas. Un movimiento corrector que compense la imagen negativa que puedan tener de él.

—Queremos hablar con usted de Cati Salazar, su vecina.

—Sí, ¿qué quieren saber?

—¿Ha sido su paciente?

—Varias veces.

—¿Varias?

—Tendría que mirar mi agenda, pero creo que la he operado siete veces.

Hace el ademán de buscar su agenda en un cajón del escritorio.

—No es necesario que lo mire —continúa Darío—. ¿Recuerda si alguna de las operaciones no salió del todo bien?

Los ojos azules del doctor brillan en una expresión juguetona.

—Ya estamos con eso.

—Perdón, ¿a qué se refiere?

—Esa mujer está obsesionada. Ahora que no nos oye nadie, se lo puedo decir abiertamente. Está loca.

—Señor Müller, ¿qué pasó en la última operación que le practicó a Cati?

—Pasó lo que tenía que pasar. Se lo dije mil veces, que los músculos de la cara no pueden aguantar tantas operaciones.

—¿De qué se quería operar?

—Lo mismo de siempre. Un *lifting*, una rinoplastia y una blefaroplastia.

—¿Puede explicar lo que es eso?

—El *lifting* ya lo saben, consiste en estirar la piel de la cara. La rinoplastia es la cirugía estética de la nariz. Y la blefaroplastia es la de los párpados. Las patas de gallo, para entendernos.

—A ver si me entero: Cati quería operarse todo eso y a usted no le parecía necesario.

—Me parecía una locura. Estaba bien. Muy recauchutada, pero guapa y joven a sus cincuenta y siete años. Pero ella se veía arrugada y no le gustaba su nariz. La odiaba. ¡Quería que fuera bonita!

—Si te metes en un quirófano para retocarte la nariz, supongo que quieres que quede bonita, ¿o no? —dice Nieves.

—Una nariz nunca es bonita —responde Müller—. Es una tienda de campaña en medio de la cara, como decimos los cirujanos plásticos. Es un apéndice horrible. Si uno se fija en su nariz se dará cuenta de lo fea que es. En la rinoplastia se opera una nariz demasiado grande, o demasiado ganchuda, o con el tabique nasal desviado o con unas fosas antiestéticas. Pero el objetivo no es que sea bonita, es que deje de ser fea. Y eso a Cati no le entra en la cabeza. Ella quiere un imposible: que la gente le silbe en la calle por lo bonita que es su nariz.

Nieves intenta apartar de su mente el deseo de buscar su nariz en algún reflejo del despacho, una ventana, el marco plateado de una fotografía o, aún mejor, con la cámara de su móvil. Ya estudiará ese extraño apéndice cuando esté sola en su casa.

—Usted estaba en contra de la operación, pero accedió a practicarla —dice Darío.

189

—El paciente manda, yo me debo a ellos. Pero mi obligación es explicarles los riesgos que corren con cada operación. Y con Cati lo hice hasta la saciedad.

—¿Qué salió mal en la operación?

—La operación fue bien. A ver, cada vez cuesta más. Sobre todo la cantopexia —la mirada de incomprensión de los policías lo obliga a explicarse mejor—. La tensión del párpado inferior para rejuvenecer la mirada. Llega un momento en que los músculos ya no aguantan, no pueden soportar tanto estrés.

—Yo he visto el rostro de esa mujer y estaba deformado —dice Nieves.

—La operación salió todo lo bien que podía salir. Cati es una adicta al quirófano, hay muchas pacientes que son así. En cierto sector, sobre todo femenino, hay una locura por la eterna juventud.

—Gracias a esa locura usted se forra —dice Nieves.

—A mí no me gusta ganar dinero a costa de la salud de mis pacientes.

—Ella tenía la sensación de que usted le había destrozado la vida —continúa la subinspectora.

—La cara de Cati estaba bien.

—No cuando yo la vi.

—¿Quiere que le cuente mis sospechas?

—Adelante.

—Se inyecta silicona en los pómulos por su cuenta. Y no sé cuántas cosas más. Y se da rayos uva para estar bronceada cuando las instrucciones del postoperatorio lo prohíben.

—¿Eso cómo lo sabe? —media Darío.

—Porque tiene la cara fatal, alguna explicación debe de haber.

—Las negligencias médicas existen.

—También existen las mujeres que se vuelven locas por estar jóvenes a los sesenta años.

Nieves ya no aguanta más tiempo callada.

—¿Sabe que ayer la intentaron matar?

El doctor la mira con una expresión creíble de sorpresa.

—Está en un hospital luchando por su vida. Un sicario le metió dos tiros en la cabeza.

—No me lo puedo creer.

—¿No lo sabía?

—Pero ¿cómo...? ¿Cómo lo iba a saber? ¿De verdad han intentado matar a Cati?

Nieves mantiene su mirada clavada en la del alemán.

—¿Qué tal se encuentra? ¿En qué hospital...?

—Le dicen que un sicario ha intentado matar a una de sus pacientes, que además es su vecina y amiga de su mujer, ¿y usted pregunta en qué hospital está? —dice Darío.

—Quiero ir a verla. Por eso lo pregunto.

—¿No le parece más llamativo lo del sicario?

El doctor se queda callado. Está nervioso, mueve la pierna de un lado a otro y mira hacia la puerta como esperando la entrada providencial de su secretaria.

—Ya sé lo que piensan —dice—. Como Cati me ha demandado, ustedes creen que yo he contratado a un sicario...

—¿Cati le ha demandado? —pregunta Nieves.

—Sí, hay una demanda en el juzgado. Por negligencia médica. Ese caso hay que verlo, presentar pruebas, declarar y todo eso. Yo intentaré defender mi reputación. Pero de ahí a pensar que yo he encargado que la asesinen... Por Dios, esto es demasiado para mí. Es demasiado.

Se cubre el rostro con las dos manos y refulgen los pelos de los nudillos.

—Doctor, nadie le está acusando de nada —rebaja el tono Darío—. Solo queríamos conocer lo que pasó en ese quirófano.

—Ya se lo he dicho. No pasó nada.

—De acuerdo. No se altere. No le molestamos más. Gracias por su tiempo.

Darío se levanta. Nieves tarda unos segundos en hacerlo y marca así su desacuerdo por el modo abrupto en que su jefe da por terminado el interrogatorio. Está claro que pretendía apretar más al alemán.

—¿Te ha parecido que fingía? —pregunta Darío cuando ya están en el coche.

—Sin duda.

—A mí me ha parecido que no sabía nada.

—¿Y te crees que la operación salió bien?

—Eso no. A ningún médico le gusta reconocer un error.

—Ya estamos de acuerdo en algo.

—Creo que Cati está obsesionada con su físico y que Müller es un caradura. Pero no sé si ha contratado a un sicario.

—Yo creo que sí —dice Nieves—. Pero también creo que este hombre es muy listo y va a ser difícil pillarlo.

Suena el móvil de Darío. Es el oficial Morillas. La conversación es rápida. Una información directa que desfigura la expresión del inspector.

—No, por favor —musita.

—¿Qué pasa?

—Pleamar ha colgado un vídeo.

Nieves saca su móvil y se mete en YouTube. Enseguida tiene abierto el canal de las hermanas Müller. En efecto, hay un vídeo nuevo subido hace cinco minutos. Es un plano fijo que muestra a Leandra de pie con las manos unidas en expresión de súplica.

—No me mates —implora—. Por favor, pídeme lo que quieras, pero no me mates.

Está desgreñada, sucia, llorosa y sin ataduras. Pero la amenaza que debe de ver frente a ella es tan poderosa que solo tiene fuerzas para pedir clemencia. El vídeo dura cinco segundos.

—Es el aperitivo de los miércoles —dice Darío—. El avance para despertar el gusanillo del público.

—Joder. ¿Tú crees que mañana...?

—Yo creo que está claro, Nieves. Mañana la sacan muerta.

Tres

Pleamar

Leandra y Martina juegan al baloncesto en su jardín. En una esquina de la pantalla, un marcador rudimentario, como pintado por un niño, va informando de los puntos que consigue cada una.

Martina gana diez a seis.

Leandra protesta, ella no es tan alta como su hermana, le cuesta más encestar. Martina propone jugar con los ojos vendados para compensar la diferencia de estatura. Es Leandra quien le ajusta la venda.

Juegan un nuevo partido, que también gana Martina, este diez a ocho. Se ríe de Leandra por haberle ganado a pesar de esa desventaja.

Este vídeo, subido el 16 de junio del 2019, tiene seis millones de visualizaciones.

Cuenta atrás

La posición orante oculta la palma de las manos, pero se entrevén hilos de sangre como en un Cristo crucificado. Heridas que no parecen profundas cuartean los brazos. El rostro ensangrentado le da a la escena el toque definitivamente aterrador, aunque una mirada detenida descubre que son manchurrones, que Leandra se ha pintado la cara de sangre al secarse las lágrimas. Lo que más impacta es la súplica, el miedo que transmite la joven. La luz verdosa recuerda a la del vídeo de Martina. El lugar parece ser el mismo. La pared blanca y deslucida, grumosa en algunos puntos, agrietada en otros. El suelo de baldosas grises. Un sótano lóbrego que amplifica con un eco ligero las palabras pronunciadas. El vídeo es más corto que el de Martina, solo dura cinco segundos. Y Leandra no ha sido torturada, al menos no con saña. Está concebido como un simple aperitivo, el plato principal se sirve mañana.

Han repasado las imágenes más de veinte veces en busca de alguna pista, un reflejo delator, un descuido en el encuadre que revele la sombra de un letrero, un trozo de servilleta con el membrete de un bar. Pero nada.

—Tenemos que ir a Mazagón —dice Nieves—. Sabemos que viajaron allí, es un pueblo pequeño. Podemos encontrarla.

No entiende por qué Darío permanece en silencio cuando cada segundo vale su peso en oro.

—La van a matar mañana, no hay tiempo. No tenemos margen —insiste.

—No estoy seguro de que eso sea lo mejor —dice él.

197

—¿Prefieres que nos quedemos aquí con los brazos cruzados?

—No he dicho eso.

—¿Esperando el vídeo de mañana? ¿Compramos palomitas para verlo juntos?

—¡Ya está bien, Nieves! Eres impetuosa y no piensas con claridad. Yo también quiero encontrar a esa chica, pero creo que no pintamos nada en Mazagón. La Guardia Civil la está buscando casa por casa, Carrillo dirige el operativo desde Huelva. ¿Qué podemos aportar nosotros?

—¿Te fías de ellos? A mí no me gusta delegar algo tan importante.

—Ni siquiera sabemos si está en Mazagón, puede que las hayan atrapado allí, pero a lo mejor luego las trasladaron. Leandra puede estar en cualquier parte.

Nieves se levanta de un salto y pasea por el despacho. Necesita descansar la mirada del vídeo y poner sus ideas en orden.

—Tienes razón, me estoy dejando llevar. La impaciencia me mata, es mi peor defecto.

Darío apaga el vídeo, él también lo da por examinado.

El comisario Talavera llama a la puerta y acto seguido la abre.

—Nieves, ¿puedes salir conmigo un momento?

Ella cambia una mirada de alarma con Darío, que se limita a enarcar las cejas. No es el momento de comentar el brillo de sadismo en los ojos del comisario, que parece relamerse con la situación. El aleteo de los buitres no se detiene ni siquiera en el momento más angustioso del caso que tienen entre manos. La cacería ha comenzado.

Nieves sale al pasillo. Deja la puerta abierta, como si quisiera mantener el contacto del inspector con un hilo de plata. Talavera la cierra. Aun así, se oye desde dentro el bisbiseo de la conversación, lo que quiera que le tenga que decir a su compañera se lo está diciendo allí mismo, a la vista de los policías que trabajan en la sala común. No ha pasado ni un minuto cuando Nieves entra de nuevo y se acerca a la silla que ocupaba. En el respaldo está su chaqueta. La coge de un manotazo.

—Me convoca esta tarde a una sesión de control, por los disparos al sicario.

—Van a por ti, Nieves. Asuntos Internos nunca se mueve con tanta diligencia.

—Se ve que tienen prisa. Les he dicho que no puedo estar. Tengo trabajo, hay una vida en peligro.

—Esa rebeldía puede agravar tu situación.

—Da igual, la decisión está tomada, los dos lo sabemos. Esto no va de si el sicario me iba a freír a balazos, va de Robledo, el amigo de todos, el inspector ejemplar apartado del servicio por mi culpa.

—¿Quieres que hable con Talavera?

—Ni se te ocurra, esto es cosa mía —Nieves se pone la chaqueta—. Luego te llamo con lo que sepa.

Darío se queda mirando un buen rato el hueco de la puerta por el que la subinspectora ha pasado como una exhalación. Hasta le parece que le ha llegado un poco de corriente. Considera por unos segundos las opciones que tiene a su alcance: hablar con el comisario aunque Nieves se lo haya prohibido y pedirle que retrase el proceso unos días, hasta que se resuelva el caso de las hermanas Müller; comparecer en la sesión de control por sorpresa y esgrimir una defensa encendida de su compañera, algo que le ganaría con toda seguridad la enemistad de ella; llamar al inspector Robledo, su viejo amigo, y tomarse unas cervezas con él para pedirle que deponga su sed de venganza, que sea humilde, reconozca sus errores y continúe con su vida. ¿Sería posible una conversación así? No, Robledo se ofendería, vaciaría la cerveza de un trago y se marcharía dejando unas monedas en la mesa y alguna frase sarcástica en forma de sentencia. Además, no tiene tiempo para cervezas. Si no encuentra a Leandra Müller, al día siguiente por la noche alguien colgará un vídeo con su cadáver. No tiene tiempo para ayudar a Nieves. Lo que tenga que suceder, sucederá como si fuera una maldición.

Darío llama a Sabina, su contacto en los juzgados de la plaza de Castilla. Una mujer encantadora que por alguna razón no quiere parecerlo y se escuda en una coraza gruñona.

—¿Una denuncia por negligencia médica? —rezonga al teléfono—. ¿Tú te crees que con el volumen de trabajo que tengo estoy para buscar denuncias?

Darío se presta al paripé habitual, le regala un poco los oídos, le encarece el favor, le promete un café un día de estos. Sabe que, a pesar de las protestas, Sabina es servicial. Y, sobre todo, rápida. Trabaja de secretaria, las denuncias pasan por sus manos, los autos y las sentencias también. No ha transcurrido media hora y ya tiene los datos.

—¿Catalina Salazar se llama la nena? —pregunta a modo de saludo.

—Sí, esa es, ¿tienes algo?

—El escrito de denuncia se presentó el dos de septiembre, contra Tobías Müller, ciudadano alemán. Está citado a declarar el 22 de diciembre, para que se le atragante el turrón.

—¿Ha habido alguna diligencia?

—Te voy a matar, Mur —dice Sabina—. No hay caso. Hace tres días la nena retiró la denuncia.

—¿En serio?

—¿Me ves con ganas de reírme? Claro que es en serio, me has jodido la mañana de trabajo para nada.

—Al contrario, esa información es oro puro, Sabina. ¿Qué tal tus hijos?

—Crecen muy despacio. Te tengo que dejar, estoy liada. Me debes un café.

Cuelga sin darle tiempo a deslizar el beso de despedida. Cati Salazar retiró la denuncia hace tres días. Cuarenta y ocho horas después, un sicario la intenta matar. ¿Por qué? La lógica parece patas arriba. El doctor podría encargar que le dieran un susto o, ya puestos, el asesinato, para proteger su carrera. Pero si no hay denuncia, el móvil del crimen se vuelve difuso. Es como si a alguien le molestara que Cati hubiera retirado la denuncia y que el alemán pudiera así escurrir el bulto. A menos, claro está, que el homicidio frustrado no tenga nada que ver con el doctor Müller. Demasiadas incógnitas para tan poco tiempo.

Darío quiere tirar de ese hilo, es una pista importante, se lo dicen las tripas. Nada le gustaría más que recibir una llamada del hospital con la noticia de que la moribunda ha vuelto a la vida.

El dinero de las niñas

Lo suele recibir el olor de la comida cuando llega de trabajar, a las tres y veinte si no hay mucho tráfico, y María, al oírlo entrar, lo saluda normalmente desde alguna estancia. Pero la devastación ha alterado las rutinas: nadie cocina en la casa desde la desaparición de sus hijas, y el único ruido que oye es el de sus propios pasos en la tarima flotante, que siempre cruje y sabotea su andar sigiloso. A pesar del silencio, sabe que su mujer está allí. Tiene el olfato entrenado para detectar su perfume.

La encuentra en el estudio, tumbada en el sillón reclinable, los ojos cerrados y la postura beatífica del que se va a someter a una manicura o a cualquier tratamiento de belleza. Müller se queda mirando el escote moteado de pecas, los pechos subiendo y bajando al compás de la respiración. Siempre se ha sentido afortunado al tener de pareja a una mujer tan hermosa. En una mesita hay un plato con migas, los restos de un sándwich que habrá servido de almuerzo. A él le tocará picar algo de la nevera.

—¿Qué tal el trabajo?

La pregunta parece llegar desde la profundidad del sueño, pero es evidente que está despierta y prefiere mantener los ojos cerrados un ratito más. Tobías no responde. Comprende, por la indolencia que comunica ella, que la conversación, si quiere suscitarla, tendrá que ser allí mismo. De modo que se sienta en una butaca hasta que ella, alarmada por su silencio, abre los ojos.

—¿Pasa algo?

—Ha estado la policía en la consulta. Preguntando por Cati.

María se incorpora y al hacerlo el pie del sillón se pliega. Es como un androide saliendo de su letargo.

—¿Qué les has dicho?

—Creen que yo he encargado su muerte.

—¿Les has contado todo?

—Solo lo que me han preguntado. No saben nada. Pero es cuestión de tiempo, están husmeando, María.

—Deberían dejarnos en paz, acabamos de enterrar a una hija.

—No van a parar.

—Tus problemas en el quirófano no tienen nada que ver con la desaparición de las niñas, no sé por qué tienen que meter las narices ahí.

—¿No tienen nada que ver? ¿Estás segura?

María crispa los labios y su mirada se acera.

—Tú les pediste su dinero para cubrir la indemnización —sigue el doctor.

—Porque tú decías que no nos podíamos fiar del seguro.

—Nunca te puedes fiar del seguro. Su negocio es no pagar. Es así de claro —responde seco Tobías intentando cerrar una conversación que no quiere extender.

—No entiendo tu desconfianza. Los médicos tienen un seguro muy fuerte de responsabilidad para cubrir las denuncias de negligencia.

—Eso no está tan claro, hay muchos precedentes, no podemos fiarnos.

—Pues entonces no me parece mal que las niñas arrimen el hombro. ¿Para qué quieren tanto dinero?

—Es su dinero.

—Y somos sus padres. ¿Tan horrible es que nos ayuden cuando lo hemos dado todo por ellas?

—¿No te das cuenta de que se han ido por eso?

María se levanta como si esa frase hubiera accionado un resorte. Coge el plato con las migas y Müller evoca por un segundo la discusión reciente. Los platos volando, los gritos, los golpes. Todo por negarse a que ella participara en una tertulia en televisión sobre la desaparición de las niñas. Entiende su preocupación económica, pero hay líneas rojas que no se pueden traspasar. La decencia y la dignidad existen por algo. María se lleva el plato a la cocina y él respira con alivio. Está agotado, no podría soportar una tormenta como la del otro día. Pero al menos le consuela comprobar que el tema de conversación insufla pasión a su mujer, que la molicie en la que ha caído tras la muerte de Martina puede ser removida.

—No se han ido por eso, las han secuestrado —la oye decir desde el pasillo—. ¿No viste el vídeo de Martina o qué?

—Se escaparon, María. Y luego las secuestraron.

Ella regresa al estudio.

—¿Tú qué sabes?

Está enfadada, desafiándolo con la mirada encendida. Tobías compone la imagen de un hombre cansado de sufrir, de llevar la vida a cuestas.

—Cuando venía en el coche me ha dado por pensar —empieza diciendo—. ¿Por qué no vendemos esta casa y nos vamos a Ibiza?

—¿A Ibiza? ¿A vivir en un apartamento enano?

—En un apartamento precioso al lado de la playa. Y no es tan pequeño, ya no necesitamos tanto espacio.

—Toda mi vida está aquí. Mi carrera de periodista, mis amigas, mi peluquera. ¿Me quieres explicar qué pintamos en Ibiza?

—Por esta casa nos darían un buen dinero.

—Me darían más por ir de plató en plató, pero tú no me dejas. Te entra un ataque de dignidad.

—No voy a permitir que entregues el cadáver de mi hija a los carroñeros.

—Muy bien. Pero que sepas que estás casado con una carroñera.

—Tú no eres como ellos.

—Claro que lo soy, pero no lo quieres ver. Yo soy una carroñera y tú un médico denunciado por negligencia. Eso es lo que somos. Acéptalo.

Tobías nota un estremecimiento en el estómago, no sabe si por el golpe que acaba de recibir o por el hambre.

—Y no me pienso enterrar en un pueblito perdido en una isla —continúa María—. No me da la gana. Voy a defender mi estilo de vida.

Él asiente, se pone en pie, se despereza.

—Voy a comer algo.

María lo agarra de los hombros y reclama su mirada.

—Vamos a salir de esta. Pero tenemos que estar unidos. ¿De acuerdo?

—¿Has ido a ver a Cati al hospital?

La determinación de ella, la gallardía desaparecen de pronto como arrancadas por un golpe de viento.

—¿A qué viene eso?

—Es tu amiga, le han disparado, ¿no deberías visitarla? Aunque solo sea por guardar las apariencias.

—No pienso visitar a la mujer que se estaba tirando a mi marido.

Tobías aguanta la acusación sin un solo pestañeo. En su mirada hay un brillo febril.

—Deberías hacerlo, se supone que sois amigas. Si no lo haces, van a sospechar de ti.

—Es una zorra, me da igual lo que le pase.

—Eso mismo va a pensar la policía. A nada que investiguen y se enteren de todo. Te estoy protegiendo.

—¿Qué estás insinuando, querido?

—Que has encargado que la maten.

—¿Qué? ¿Estás loco?

—Esa mujer me está jodiendo la vida y resulta que la han intentado matar. Que no me preguntes si he sido yo solo tiene una explicación para mí. Que el asesinato lo has encargado tú.

El golpe de viento se lleva ahora la decepción y la tristeza que se habían enseñoreado de María. De la tierra brota la furia, todavía sujeta de forma precaria por un tallito de autocontrol.

—Ve a la cocina a comer algo, anda. Creo que el hambre te hace delirar.

—No te voy a delatar, pero quiero saberlo —el doctor hurga en el interior de ella con sus ojos azules—. ¿Has sido tú?

María acepta el envite.

—Métete esto en la cabeza. Yo haría cualquier cosa por defender a mi familia.

Dos meses antes

Martina se presta al selfie con simpatía y posa poniendo su mejor sonrisa, el gesto de seguridad que le garantiza una imagen fotogénica. Leandra, en cambio, no se esfuerza en disimular la impaciencia que siempre le provoca el ataque de las fans. No hay duda de que en ese terreno es Martina quien sostiene la buena reputación de Pleamar. Las paran por la calle casi cada día, las abordan cuando están sentadas en la terraza de un bar tomando algo. En la puerta del restaurante Più di Prima, que se inaugura esa noche en la nueva ubicación del paseo del Pintor Rosales, hay un remolino de curiosos que quieren meter la nariz en el *photocall* que se ha instalado en la entrada. Allí está Acacia, en la alfombra azul, haciendo monerías para los fotógrafos. Anelis la llama con un gesto que es más bien un aspaviento autoritario. Quiere que la joven pose ahora en privado delante de la cámara de Vladimir. Después, el fotógrafo le muestra las imágenes que ha tomado, ella le dice algo al oído, él deposita una respuesta en la oreja de ella y los dos se ríen. Martina no pierde detalle de lo que está sucediendo.

—¿Te parece guapo Vladimir?

Leandra dedica una mirada desdeñosa a la pareja. De nuevo se están riendo por algo.

—A mí no, pero a Acacia creo que sí.

Cada una de ellas sostiene una cerveza y, aunque hay mucha gente en la sala, nadie se les acerca. Están en uno de esos momentos de sorprendente soledad del famoso, que en una fiesta multitudinaria se puede sentir como un expatriado. La fama atrae, pero también intimida.

—¿Le pedimos que sea nuestro fotógrafo? —propone Martina.

—¿Qué pasa, que te gusta?

—No es eso, es que necesitamos uno. Yo no pienso volver con Omar.

—Vladimir es el hijo de Anelis, no es buena idea —dice Leandra.

—¿Lo dices por los cotilleos que está difundiendo Sofía?

—Lo digo porque no estamos contentas con ella. Y si al final cambiamos de repre, ¿qué hacemos con su hijo?

Martina da un trago a su cerveza. Conoce la obstinación de su hermana y sabe que es mejor convencerla con el paso del tiempo y no cuando todavía saltan las chispas de su cerrazón. Según Sofía Lombo, la gran influencer, la pionera, la madre que les enseña a todas el camino, Anelis las está estafando con las comisiones que cobra por sus servicios. Martina está cansada de escuchar quejas parecidas en otras compañeras, así que se lo toma como un rasgo típico del mundo de las youtubers. En cada profesión hay una serie de quejas recurrentes que se pronuncian en las fiestas y en los bares y que pasan de generación en generación. En su carrera, las dos quejas más extendidas son contra YouTube, por explotar como negreros a los generadores de contenidos, y contra las representantes, que son arpías que se aprovechan de la juventud de sus clientes para esquilmarles las ganancias. Aunque Martina no se escandaliza con esos rumores, Leandra sí les presta oídos y cree que deberían hablar seriamente con Anelis. Bueno, esa conversación, por incómoda que sea, podría tener lugar. Pero lo que ella quiere ahora es contratar a Vladimir para los vídeos del canal, que han perdido calidad desde la marcha tempestuosa de Omar.

—Yo no me fío de lo que dice Sofía, esa tía es muy envidiosa.

La frase le ha salido de dentro a Martina y se arrepiente al instante de haberla pronunciado. Es como abrir la compuerta para que Leandra se lance a una diatriba furiosa contra la situación de Pleamar. Lleva días intranquila, cree que deberían monetizar el canal con más eficacia, no le gustan los anunciantes que están consiguiendo. Y luego está lo de su madre, la conversación del otro día, las dos con el móvil contestando comentarios de su canal, como hacen cada viernes, y María Lizana sentada frente a ellas, en el sofá, una revista en su regazo y el rictus tenso. Los problemas de su padre con Cati, la madre de Juan. La denuncia por negligencia médica. La posible indemnización, muy cuantiosa, que tendrán que afrontar. Un tema espinoso para la familia. Una pesadilla para Leandra.

—Podrías hablar con tu novio, que la haga entrar en razón, a su madre.

Leandra seguía contestando comentarios y hacía como si no escuchara las peticiones de su madre. Pero se le iban clavando en la cabeza como alfilerazos.

—Seguro que a ti te escucha, hija. No me puedo creer que no se pueda conseguir un arreglo amistoso.

Leandra se detiene ante uno de los comentarios: «Evita mirar a la cámara, Leandra. Se te nota mucho la bizquera».

—Cati y yo siempre hemos sido buenas amigas.

—¿Tú has visto cómo tiene la cara, mamá? Totalmente deformada.

—Tu padre está muy nervioso con este tema.

—Es su puto problema.

Martina levanta la mirada de su móvil.

—Leandra, tía.

—¿Qué? ¿Le ha jodido la cara a Cati? Pues que pague lo que tenga que pagar.

—Pero es que no puede pagarlo, ese es el problema, hija.

—¿Y qué quieres que le haga yo?

—Estáis ganando mucho dinero con el canal. Podríais arrimar el hombro.

—¡Y una mierda!

Leandra se levanta y se va. María se queda mirando a Martina, ella no tiene la misma implicación en el conflicto, su novio no es el hijo de la demandante que amenaza con arruinarles. Su única esperanza radica en que Martina consiga vencer la resistencia de su hermana.

—Martina... —empieza diciendo.

—En nuestro dinero, mamá. Nos cuesta mucho ganarlo.

Habla con la vista en el móvil, está contestando comentarios a gran velocidad. María se levanta y se va a su habitación. Coloca dos almohadas superpuestas y se tumba boca arriba a meditar sobre su situación. Ignora que Leandra, al otro lado de la pared, también está meditando y lo hace en una postura muy parecida. Así la encuentra Martina al entrar. Y en ese momento expone por primera vez la preocupación que ya no la va a abandonar jamás.

—Nos van a quitar el dinero.

Ahora, en la fiesta del Più di Prima, en esa burbuja irreal que las envuelve en medio del gentío, vuelven a discutir ese tema.

—Puedes hablar si quieres con Vladimir —concede Leandra—, pero no me dejes sola.

—Yo nunca te voy a dejar sola.

—Tú eres mayor de edad, pero yo no. Mamá está en mi cuenta conmigo, de titular.

—No te va a robar el dinero si tú no le das permiso.

—¿Y si lo hace? Está desesperada.

—No lo hará.

—Quiero pasar mi dinero a tu cuenta.

A Martina le basta con un gesto para expresar su rechazo a una medida tan drástica.

—Es por precaución, no me fío de ella. Ayúdame.

—Mamá está nerviosa, pero yo estoy segura de que las cosas se van a solucionar. No me creo que Cati vaya hasta el final.

—Juan dice que sí lo va a hacer. Odia a papá. Yo no puedo más, quiero quitarme de en medio hasta que pase la tormenta. Quiero irme de casa.

—¿Qué dices? ¿Cómo vas a irte de casa? ¿Con quién te vas a ir? ¿Con Juan?

—Quiero irme contigo.

—Leandra, no nos vamos a escapar de casa. ¿Está claro? Estás diciendo muchas tonterías.

Leandra tuerce el gesto, no le gusta que la contradigan. Pero de pronto esboza una sonrisa. Martina comprende que la burbuja se ha roto. Acacia se acerca a ellas acompañada de Vladimir, y Leandra, en un pequeño resquicio de la zozobra que la envuelve, no deja de admirar con qué rapidez su hermana sale de la penumbra en que las dos estaban inmersas para adoptar el mohín de sarcasmo, casi de desdén, con el que siempre recibe a un hombre que le gusta. Es como si fuera su tarjeta de presentación.

Besos de Leandra

El inspector Mur no entiende por qué provoca alergia a los médicos. Siempre que tiene que recabar información en un hospital sobre un sospechoso se encuentra con reticencias o, directamente, se topa con un muro. La protección de datos, la privacidad del paciente o la confidencialidad (algunos invocan con aire pomposo el juramento de Hipócrates) aparecen siempre como un tesoro a proteger, muy por encima de la caprichosa intención de resolver un homicidio y atrapar al culpable.

La doctora Robles no es una excepción. Ha tenido la gentileza de escuchar sus súplicas, pero no está dispuesta a despertar a Catalina Salazar.

—Escuche, hay una vida en peligro. Y esa mujer tiene una información muy importante que me podría dar en diez segundos.

—Usted lo ha dicho, inspector. Hay una vida en peligro. La de Catalina Salazar. Si el hematoma subdural no se reabsorbe espontáneamente, tendríamos que operarla de urgencia con muy pocas posibilidades de éxito. El daño cerebral podría ser devastador, eso en el mejor de los casos. En el peor, no saldría del quirófano. Así que usted proteja como pueda la vida que dice que hay en juego. Y permita que yo defienda la de mi paciente.

—Dígame una cosa. ¿Por qué es tan peligroso retirarle la sedación a un paciente y después volver a conectarla? Se ha hecho muchas veces. Yo pude despedirme de mi madre porque un médico la despertó del coma.

La doctora Robles lo mira unos instantes. Mur parece estar emocionado, en sus ojos brilla el principio de una

215

lágrima y ella se pregunta si es por el recuerdo postrero de su madre o un modo artero de vencer su resistencia. Tal vez una mezcla de las dos cosas: es verdad que Darío está poniendo en juego una artimaña emocional, pero no es fácil salir indemne del recuerdo de su madre conectada a varios aparatos, entre ellos un respirador artificial que le cubría más de la mitad de la cara consumida por el sufrimiento de tantos meses de quimioterapia. Un cáncer de pulmón se la llevó a la tumba y a él lo convenció de que debía dejar de fumar de inmediato. La despertaron para que pudiera despedirse de ella y él nunca olvidará el tacto de las manos huesudas que le ovalaron el rostro por última vez. Manos blancas y frías a las que apenas llegaba ya la sangre. La voz susurrante y ronca diciéndole: «Deja la policía». Acompañaba la frase una mirada risueña de autoindulgencia, un arrepentimiento final por haber sido tan pesada con esa cantinela. Él, que se había empeñado en que los médicos la sacaran del coma inducido para poder despedirse, solo fue capaz de musitar la palabra «mamá» tres o cuatro veces, con la voz quebrada y con el alma rota. Ahora sí formularía a Cati una pregunta con la voz firme: «¿Por qué has retirado la denuncia?». Esa es la pregunta que lo obsesiona, su mente no para de buscar una respuesta y su imaginación le presenta siempre la misma: ha sido víctima de un chantaje. El doctor Müller ha descubierto algo de ella, un pecado de su conducta, un secreto abrasador, algo que ha cambiado las normas del juego y la ha hecho pasar del papel de acusadora al de acusada. Las consecuencias de ese rifirrafe se le presentan a Darío con tintes siniestros: Cati quiere una reparación económica por una negligencia médica, pero sufre un chantaje por el que se ve obligada a retirar la denuncia; movida por la frustración, la rabia y el odio, busca otro modo de vengarse del alemán. Ordena el secuestro de sus hijas. Ordena su muerte. Y, en vista de la escalada del enfrentamiento, Müller contrata a un sicario para que la mate.

Una hipótesis horrible que puede ser conjurada solo con que Cati se despierte y conteste a esa pregunta. Ojalá la mujer menee la cabeza como reprochándose su blandenguería y explique que ha retirado la denuncia porque los Müller siempre han sido sus amigos, ella ha jugado al pádel con María Lizana, su hijo y Leandra son novios, así que pelillos a la mar, es mejor un mal acuerdo que un buen pleito.

—Lo siento, pero la salud de esa mujer pende de un hilo —concluye la doctora Robles—. No puedo despertarla.

—De acuerdo, no la molesto más. Pero si por un casual se despierta...

—Usted será el primero en saberlo.

Darío desliza su tarjeta. Ella la coge y se la guarda en el bolsillo de la bata. Terminará en una papelera, piensa él.

Juan Briones aguarda sentado en una silla anclada a la pared, en la Unidad de Cuidados Intensivos. No levanta la cabeza cuando el inspector se acerca por el pasillo. Tampoco lo hace cuando se sienta junto a él.

—Otra vez han usado la tarjeta de datos que compraron con tu DNI. ¿Todavía no has denunciado el robo?

Juan menea la cabeza en un gesto muy breve.

—¿A qué esperas, Juan? Un asesino tiene tu documento de identidad. ¿Es que no te importa?

Juan ni siquiera responde a esta segunda cuestión. Es como si le superase la engorrosa burocracia de dirigirse a una comisaría y hacer ese trámite.

—¿Tú sabías que tu madre había retirado la denuncia?

Ahora sí, Juan se gira hacia Mur.

—¿La ha retirado? ¿Por qué?

—Eso es lo que quiero que me digas.

—No lo sé. No sabía que la había retirado.

Darío escruta la reacción del joven. Parece sincero.

—¿Tú crees que ella estaba arrepentida de haberlo denunciado?

—¿Al carnicero ese?

217

—Es el padre de tu novia. Tal vez ella consideraba inoportuno empezar una guerra con ellos.

—¿Inoportuno? Me descojono.

Juan menea la cabeza y masculla algo que Darío no logra descifrar. Pero puede notar la ira rugiendo en el interior del joven.

—Juan, ¿hay algo que me quieras contar?

—Ella lo odiaba. Si ha retirado la denuncia es porque el muy cabrón le prometió...

La frase queda interrumpida, como si se hubiera adentrado en una maraña formada por la rabia o la confusión. O una mezcla perfecta de ambas.

—¿El qué le prometió?

—Volver.

Suelta la palabra después de tomar una bocanada de aire, y sale como propulsada por su respiración. Darío trata de contener la ansiedad, pero no puede. El dolor de Juan, su odio o su amargura parecen necesitar un desahogo.

—¿Volver a qué?

—Fueron amantes. Mucho tiempo.

—¿Cómo lo sabes?

—Me lo contó mi padre. Por eso se separó. Por eso me fui con él.

—¿Tu madre y Tobías Müller eran amantes?

—Ya no. Creo que se enteró también su mujer, se montó un pollo y él lo dejó. Pero mi madre seguía enganchada. Decía que lo odiaba, pero yo creo que seguía enganchada.

—¿Y crees que el doctor le ofreció a tu madre volver a cambio de que retirara la denuncia?

—Es lo único que se me ocurre para que la haya retirado, porque estaba muy convencida. Quería ir a por él.

Darío trata de procesar la información. Meterse en secretos de alcoba no es su pasatiempo favorito, a menos que esos devaneos puedan convertirse en el móvil de un crimen. O, al menos, en la explicación de la fuga de las hermanas.

—¿Sabía Leandra que su padre y tu madre tenían una relación?

—Yo no se lo conté.

—¿Seguro?

—Me daba vergüenza. Y no entiendo qué tiene que ver esto con el secuestro. No se lo debería haber contado, son intimidades.

—Escucha, supongo que has visto el vídeo de Leandra que han colgado esta mañana.

—No lo he visto.

—¿Te lo han contado?

Juan parece a punto de contestar, pero no lo hace. Se queda congelado en la mueca previa a las palabras.

—Juan, ¿quién te lo ha contado? El vídeo se ha retirado al instante, no se ha hecho público.

Juan se cubre el rostro con las manos. Su reacción desconcierta a Mur, que no entiende nada. ¿Es posible que Juan sea el asesino y se haya delatado de una forma tan tonta?

—¿Cómo sabes que Pleamar ha publicado un vídeo?

—Porque me lo han dicho.

—¿Quién te lo ha dicho?

El joven toma aire y sonríe con tristeza.

—Leandra.

No añade explicaciones a la respuesta, como si quisiera exprimir el efectismo todo lo posible o, quizá, para protegerse de un desmoronamiento emocional. Darío no está para preservar efectos teatrales ni para juegos de verdades develadas a medias. Le aprieta del brazo con fuerza para fijar toda su atención.

—¿Cómo que Leandra?

Juan saca el móvil del bolsillo de su cazadora. Le muestra un mensaje que ha recibido: «No sé si has visto el vídeo que ha colgado Pleamar. Ya está. Mañana me matan. Te quiero mucho». El número es desconocido, parece que han mandado el mensaje con una tarjeta prepago. ¿La misma que han empleado para subir el vídeo? Tal vez.

—Mensaje recibido a la una y diez de la tarde —lee Darío—. ¿Por qué no has dicho nada? ¿Por qué no has venido a la policía?

Él se encoge de hombros.

—Me llevo tu teléfono, quiero rastrear el mensaje. Y tú te vienes a la brigada para hacer una declaración oficial.

Mira el reloj, como para verificar que tiene tiempo de encajar estas novedades en su día vertiginoso. Se aleja unos metros y llama a Carrillo.

—¿Cómo va la búsqueda?

—Hay una batida en Mazagón. Estoy en contacto permanente con la Guardia Civil de allí.

—Casa por casa, si hace falta, Carrillo. No hay tiempo.

Han inspeccionado el humedal de Doñana y las marismas del Odiel. Se han personado en la Torre del Loro, almenara del siglo XVI asomada al océano, un lugar más propio para un prisionero berberisco que para dos jóvenes youtubers. Tres unidades de la Guardia Civil participan en la búsqueda de forma un tanto errática. Pero no actúan con desidia o con poco interés. El agente Carrillo los llama a cada tanto pidiendo novedades, los apremia a que continúen buscando sin ceder al cansancio o a la apatía. Pero no saben por dónde buscar a una joven secuestrada que, la verdad, podría estar en cualquier parte. Mazagón es famoso por sus playas. Un destino veraniego que en el frío noviembre está lleno de casas de verano vacías, esperando la temporada estival para ser alquiladas. Cualquiera de esas casas sería un buen lugar para mantener cautiva a la joven, pero no se pueden allanar esas propiedades.

Visitan la vieja jabonera, un edificio en ruinas desde la guerra que nunca fue remozado. Apenas se conservan los muros y algunas pilas de piedra para mezclar los líquidos y las esencias de los jabones. Ignoran que una trampilla cercana, oculta por musgo y mala hierba, conduce a un sótano, y que allí está Leandra. Ella percibe las voces varoniles, que llegan apagadas, y grita pidiendo ayuda. Pero no la oyen.

Carrillo está telefoneando, hay poca cobertura en ese paraje y al cabo Ruipérez le cuesta hacerse entender. Les dice a sus compañeros que allí no pintan nada. Van a dar un paseo por la zona de los chalets, por las largas calles sombreadas de árboles, y se van a acercar a los setos que protegen los jardines por si ven algún movimiento sospechoso.

Asegura tu casa

La puerta del chalet de Omar está entornada. Cuando Nieves la empuja se encuentra una escena dantesca. En la hierba yace una adolescente con el rostro ensangrentado. El cuerpo de otra joven está combado sobre la rama de un magnolio, el pelo colgando como las hojas de un sauce. Junto a la puerta de entrada a la casa, justo donde acaba el sendero de piedra, la interna parece recibir al visitante con una broma macabra. Está sentada en el suelo con las piernas abiertas, una mancha roja refulgiendo como una constelación en el delantal blanco. Un panel ajustado a un trípode ofrece a Nieves la primera pista de que está presenciando una escenografía. Es un parasol. La pista definitiva se la suministra la aparición de Omar, que de pronto está en el jardín salido de no se sabe dónde y lleva una cámara de vídeo con la que va grabando todo lo que la subinspectora acaba de presenciar, al principio con un sobresalto y después con irritación. Omar le pide silencio con un gesto y se concentra en su panorámica.

—Y... cortamos —dice al cabo de unos segundos.

Se pone a dar palmadas de satisfacción y los cadáveres van volviendo a la vida. La joven del árbol se balancea en la rama y se descuelga hasta el suelo. La de la hierba se levanta entre risas diciendo que se le estaba metiendo una hormiga en el ojo. La interna, mucho más comedida, se levanta y adecenta su aspecto antes de tomar aire, menear la cabeza y entrar en la casa.

Nieves contiene su impaciencia. Sabe que, antes de que le preste atención, Omar va a departir un rato con sus actrices, las va a felicitar por su interpretación, creíble, estremecedora, los adjetivos que se pronuncian en estos casos. No estaba preparada para asistir a una manifestación de la publicidad agresiva que el joven director y fotógrafo preconiza.

—Protege a los tuyos —explica después, cuando están sentados a la mesa del jardín, debajo del magnolio del que colgaba un cadáver—. Es un anuncio de alarmas.

—Muy impactante —dice Nieves. Piensa que una respuesta lacónica le puede servir para entrar cuanto antes en materia, pero no es así. Ignora la adrenalina que genera en un creador el trabajo recién terminado.

—¿Has escuchado los anuncios radiofónicos de alarmas? —dice Omar—. Son ridículos. ¿Sabes que han entrado en casa de Luis y Maite? —recita haciendo la mofa del diálogo del anuncio—. Menudo susto se han llevado al volver de vacaciones.

Omar suelta una carcajada.

—Vaya palo, que te roben las joyas de la abuela —continúa—. Esto sí que es un palo, encontrarte una masacre. ¡Esto sí que vende alarmas, cojones! «Protege a los tuyos.» No me digas que no es una buena idea.

La interna cruza el jardín con una bandeja que pone sobre la mesa. Hay cervezas, refrescos y un cuenco con aceitunas.

—Gracias, Norma —dice Omar.

A Nieves le sorprende ver que la interna del delantal ensangrentado es la interna de verdad. ¿Cómo es posible que se preste a esas tonterías? Reprime el deseo de preguntarlo, no quiere que Omar se disperse más de la cuenta.

—¿Y tu amiga Paola no participa en este anuncio?

—Qué va, estamos enfadados. Pasa de mi culo, peor para ella. Lo he hecho con mi hermana pequeña y una amiga suya. Mucho mejor, se lo han pasado que te cagas y sin una sola discusión.

Omar abre dos botellines y le tiende uno a Nieves. Ella no ha pedido ninguna bebida y tampoco lo ha visto encargarle a Norma que traiga nada. Debe de ser un agasajo habitual para los visitantes. Está de servicio, no puede beber. Y además no le parece serio estar de cervecitas con un sospechoso del crimen. Sin embargo, acepta. Algo le pasa, está inquieta, no quiere decirse que la conversación con el comisario la ha removido y anticipa la rabia de saberse injustamente tratada. Van a por ella, lo sabe. Ha acusado a un superior de faltas muy graves, no ha preferido el silencio ni ha pedido el traslado a otra unidad para resolver el problema sin estridencias. Ha saltado a la arena y se ha defendido con uñas y dientes. Ahora le toca pagar por su atrevimiento.

—Pleamar colgó anoche un vídeo —dice Nieves.

Omar, que estaba a punto de dar un trago a su cerveza, detiene la acción y se queda con el botellín en la mano. Mira con gravedad a la subinspectora, se hace cargo de que un vídeo de Pleamar no augura nada bueno.

—¿Un vídeo de qué?

—Un teaser. ¿No lo llamáis así? —él asiente—. Todo indica que mañana le toca el turno a Leandra.

—Qué cabrón, cómo promedia los vídeos. Uno cada jueves.

—Eso sí que es publicidad agresiva, ¿no te parece?

Nieves lo mira fijamente. No sabe si Omar se está haciendo el ofendido o si lo está de verdad. La euforia y el buen humor han desaparecido como borrados por la marea.

—Una cosa son mis trabajos y otra la realidad.

Nieves asiente en silencio.

—¿Por qué se fueron a Mazagón las hermanas Müller?

Omar se encoge de hombros.

—¿Alguna vez hablaron de ir allí? ¿Tienen casa, amigos o algo por esa zona? —sigue Nieves.

—Que yo sepa, no.

—El cadáver de Martina apareció con el pelo arrancado y en parte rapado. Se habían ensañado con sus ojos. ¿Se te ocurre alguna razón para esa crueldad?

—¿Le arrancaron los ojos?

—Es muy importante que me ayudes, Omar. La vida de Leandra corre peligro. Cualquier detalle que recuerdes puede ser importante.

Nieves se esfuerza en dejar claro el apremio, lo angustioso de la situación. Por eso le irrita que él se ponga a trastear con el móvil, como dando a entender que las urgencias de la policía no son las suyas, que él tiene su propia vida llena de asuntos que merecen una consulta rápida en el teléfono. El último hombre con el que Nieves quedó a través de Tinder no paraba de mirar el móvil. Incluso destinaba unos segundos a chatear. Ella se levantó de la mesa antes de que llegara el segundo plato y se fue sin pronunciar palabra. Tampoco el otro hizo nada por retenerla. Uno de tantos pormenores de las formas actuales de seducción. En realidad, cuántas citas no terminan en desastre. Algunas se convierten en anécdotas que relatar después a algún amigo para echar unas risas. Otras son tan humillantes que se quedan enterradas. Ni siquiera el humor consigue quitarles el patetismo.

—¿Podrías dejar el móvil un momento?

—Estoy pensando en lo del pelo —dice Omar—. Aquí está. Este vídeo lo grabé yo, joder, hace más de un año.

Así que no estaba pasando de ella. Todo lo contrario, intentaba ayudar. Si Nieves tuviera tiempo, anotaría en una libreta cada enseñanza del día: «No desconfiar de la gente. No pensar que la falta de educación es ya una norma generalizada. No todo el mundo es igual».

El vídeo muestra a Leandra cepillando el cabello de Martina mientras parece extasiada por su suavidad. Martina asiente satisfecha y dice que no todas las mujeres pueden presumir de tener un pelo así. Y menciona a una youtuber muy conocida que da consejos de belleza cuando tiene manos de aldeana y un pelo que parece una escoba.

—Esto lo decía porque estaba muy picada con esa tía, que se había metido con ella en otro vídeo —aclara Omar.

—¿De qué tía estamos hablando?

—De Acacia. Este vídeo le sentó a cuerno quemado y estuvieron a la gresca unas semanas, mandándose pullas cada una desde su canal.

—¿Llegaron a hacer las paces?

—Creo que sí, pero tuvo que intervenir Anelis, la representante de ambas. Creo que las sentó a las dos como si fueran niñas pequeñas y les leyó la cartilla. Vamos, que se dejaran de gilipolleces.

Nieves da un trago al botellín.

—Te lo cuento porque me has dicho que cualquier detalle puede ser importante. Pero no creo que por esta pelea de hace un año Acacia se haya cargado a Martina.

—No te puedes ni imaginar la de homicidios que se cometen por este tipo de pasiones. Envidia, celos, odio.

—Todo el mundo siente esas emociones.

—Sí, pero son peligrosas. Hay que mantenerlas a raya.

Algo sucede. Una vibración en el móvil del joven, una consulta rápida, fugaz, para ver quién le escribe. Omar se queda pensativo. Una actitud que resulta extraña en él, tan impulsivo, tan chulesco, tan poco dado a la reflexión.

—¿Pasa algo? —pregunta Nieves.

—No, nada.

Está nervioso. Le tiembla una rodilla, le está ganando la palidez como un filtro visual ascendente, desde la barbilla hasta la entrada del pelo.

—Estás pálido, Omar.

—No me encuentro bien. Vete, por favor. Necesito echarme un rato.

—Te has descompuesto al leer el mensaje. ¿Quién te ha escrito?

—Eso no es asunto suyo.

—No estoy tan segura de eso. Déjame tu móvil —Nieves le tiende la mano.

La mirada de él oscila entre el terror y la indignación.

—No te voy a dar mi móvil, eso es privado. ¡Norma! —grita mirando a la puerta de la casa.

La interna no tarda en acudir a la llamada.

—Acompaña a esta mujer a la salida, por favor.

A Nieves le parece que las carcajadas de Anelis resuenan por toda la oficina. Está claro que la representante de Pleamar encuentra muy divertida la trifulca de Martina y Acacia por ver quién de las dos tenía el pelo más bonito.

—Son como niñas, tenga en cuenta que no están preparadas para la fama. Y mucho menos para manejar tanto dinero.

—El cadáver de Martina apareció con el pelo rapado.

Nieves espera que la revelación borre de golpe la sonrisa de Anelis. Lo consigue solo a medias. Unos golpes en la puerta anuncian la entrada de Andrés. Ya se ha puesto el abrigo y se ha colgado en bandolera un bolso masculino.

—Yo ya me voy, a no ser que necesites algo.

—Vete, Andrés, pero mañana ya sabes, sé puntual.

—A las nueve en punto estoy aquí. Hasta mañana.

Andrés cierra la puerta. Anelis se pone a recoger papeles de la mesa, que presenta el desorden habitual, y los apila en un extremo.

—¿No estará insinuando que Acacia...?

—Me pregunto por qué le quita importancia a aquella pelea cuando Martina ha sido asesinada.

Anelis esboza una sonrisa amplia, aunque ahora es una forma de expresar incredulidad.

—Mire, si tanto sospecha de Acacia, pregúntele usted misma. Pero mañana presenta su novela, le pediría que no la molestara hasta entonces. Ya está bastante atacada de los nervios.

—Claro, lo primero es lo primero —dice Nieves sin reprimir el sarcasmo.

—Comprendo que usted tiene que hacer su trabajo, pero el mío es proteger a mis representadas.

—¿Por qué mintió cuando le preguntamos sobre la relación de su hijo con Pleamar? No me diga que también tiene que proteger a su hijo.

—A un hijo siempre se lo protege.

—Me parece que es usted demasiado protectora. ¿Puede contestarme?

—No mentí. Yo les dije que lo habían despedido por alguna tontería. Y así fue.

—¿El acoso sexual es una tontería?

Anelis se impulsa hacia atrás y la silla, que tiene ruedas, choca contra la pared. Nieves podría jurar que la mujer se divierte a diario con esos topetazos.

—¡Acoso sexual! ¡Por el amor de Dios, cómo se inflama la gente con estos temas! Mire, Vladimir se encaprichó con una de las chicas, eso es todo. No confunda el acoso con un intento de seducción.

—Le aseguro que conozco muy bien la diferencia —a Nieves le da la sensación de que la frase le ha salido muy áspera. Pero está harta de la gente que introduce matices en cuestiones que están muy claras. Acoso es acoso. Punto. Ninguna mujer se engaña cuando lo está sufriendo en sus carnes.

—Si lo que quiere que le diga es que mi hijo se equivocó, yo se lo digo. Metió la pata hasta dentro. Por no saber contenerse, por no separar el trabajo del amor. O del sexo. O del revolcón. Me da lo mismo. Yo le conseguí una oportunidad con esas chicas y él la desbarató.

—Podría haber hablado con esta claridad cuando le preguntamos el otro día.

—Estaba Acacia en la oficina. Mi hijo le hace las fotos y los vídeos, me gustaría que este trabajo le durase más que el otro.

Anelis suelta la retahíla con impaciencia, como si fuera una pesadez tener que explicar cosas tan obvias. El teléfono de Nieves vibra en su bolsillo. Ve que es una llamada del comisario Talavera y decide no cogerla. La estarán esperando en la sesión de control, piensa. Quiere exprimir un poco más la conversación con la representante. Le pregunta por Mazagón, por el tipo de relación que mantenían Omar y Martina, por las posibles intrusiones de los Müller en las vidas de sus hijas. Pero saca poco jugo de estas cuestiones. Nieves comprende que está alargando la entrevista solo por construir una buena coartada ante Talavera. «No he podido comparecer porque estaba siguiendo una pista de la investigación, comisario.» Eso es lo que pretende aducir.

Le sorprende el frescor de la noche al salir a la calle, en contraste con la potente calefacción en la oficina de Anelis. Mira su reloj: las siete y veinte. Perfecto, se dice. La habían citado a las siete. Nota el cosquilleo de la rebeldía. Le gustaría conseguir una orden para pinchar el teléfono de Omar Berrocal, pero sabe que no dispone de base suficiente para argumentar la necesidad. Su actitud al recibir un mensaje ha cambiado de golpe, se ha puesto blanco, estaba muy nervioso, incluso asustado. Pero los jueces reclaman algo más que la observación suspicaz de una pobre subinspectora a punto de pasar por un juicio sumario en la brigada. Quiere hablar con Darío, contarle sus pesquisas, pero lo que encuentra en su móvil es un mensaje del comisario. Han retrasado la sesión de control a las siete y media. Siente ahora el pellizco de la culpa. Si coge un taxi, llegaría a tiempo, o como mucho diez minutos tarde. Está cansada, de pronto siente asco del mundo en el que vive. Puede ser obediente, presentarse en la brigada y contar lo que pasó, que no tuvo más remedio que disparar, que era el sicario o ella. Sabe que no la van a creer, pero decide ir al encuentro de los inquisidores que la están esperando.

La replicante

Miércoles, siete y media de la tarde. La hora de inicio de la sesión de control. Darío Mur sabe que Nieves está pasando un mal trago. La ha llamado para contarle las novedades: la despedida de Leandra con Juan Briones, enviada con una tarjeta prepago diferente. Ha pedido una nueva orden al juez para rastrear ese número, pero el tiempo juega en contra. El testimonio del joven en la brigada se ha quedado en un puro formalismo. Ella también ha compartido con él sus pesquisas, incidiendo en la turbación de Omar Berrocal al recibir un mensaje en el móvil. Le ha pedido que investigue a Paola Fuster, la mujer que sostiene la coartada de Omar.

—Si te fías de mis intuiciones, habla con ella.

Eso le ha dicho.

Paola Fuster. Una actriz joven en los primeros pasos de su carrera. Ha participado en un par de cortos y en obritas de teatro. Está ensayando un espectáculo de cine inmersivo. Darío no sabe qué es eso, pero se dirige a La Casa Encendida, el centro cultural donde se representará la función, dispuesto a interrumpir el ensayo si hace falta. No es fácil llegar a la ronda de Valencia a esas horas. Hay mucho tráfico. Tal vez debería haber optado por el metro, pero con los años le da cada vez más pereza usar el transporte público. Una prueba más de que se está haciendo mayor. Últimamente, las encuentra a puñados todos los días. En la puerta de La Casa Encendida anuncian el evento: «Introdúcete en el mundo de *Blade Runner*. Dialoga con los replicantes. Disfruta del cine inmersivo». Darío menea la cabeza ante la ocurrencia. Él es más de cine con palomitas, o incluso de sesión doble de clásicos en blanco y negro.

Lo de *Blade Runner* va en serio. Según baja las escaleras del centro, se cruza con un hombre que lleva una serpiente enroscada en el cuello, como en la película, y también con una camboyana vestida con un kimono. A Paola Fuster la están maquillando en un camerino improvisado. Interpreta el personaje de Pris, una de las replicantes. La maquilladora le está añadiendo unas pinceladas negras a una cara ya pintada de blanco. Ambas se giran hacia Darío cuando irrumpe en el pequeño habitáculo.

—¿Paola?

La pregunta tiene sentido, porque es muy difícil reconocerla bajo esa capa de maquillaje. Solo la ha visto en algunas fotos en internet y la noche de la vigilancia, de lejos.

—Inspector Mur, de Homicidios —dice mostrando una identificación—. ¿Podemos hablar un momento?

—Ahora no puedo —dice Paola—. Estoy trabajando.

—Solo van a ser unos minutos —clava la mirada en la maquilladora—. Déjenos solos, por favor.

—No te toques, ¿vale? —dice mirando a Paola—. Ya casi estás, luego te lo repaso.

Darío se felicita por la existencia de personas dóciles que obedecen a la autoridad. No le apetecía nada tener que sofocar un motín de dos trabajadoras defendiendo sus derechos. Sabe que no dispone de mucho tiempo, así que empieza a hablar cuando la maquilladora no se ha alejado del todo.

—Estoy investigando la muerte de Martina Müller.

Paola resopla en un gesto de hastío.

—Omar Berrocal era su novio. Y es uno de los sospechosos del crimen.

—Omar no le haría daño a nadie.

—¿Esta es tu respuesta para defenderlo?

—Es la verdad, no le haría daño a nadie.

—Pero es extraño. Porque él dice que pasó contigo el miércoles pasado en su casa de Riaza.

—Sí, rodamos uno de sus anuncios friquis.

—Entonces no pudo secuestrar a las hermanas, desaparecieron el miércoles pasado.

—Pues ya está, busque por otro lado.

—Pero tú le exculpas porque no le crees capaz de hacerle daño a nadie, no porque estuviera contigo.

Paola intenta comprender la sutileza. O la metedura de pata, tal vez.

—Mire, es que ahora no puedo hablar. Estoy trabajando. Me esperan en el set dentro de dos minutos y todavía no estoy maquillada.

—Esta conversación puede ser corta o larga, depende de ti. ¿Estuviste con Omar Berrocal el miércoles pasado?

—Ya le he dicho que sí.

—No te creo.

—Eso es problema suyo.

—No te creo porque Omar dice que no estuviste con él. Y dice algo más: dice que tú te morías de celos cuando él hablaba de Martina Müller.

Ella sonríe y a Darío le cuesta descifrar el matiz de ese gesto esbozado bajo el maquillaje. Los labios rojos, las mejillas blancas, los ojos enmarcados en rombos negros. De pronto le parece que una tristeza insondable envuelve a Paola, pero no sabe si no será la angustia terrible de Pris, la replicante que sabe que va a morir y sufre por ello. Puede que esté hablando con una de esas actrices de método que no salen de su personaje ni siquiera en sus momentos de ocio.

—Es imposible que Omar haya dicho eso.

—A lo mejor la que necesita una coartada eres tú, Paola.

—Estuve con él. Y ahora déjeme, por favor.

Darío no se mueve, empeñado en mostrar su cabezonería. No se va a marchar hasta no obtener una confesión.

—¿Te has comunicado con Omar esta tarde?

—No.

—¿No le has mandado un mensaje al móvil?

—Hace dos días que no hablo con él, estamos enfadados.

Un hombre con perilla que lleva unos cascos colgados en el cuello entra en el camerino.

—Paola, ¿qué pasa? Te estamos esperando.

—Ahora voy.

—Joder, que a las diez nos echan.

—Díselo a él.

Señala al inspector con la cabeza. El de la perilla estudia el aspecto de Darío. Su mirada de desdén deja claro que no le gustan los intrusos.

—Estamos trabajando, ¿vale? No la entretenga.

—Yo también estoy trabajando.

—Tenemos la sala un día a la semana para ensayar, no podemos perder tiempo. ¿Lo entiende?

Darío engancha al hombre de la camiseta, arrugándole la pechera con las dos manos, y lo estampa contra el biombo precario que hace las veces de pared. Todo el set de maquillaje se tambalea como si hubiera empezado un terremoto.

—Hay una vida en juego y no tengo tiempo para gilipolleces.

—Suélteme —suplica el hombre.

Pero Darío no lo suelta.

—¿Qué día tenéis reservada esta sala para ensayar?

—Los miércoles.

—¿El miércoles pasado también?

—También.

—¿Paola ensayó el miércoles pasado?

—Que sí, cojones. ¡Suélteme!

Darío lo suelta y se gira hacia Paola.

—Así que el miércoles pasado estabas en Riaza con Omar...

Ella se muerde el labio inferior y los dientes se tiñen de rojo. Parece al borde del llanto.

—Me pidió que dijera que había estado con él. Lo siento.

Darío saca su móvil, llama a la brigada y pide una unidad para que vengan a recoger a Paola Fuster. Su declaración como testigo debe constar oficialmente. El de la perilla inicia una protesta que es acallada por una mirada seria y casi asesina del inspector.

En otras circunstancias, habría pedido una orden de detención al juez. En vista de que no hay un segundo que perder, Darío ha optado por presentarse en casa de Omar para llevárselo de los pelos, si hace falta. Va a tener que dar muchas explicaciones sobre su coartada. Llama al timbre del chalet y aguarda. Un hombre de unos cincuenta años abre la puerta. Mira al inspector con el fastidio del que ha visto interrumpida una tarea.

—¿Omar está en casa?

—¿Quién es usted?

—Policía judicial.

Una sombra de preocupación cruza su semblante. Se gira hacia el interior y grita el nombre de Omar. No hay respuesta. Tampoco después del segundo intento, elevando más la voz.

—Espere aquí.

Sube las escaleras de dos en dos. Darío entra en la casa. Oye pasos de elefante en el piso de arriba, puertas que se abren, la palabra «Omar» pronunciada con alarma creciente. El hombre regresa al hall.

—No está.

—¿Dónde está?

—No lo sé, estaba en su cuarto.

—¿Hay una puerta trasera?

—No.

—¿Me permite que eche un vistazo?

—Oiga, ¿qué ha pasado? ¿Por qué quiere hablar con mi hijo?

—Dígame cuál es su habitación, por favor —dice Darío mientras sube las escaleras.

El hombre lo sigue rezongando, que si esto es un allanamiento, que si viene con una orden y todas esas protestas

235

habituales. Pero no le impide a Darío culminar la intrusión. La habitación de Omar tiene la ventana abierta. Una ventana que da a un tejado desde el que se pueden saltar los setos que separan el jardín de los Berrocal y la parcela de los vecinos. Pero Omar no ha escapado por ese jardín. Los setos están aplastados hasta llegar al murete que separa los dos chalets de la calle. Como un funambulista, ha recorrido los tres metros de aligustre y ha saltado al otro lado, a la acera, a la callecita residencial. Por lo menos, esa es la escena que se le presenta claramente al inspector.

Línea roja

Las diez de la noche del miércoles. Faltan veinticuatro horas para que Pleamar suba un vídeo. A Darío no se le escapa que en ese vídeo aparecerá el cadáver de Leandra. Se sorprende pensando en el grado de violencia que empleará el asesino. No es el pensamiento más útil, es una forma de tirar la toalla. Pero no ha caído en el derrotismo, solo está dejando un poco de paso al desaliento. Es tarde, el cansancio lo abruma, sigue en la brigada porque quiere esperar a que salga Nieves de la sesión de control. Quiere estar a su lado si la cosa ha ido mal, quiere proponerle una copa, un poco de compañía.

Lo primero que ha hecho, nada más llegar, es escribir una petición al juez para que emita una orden de busca y captura contra Omar Berrocal. Confía en que el juez comprenda la urgencia de la situación y le haga llegar la orden esa misma noche.

Nota un nudo en el estómago. Puede ser hambre, ese día ha comido solo un sándwich de la máquina. Pero también puede ser la angustia de la cuenta atrás. El hombre reflexivo que habita dentro de él le susurra que mañana todo habrá terminado, para bien o para mal. Es consolador saber que los peores tormentos caducan y que el sueño y la armonía volverán. Pero también lo habita el hombre de acción, el que lo llevó a ser policía para luchar contra las injusticias y contra el mal. Ese hombre le dice que debe mantenerse despierto y salvar como sea la vida de Leandra. Ha hablado con Carrillo. La batida realizada en Mazagón se ha suspendido a las ocho de la tarde sin el menor avance. Mañana continuarán. Ha llamado al hospital. Cati sigue en coma.

237

A las diez y veinte, ya escamado, sale de su despacho y encuentra vacía la sala común. Morillas se está sirviendo un café en la máquina del pasillo.

—¿Todavía están reunidos?

El oficial lo mira desconcertado.

—Acabaron hace un buen rato, jefe.

—¿Y Nieves?

—Se ha ido.

Darío asiente. Habían quedado en tomar algo, pero ella no se ha visto con ánimo. ¿Qué habrá pasado en ese juicio oral? Llama a Nieves, pero ella no responde. Está claro que necesita estar sola. Se dirige a su casa sabiendo que esa inquietud se la tiene que llevar a la cama. Ignora si su compañera está suspendida o si solo ha recibido una amonestación. Cuando sale del ascensor le sale al paso Gonzalo, el vecino, el estudiante de Teología.

—¡Por fin!

Los movimientos que hace con una y otra pierna, como si tuviera los músculos entumecidos, y el alivio de su expresión indican que lleva un buen rato esperando.

—Tengo que hablar con usted.

—¿Mi hija está bien? —pregunta Darío con aprensión.

—Sí, sí. Bueno, no sé dónde está. Es de ella de quien le quiero hablar. ¿Puedo pasar un momento? O si prefiere, vamos a mi piso.

—Me vas a perdonar, pero es que estoy muy cansado.

—Es importante.

Darío toma aire. Hay algo untuoso en los modales de ese joven, algo que le produce rechazo. Tampoco sabe si está en condiciones de meter novedades en su cabeza, por muy importantes que sean. Pero la vehemencia del vecino inclina la balanza. No le apetece discutir más de la cuenta, así que se resigna a dejarle pasar.

—Encienda el ordenador, tengo que enseñarle algo.

Una mirada de censura no consigue el efecto deseado. Gonzalo está dispuesto a llegar hasta el final, después de todo lleva horas esperando este momento. Darío enciende el ordenador y permite al estudiante conectarse, entrar en YouTube y localizar un vídeo concreto que le quiere mostrar. En él, sale un mendigo en la calle, con un sombrero en el suelo para recolectar monedas y un letrero informando de su situación precaria. Alguien ataviado con una sudadera patea el sombrero y las monedas ruedan por la acera. Antes de reconocer a su hija, que sale de espaldas, Darío escucha su voz entre risas. «Qué flipe, es tan vago que ni siquiera mueve el culo para recoger las monedas.» Es Ángela quien atrapa el sombrero y se lo pone. Ahora sí mira a cámara y celebra la travesura con un bailecito. Después, le lanza el sombrero al mendigo como si fuera un frisbi. «Toma, tronco», le dice. El ala del sombrero golpea en la mejilla del hombre y se posa blandamente en su regazo. Pero ni siquiera reacciona a este contacto.

—Ahí acaba. ¿Quiere ver más?

Darío dedica al vecino una mirada sombría.

—¿Qué es esto? ¿Qué coño quieres?

—Solo quiero advertirle. Su hija tiene problemas, necesita ayuda.

—Yo soy su padre, sé perfectamente la hija que tengo. Gracias por la información, pero no necesito que intervengas en esto.

—Hay un vídeo censurado. Creo que le daba una patada a un mendigo. Lo deduzco por los comentarios, que sí se pueden leer.

—¿Y tú por qué te pones a buscar vídeos de mi hija?

—La he gugleado y me he encontrado con todo esto.

—¿Gugleado? ¿Los curas también usan esa palabra?

—¿Quiere que le ponga otro? Es muy desagradable, sale Ángela maltratando a una compañera de clase.

—Quiero que te vayas a tu casa y me dejes tranquilo.

—Si le cuento todo esto es porque estoy preocupado por ella. Estoy convencido de que es una chica estupenda, pero tiene mucha rabia dentro.

—Vete de aquí, por favor. No tienes ni puta idea de cómo es mi hija.

—Le aseguro que mi intención es buena.

—Largo.

Darío abre la puerta. Gonzalo duda antes de salir y de pronto cruza muy deprisa, como si tuviera miedo de llevarse un capón por el camino. Darío cierra la puerta. Nota el pellizco del hambre, quiere comer algo y abrirse una botella de vino. Pero no puede evitarlo: se sienta ante su ordenador y se pone a rastrear la actividad de su hija en YouTube, una faceta que desconocía en ella. Se queda impresionado. El botón de muestra que ha escogido el vecino no es, ni de lejos, el más salvaje. En un vídeo, Ángela patea las piernas de un mendigo, en otro se acerca a un indigente con buenas formas y le ofrece unas galletas de nata que resultan llevar dentro pasta de dientes. Son bromas crueles, sádicas, pergeñadas por una mente enferma. Su fijación con los mendigos solo descansa cuando graba las agresiones verbales, e incluso físicas, que le prodiga a una compañera de clase. Hay alumnos que le ríen las gracias y participan de alguna trastada. Tenía miedo de acostarse con la comezón de Nieves y su espantada al salir de la sesión de control, pero ahora ese problema ha sido desalojado de su cabeza. Ahora debe pensar en su hija descarriada, en su madre ausente, en su condición de padre inepto y de pronto desafiado.

Comprende que se le va a indigestar la cena, también el vino. Se da una ducha larga de agua caliente y se mete en la cama. No duerme. Da vueltas y más vueltas, piensa y piensa, convoca la imagen de Leandra como sortilegio para apartar a su hija de la mente, aunque solo sea por unos segundos. Una tregua en su obsesión, es lo que necesita. Pero la tregua se convierte en una trampa mortal, en un bucle de preocupaciones que lo mortifica. Ángela, Nieves, Leandra. Ángela, Nieves, Leandra. Un carrusel imparable con esos tres caballitos. En algún momento lo vence el sueño. Él cree que es un duermevela, pero cuando mira el reloj de la mesilla son las cinco de la mañana. Faltan dieciocho horas para el vídeo de Pleamar. Entonces oye el ruido de la puerta. Se levanta de un salto y sale al pasillo. Ángela no se ha quitado el abrigo y corre hacia el cuarto de baño.

—Me estoy meando —dice según pasa a su lado. Ha estado a punto de embestirlo.

Darío intenta poner en pie una estrategia. ¿Cómo abordar el tema de conversación con su hija? Es muy tarde, ella viene de copas, puede que no sea el mejor momento. Pero no parecía estar borracha. Enciende el ordenador y busca el vídeo en el que ella patea las piernas de un mendigo. Lo deja preparado. Oye el ruido de la cisterna y se coloca en la puerta del salón. Ángela lo mira con extrañeza. Está despeinada, huele mal, tiene una pinta terrible.

—¿Qué haces ahí? Das mazo miedo.

—Ven, quiero que veas una cosa.

Ángela avanza hacia él con aire perezoso. Se asoma al vídeo que él acaba de reproducir. Suelta una carcajada breve, despectiva, como afeándole que le haga perder el tiempo solo para eso.

—¿Te hace gracia?

—¿Qué haces viendo mis vídeos, papá? No los grabo para ti.

—¿Tú te crees que es normal pegar a un mendigo?

—Le he dado una patadita. Tiene las piernas en medio de la calle, cualquiera que pase se puede tropezar.

—¿A esto te dedicas? ¿A putear a la gente? ¿Es que te has vuelto loca?

—A la peña le mola lo que hago.

—¿Esta mierda?

—Tiene ochenta mil «Me gusta».

—¡Ángela, ya está bien! No vas a grabar ni un vídeo más, ¿me oyes?

—Pero ¿qué te pasa? ¿Estás loco? Vive tu vida, colega, y déjame a mí vivir la mía.

—¿Quieres acabar en la cárcel?

—¿Me vas a detener tú? Venga, detenme, pringao.

Darío le suelta un bofetón. Ella responde con un puñetazo en el rostro que lo deja estupefacto. Por eso no ve venir el cabezazo que le hunde la nariz.

—¡No me toques, gilipollas! —dice al tiempo que le da una patada en la rodilla.

Darío se dobla y ya no está en condiciones de mantener el equilibrio cuando le llega la siguiente embestida.

—¡A mí no me pones la mano encima!

Ángela remata la advertencia con un patadón en la cara que le nubla la vista. Darío ya solo entrevé una mancha que se aleja por el pasillo. Un portazo amplificado le golpea en los tímpanos. Se ha metido en su cuarto, piensa. No se ha ido de casa. No estoy a salvo. Se levanta con movimientos penosos, sintiendo dolor en la rodilla, en la nariz, en la cabeza. Hay una silla volcada. La levanta. Se mete en su habitación y se deja caer en la cama. Llora como hacía muchos años que no lloraba.

Hay una mujer guapa dentro de ti

Que la presentación del libro de Acacia se celebre en la Residencia de Estudiantes expresa bien el signo de los nuevos tiempos. Un lugar sacrosanto que ha conocido debates y tertulias de los poetas de la generación del 27, un templo lleno de resonancias literarias, de versos declamados y discusiones intelectuales, está siendo profanado por hordas de fans peleando a codazos por obtener la mejor foto de una youtuber de moda. A la joven se le ha ocurrido escribir un manual de autoayuda, *Instagrameando el amor,* con un subtítulo que funciona como una apelación: *Hay una mujer guapa dentro de ti.* A juzgar por lo concurrencia y por la cantidad de periodistas que están cubriendo el evento, la chica tiene tirón.

—¿Por qué has elegido este sitio para la presentación del libro? —pregunta una periodista.

Sería un buen momento para descolgarse con un verso de Alberti o para hacer el elogio de Lorca, de Cernuda, de los poetas exiliados. Pero Acacia se limita a encogerse de hombros y a sonreír con encanto.

—Porque el jardín es precioso. Está guay para las fotos.

Nieves menea la cabeza y sonríe para sí. Casi agradece que Darío no la acompañe en esos momentos, se lo imagina rezongando o sufriendo un ataque de melancolía. La melancolía legítima, inevitable, de los sensibles y los eruditos al sentir la inutilidad patente de la cultura. No va a ser fácil encontrar el momento para hablar con Acacia, es la protagonista del acto y está muy solicitada. Después de despachar algunas preguntas de la prensa y del público, se somete a una sesión de fotos en distintos rincones del jardín, posando con su libro, que luce una portada colorida que a Nieves le da un poco de grima: una mujer emergiendo del cuerpo de otra, como en un exorcismo de demonio con tacones, escote y maquillaje subido. La mujer guapa sale del cuerpo infravalorado para tomar las riendas de su nueva vida. Después de las fotos, Acacia concede entrevistas en pequeños apartes. Y todavía queda que vuelva a la mesa para firmar ejemplares. Ya se ha formado una cola que desafía la paciencia de Nieves. Podría aprovechar para hablar con Vladimir, pero él también está ocupado con el reportaje del acto. No para un segundo de sacar fotos. Nieves se pregunta si ese furor fotográfico es normal o solo un escudo para evitar que ella se le acerque. La mirada de Nieves tropieza de pronto con la de Sofía Lombo, una de las asistentes al acto. Está sentada junto a su hermano Adrián, que lleva una gorra de los New York Knicks. Sofía esboza una sonrisa que la subinspectora toma como un gesto de reconocimiento, un saludo entre la multitud. Susurra algo a su hermano y, al poco, se levantan los dos y se abren paso hacia la salida. ¿Es posible que se hayan escabullido al ver a la subinspectora? Nieves se obliga a reconsiderar la sonrisa de Sofía. No era un saludo, era una mueca nerviosa, la expresión de su sobresalto. Por un momento, la subinspectora considera la posibilidad de seguir a esa pareja de fugitivos. Pero, justo entonces, Acacia resopla al verse libre de sus fans y consiente en hablar con ella.

—¿Te importa que entremos? Esto está muy bien para las fotos, hay buena luz, pero hace un poco de frío.

Se sientan a una mesa discreta, bajo una fotografía de Vicente Aleixandre. Acacia pide un café con leche, Nieves se conforma con una botella de agua.

—Quería preguntarte por una discusión que tuviste con Martina hace un año.

—¡La del pelo! —exclama Acacia.

—¿Cómo lo sabes?

—Porque es la única discusión que hemos tenido. Fue muy sonada, en su momento nos picamos mazo y estuvimos semanas lanzándonos dardos en las redes, pero luego hicimos las paces.

—¿Cómo hicisteis las paces?

—No sé, en una fiesta. Nos encontramos allí, hablamos y ya está. Si en el fondo nos llevábamos muy bien.

—El cadáver de Martina apareció con la cabeza rapada.

—¡Mierda, me he quedado sin datos!

Nieves no lo puede creer. Se había preparado para soportar la adicción de Acacia al móvil, especialmente cuando acaba de presentar su libro. Sabía que la atención de la joven se iba a repartir entre sus perfiles en redes y las preguntas policiales. Pero esto es demasiado. Justo cuando desliza la cuestión importante, justo cuando hay que afinar el ojo y la intuición para ver cómo reacciona la sospechosa, surge el gran contratiempo en la vida de una influencer: que se quede sin datos.

—¿Me estás escuchando? —Nieves trata de poner un poso de severidad en sus palabras.

—Perdona, ¿qué decías?

—El cadáver de Martina apareció rapado.

—¿Le raparon el pelo? ¿En serio?

—En serio. ¿Quién crees que podría querer arrancarle el pelo a Martina?

Acacia sonríe. Se recuesta en la butaca y mira a Nieves con una mueca divertida.

—Vale, ya entiendo. Como dijo que mi pelo parecía una fregona...

—Una escoba.

—Una escoba, gracias. Como se metió con mi pelo, yo la he matado. Y estoy tan loca que la he rapado. Y ya de paso voy a por su hermana, aunque no me haya hecho nada.

—¿Dónde estuviste el cuatro de noviembre?

—¿De verdad esto va en serio? ¿Crees que la he matado yo?

—¿Dónde estuviste ese día?

—No me acuerdo.

—Haz memoria.

—Estás perdiendo el tiempo conmigo. A mí Martina me caía bien. Lo del pelo es una tontería.

—¿No tienes más motivos para odiar a Martina?

—No.

—¿No?

Nieves la mira. Por un momento parece que Acacia se puede derrumbar. Pero llega la camarera con el café y la botella de agua, y la joven coge el teléfono y saca una foto del café y las dos pastitas que vienen de agasajo.

—¿Qué tal con Vladimir? —pregunta Nieves, que no quiere que se le vaya el hilo.

—Bien, me hace los vídeos, las fotos... Bien.

—¿Te hace algo más?

—Eso no es asunto suyo —se molesta Acacia.

—Está bien. Te lo pregunto de otra forma. ¿No es verdad que Vladimir tuvo un enganche sexual con Martina?

Acacia abre mucho los ojos, también la boca. Su reacción de sorpresa parece la de un personaje de dibujos animados.

—No, esto sí que no me lo creo. ¿Quién te ha contado esa mentira?

—No es mentira. El mismo Vladimir lo reconoce. Y su madre también.

—¿Su madre dice que Vladimir tuvo un problema con Martina?

—Que mezcló el sexo con el trabajo, esas son sus palabras. Que se dejó seducir por una de las Müller. Cito textualmente.

—Sí, eso es verdad. Se dejó seducir por una de las Müller. Pero no fue Martina. Fue Leandra.

Vladimir está guardando el material fotográfico cuando Nieves se acerca a él. En el jardín hay trasiego de empleados recogiendo sillas y desmantelando el lugar de la presentación.

—¿Estoy en un lío?

Nieves comprende que Acacia lo ha informado de las novedades. Ella se ha quedado dentro sorbiendo su café y atendiendo a alguna fan rezagada, pero ha encontrado el momento de mandarle un mensaje.

—¿Por qué te inventaste que tu flirteo era con Martina?

—No me lo inventé. Es verdad que Martina se me insinuó una tarde.

—Pero tu relación fue con Leandra.

Vladimir asiente, serio.

—¿Me lo cuentas?

—Quiero saber si estoy en un lío, porque entonces prefiero hablar delante de un abogado.

—¿Qué pinta aquí un abogado, Vladimir? —se impacienta Nieves.

—Leandra es menor de edad.

—Me da igual eso, no estoy investigando un caso de pederastia, estoy investigando un homicidio y tratando de evitar otro.

Vladimir toma aire. Termina de guardar sus cosas, cierra la cremallera de su enorme bolsa y la sube a una silla.

—Lo primero, estoy arrepentido. No debería haber llegado tan lejos con esa chica.

—Pero llegaste.

—Me obsesioné con ella. Me volví loco.

—¿También te sedujo ella o esta vez fuiste tú el que dio el primer paso?

—Esta vez fui yo. Me parecía una belleza. Una belleza rara, nada obvia. Al principio solo quería hacerle fotos. A ella eso le gustaba, era coqueta, decía que nadie le sacaba tanto partido como yo. Eso me halagaba mucho, claro.

—Esas fotos que ella tiene en su ordenador...

—Las hice yo.

—¿Qué pasó, Vladimir?

—Que no me contuve. Que después de una sesión de fotos le dije que era la mujer más preciosa que había visto nunca. Que la besé, que terminamos en la cama...

—¿Una sola vez?

—Varias veces.

—¿Martina lo sabía?

—No lo sé, supongo que sí, que por eso me quería seducir. No quería ser menos que su hermana.

—Eso es una suposición.

—Fue Martina quien me despidió. Leandra no quería.

—Y, después del despido, ¿ya no viste más a Leandra?

—En fiestas y eso. Pero ya se había terminado todo. Se enteró su novio, montó un pollo. Incluso me amenazó.

—¿Juan Briones te amenazó?

—Me dijo que no me acercara nunca más a Leandra. Me dio pena, es un mocoso, lo podía derribar de un soplido.

—¿Cómo se enteró de lo vuestro?

—Vio el *book* de fotos en el ordenador de Leandra y se volvió loco de celos.

—¿Te amenazó y ya está? ¿La cosa no pasó a mayores?

—Al día siguiente me despidieron y yo decidí que tenía que olvidarme de las hermanas Müller.

—¿Lo conseguiste?

—¿El qué?

—Olvidarte de las hermanas Müller.

Vladimir se rasca la barba de tres días. Un tic nervioso o una forma de mostrar su desacuerdo con la deriva de la conversación.

—Si desconfía de mí, dígalo. Suelte la pregunta entera.

—Contesta, Vladimir.

—Voy a contestar a las dos preguntas, también a la que no me ha hecho. Yo nunca he pensado ni por asomo en hacerles daño. Y yo nunca he olvidado ni olvidaré a las hermanas Müller.

Nieves lo mira unos segundos.

—Espero que no se entere Acacia de tu obsesión por ellas.

—Yo también lo espero.

Nieves se aleja por la calle Pinar llevando en la mano el libro de Acacia, que ella le ha regalado. Va pensando en los juegos de seducción de Martina y Leandra, en lo poco que las conoce pese a llevar días hablando de ellas y visionando sus vídeos. Piensa en lo poco que se conoce en realidad a nadie. En su teléfono no hay noticias de Darío. No sabe lo que le pasa, no ha dado señales de vida ni ha contestado a sus llamadas por la mañana. Tampoco hay novedades del comisario Talavera. Los de la sesión de control deben de estar discutiendo el veredicto, aunque ella les allanó el camino con la pobre defensa que esgrimió de sí misma. «Maté al sicario porque no había más remedio. Defensa propia, un caso de libro. Pero no puedo probarlo. Así que podéis hacer conmigo lo que os dé la gana.»

El farsante

Cuando Darío pone el pie en el suelo son las ocho de la mañana. Al abrir los ojos ha tardado apenas unos segundos en tomar consciencia de lo sucedido por la noche. La humillación y la rabia se han alojado en su ser y es como si se hubieran despertado antes que él. Ahí están, casi reconocibles los contornos con la primera luz del día que se cuela por la ventana. La persiana del dormitorio nunca ha cerrado del todo bien.

No hay posibilidad de escapar de la realidad. Esa es la tragedia que Darío enfrenta todavía entre las sábanas, antes de levantarse. No hay estrategia de evasión, no puede haberla, ni siquiera por un instante acaricia la idea de que todo haya sido una horrible pesadilla. Y en el caso de hacerlo, en el caso de que le hubiera dado por pensar así, los dolores en la rodilla y en el cuello le habrían recordado todo nada más levantarse.

Es heroico salir del cuarto para iniciar el día. Los pasos en el pasillo pueden despertar a su hija, el agua del grifo que refresca el rostro magullado puede llamar a la sed de la bestia. Las imágenes de la noche se suceden en su mente, las emociones se superponen y se mezclan. Lo más molesto, quizá, es que, para él, que siempre ha sido un hombre tranquilo, la vida se ha vuelto vertiginosa.

Se prepara un café y se sienta ante el ordenador para escribir a Marta. Le cuenta lo que ha pasado con la niña sin escatimar los detalles. En Miami son seis horas menos, no cabe esperar una respuesta inmediata. Pero es bueno que ella esté al tanto de lo sucedido, que opine sobre el problema, que le cuente si Ángela se ha comportado alguna vez con esa violencia. Después del café se da una ducha de agua caliente. La herida de la nariz le escuece, pero esa es la única marca delatora. Podría haber sido peor. El cabezazo le podría haber reventado algún capilar y ahora tendría toda la cara amoratada, o los ojos de mapache. La patada final le acertó en la mandíbula y tiró del cuello hacia arriba. Con un poco más de puntería le habría partido el labio. Las rodillas le duelen como si le hubiera atacado un karateka, pero seguramente es porque las articulaciones están ya un poco cascadas. Se está haciendo mayor. Mientras se viste sonríe tristemente ante el espejo al notarse tranquilo. Sabe que su hija está durmiendo. Y, si no lo está, no va a salir de su cuarto hasta que él se vaya. Disfruta de la superioridad que le concede esta simple deducción psicológica.

Sale a la calle y consulta su teléfono. Hay dos llamadas de Nieves. Parece que su compañera ha vuelto a la vida. Se dispone a contestarle, pero entonces se da cuenta de que no puede responder de su entereza. Si ella le pregunta qué tal está le va a costar mucho ocultar lo sucedido, y no está preparado para mantener una conversación de carácter personal. Necesita un poco más de digestión. Ya hablará con ella más tarde.

En la brigada, el oficial Morillas le sale al paso.

—Talavera quiere verte.

Se lo dice así, sin dar los buenos días, sin hacer mención de su herida en la nariz. El comisario debe de haberlo apremiado con el encargo. Alguna consulta sobre la sesión de control con Nieves, supone. Tal vez quiera adelantarle la decisión que han tomado. Pero se equivoca. Nada más entrar en el despacho, el comisario le señala la nariz.

—¿Te has caído de la cama, Mur?

—Eso sería muy tópico.

—¿Qué te ha pasado entonces?

—Me he dado con una puerta.

—Muy gracioso. ¿Sabes para qué te he hecho venir?

—Me lo imagino. Creo que Asuntos Internos se reunió ayer.

—Nos reunimos con Nieves, sí, pero no te llamo por eso.

—¿Qué pasó en la reunión?

—¿No te lo ha contado tu compañera?

—No, Talavera, no. Ahórrate el comentario sobre la poca confianza que tenemos. ¿Qué pasó? ¿La suspenden o no?

—Están deliberando. Presentarán un informe muy pronto.

—Tú conoces el veredicto, cuéntamelo. Me interesa saberlo. Tenemos un caso entre manos y muy poco tiempo.

—No sé por dónde van los tiros, sinceramente. Y si lo supiera, dudo mucho que te lo contara. Y respecto al caso que tenéis entre manos, tengo novedades.

—¿Te has puesto a investigar de repente?

—Hay protocolos, Mur. Tú pediste una investigación sobre el pasado del doctor Müller.

—Se la pedí al oficial Morillas.

—Las peticiones de colaboración con la policía alemana las tengo que cursar yo en persona. Esta mañana ha llegado un informe.

—¿Algo interesante?

—Yo diría que sí. El doctor Müller no es doctor. No tiene el título de Medicina.

Darío se queda en silencio, encajando la sorpresa.

—Se quedó a falta de una asignatura, parece ser que se le atrancó.

—O sea que ejerce ilegalmente,

—Un caso más de intrusismo profesional. Pero este es muy goloso. Es el cirujano estético de los famosos.

—¿Tienes el informe? Lo necesito.

—Mur, mi obligación es poner esta información en manos del juez. Ejercer la medicina sin la titulación homologada es un delito muy grave.

—No puedes hacer eso, comisario. Necesito interrogarle, y si lo detienen esta misma mañana lo pierdo para siempre.

—¿Qué relación tiene este dato con la desaparición de sus hijas?

—No lo sé todavía, pero creo que la tiene.

—¿No lo sabes? ¿Todavía estás tanteando? Ya deberías tener conclusiones, creo que esta misma noche acaba el plazo para la hermana pequeña.

—Déjame tirar de este hilo. No mandes el informe al juzgado.

Talavera coge un papel y se lo tiende a Darío.

—Te doy un día. Mañana a estas horas están sacando al alemán de su consulta. Se lo van a llevar de los huevos.

—Gracias.

Darío vuela hasta su despacho. Por el camino recluta al oficial Morillas.

—Necesito saber si hay movimientos extraños de dinero en las cuentas del doctor Müller.

—¿Quiere que pida una orden judicial para investigarlas?

—No hay tiempo para eso. Quiero que busques atajos. Habla con Hacienda, seguramente tienes a alguien que te pueda dar sus cuentas. Lo que quiero saber es cuál es el banco del doctor. Y quiero los datos ya.

Darío trata de dar forma a sus ideas. La denuncia de Cati cobra ahora tintes mucho más aterradores para el doctor Müller. No tiene el título, y por tanto el seguro del Colegio de Médicos no puede ampararlo en una indemnización millonaria. Ahora sí entiende la necesidad de amenazar a Cati para que retirara la denuncia, de chantajearla o incluso de matarla. No puede permitir que trascienda la noticia de que lleva veinte años ejerciendo ilegalmente la medicina. Sería su hecatombe.

Morillas no tarda mucho en aportar los datos que le ha pedido. El doctor Müller tiene una cuenta en Bankia y otra en el BBVA. La habitual, en la que tiene los pagos domiciliados, es la primera. También es en ese banco en el que Darío tiene plataforma, es decir, un informante que se presta al intercambio de favores.

—Raúl, ¿cómo andas? —saluda Darío cuando el otro responde la llamada—. Necesito los movimientos del último mes de una cuenta corriente.

Como siempre, Raúl pregunta para cuándo lo quiere, Darío responde que ya, el otro protesta un poco, pide los datos y contesta al cabo de media hora.

—Hay una salida de dinero de veinte mil euros. Se retiraron en ventanilla.

—¿De cuándo es ese apunte? —pregunta Darío.

—Reciente. De hace una semana.

—¿Estás seguro?

—Completamente. Te tendrás que fiar de mí, no quiero sacar papeles, ya sabes que esto es delicado.

—Lo sé, Raúl, gracias. Te debo una.

No necesita consultar un calendario. Tobías Müller retiró veinte mil euros de su cuenta corriente el día que desaparecieron sus hijas.

El inspector Mur se presenta en la clínica de cirugía estética en la que opera el doctor. Como le pasa siempre, allí se topa con un muro, esta vez encarnado en la secretaria.

—El doctor Müller no puede atenderlo. Está a punto de entrar en quirófano.

—Es urgente, dígale que solo va a ser un minuto.

—Es que no puede ser, la paciente ya está dormida.

—¿Cuánto dura la operación?

—Nunca se sabe, pero es una mamoplastia. Al menos dos horas.

Darío sonríe para sí. Dos horas. No dispone de ese tiempo. Faltan poco más de nueve para que Leandra aparezca asesinada en un vídeo. Pero no puede irrumpir en el quirófano sin una orden de detención. De pronto, como poseído por una iluminación, saca el móvil y marca un número.

—Morillas, manda un coche a la calle Columela, 5. Es la clínica del doctor Müller.

Enfila el pasillo sin volverse a la voz admonitoria que oye a su espalda.

—¡Oiga! ¡No puede entrar ahí! ¡Oiga!

Darío empuja las puertas batientes y alcanza un segundo mostrador. La sonrisa con que lo recibe una enfermera se congela cuando él no se detiene. Traspone una nueva puerta y a los pocos segundos lo envuelve la luz blanca del quirófano. En la mesa de operaciones descansa una mujer que lleva una mascarilla de oxígeno. Debajo de cada seno hay un brochazo naranja, tal vez yodo para marcar la zona de incisión. El anestesista, sentado junto al rostro de la mujer, es el primero que acusa la irrupción. Dos enfermeras trajinan con sigilo, preparando el instrumental necesario. A Darío le cuesta reconocer al doctor Müller, embozado en una mascarilla y tocado con un gorrito. Pero ahí están sus pupilas azules zumbando intranquilas al verlo entrar.

—Tobías Müller, tiene que acompañarme a la brigada.

El doctor, que mantiene los brazos separados del cuerpo por razones de asepsia, parece un mecano averiado. La secretaria ha debido de alertar a la enfermera del segundo mostrador, porque entran las dos atropelladamente en la estancia.

—Doctor, he avisado a seguridad —dice la secretaria.

—No puede estar aquí —dice la enfermera.

Forman un coro de centinelas desarboladas, deseosas de hacer constar que no es su falta de celo lo que ha provocado la intrusión.

—Tranquilas —pide el doctor. Después se dirige al inspector—. Estoy a punto de empezar una cirugía. Comprenderá que no puedo salir ahora.

—La operación no ha empezado todavía.

—La paciente ya está anestesiada.

—Y en la gloria, por lo que veo. Le aseguro que me cambiaría por ella ahora mismo. Pero usted se viene conmigo. No me obligue a sacar las esposas.

—¿Se puede saber por qué motivo conculca usted mis derechos?

Darío no deja de admirar el buen castellano que emplea el alemán en un momento como ese.

—Prefiero decírselo en privado. Y créame, es una deferencia hacia usted.

—¿Me enseña la orden de detención?

—No tengo.

—Entonces sabe que no puede detenerme. Marisa, ¿acompañas al inspector a la salida?

—Marisa, ni te acerques.

La secretaria se frena en seco.

—Se puede practicar una detención sin una orden si es para evitar la comisión de un delito. Dígame si es el caso, si usted está a punto de cometerlo.

Darío disfruta por unos segundos del desconcierto de Müller. Desde que ha comprendido que había un buen pretexto legal para irrumpir en el quirófano, estaba deseando que llegara ese momento.

Tobías Müller baja los brazos. Suena un chisporroteo de la goma cuando se quita un guante. Luego se quita el otro. Nadie sabe lo que está pasando. Pero una enfermera perspicaz se acerca al doctor para desabrocharle la bata.

Chantaje

—¿Cómo lo ha sabido?

Sentado en la sala de interrogatorios, con las manos blandas en el regazo, el doctor Müller es la imagen de la resignación y de la derrota. Ya no brillan de rabia, de miedo o de angustia sus ojos azules. Es la mirada inexpresiva de un escualo.

—Sus amigos alemanes le han dejado con el culo al aire, como se dice vulgarmente.

—Me he formado dos años en Cirugía Estética en un hospital de Miami. Tengo artículos publicados sobre técnicas pioneras en revistas científicas. He participado en siete congresos de medicina.

—Impresionante.

—Llevo más de veinte años ejerciendo la profesión sin el menor percance.

—Exceptuando a Cati Salazar.

—La paciente que he dejado en el quirófano es la mujer de un futbolista muy famoso.

—¿Por qué sacó veinte mil euros de su cuenta corriente el día que desaparecieron sus hijas?

La pregunta corta en seco la retahíla del doctor. Ya no tiene sentido presumir de conocimientos de medicina ni de la fama de sus pacientes. El cerco se estrecha y salir airoso requiere de una habilidad o de una sutileza que él, después de tantos días de angustia, dista mucho de tener.

—¿Me permite que llame a un abogado?

—Si lo desea, puede hacerlo. Podemos hacer oficial esta declaración, pero entonces pasará aquí la noche y tendrá que responder ante el juez.

—¿Qué opciones tengo?

—Hablar conmigo y marcharse a casa para pasar este día tan duro con su mujer. Mañana un juzgado sabrá que usted lleva veinte años operando sin el título de Medicina. Pero eso no es asunto mío. Yo solo quiero saber qué ha pasado con sus hijas. Quién ha matado a Martina y quién retiene todavía a Leandra.

—Está bien —concede Müller—. Saqué ese dinero para pagar una reforma del piso que tenemos en Ibiza.

—Para pagarla en negro, por lo que veo.

—Sí. Pero eso creo que tampoco es asunto suyo.

—¿Sabe que no me cuesta ni quince minutos comprobar lo del piso?

—Hágalo. Tenemos problemas con las bajantes. Si quiere le facilito el teléfono del contratista.

—¿Usted sabe cuánto cobra un sicario por sus servicios?

—¿Cómo dice?

—Estoy buscando uno y no me aclaro. ¿Cuánto cobran por un asesinato? ¿Quince mil? ¿Veinte mil?

La impertinencia consigue remover los rescoldos de los ojos muertos. Ahora sí se distingue una llama en las pupilas de Müller.

—¿Me está acusando de encargar la muerte de Cati?

—¿La encargó, señor Müller?

—No.

—Esa mujer lo denunció por mala praxis y ahora sabemos que podía buscarle la ruina porque usted no tiene la titulación. Ningún seguro paga sin más, todos investigan, forcejean, se agarran a lo que sea con tal de ahorrarse el desembolso. Y le entró el miedo de que lo descubrieran.

—Eso que dice es cierto, pero yo no encargué su muerte...

—Veinte mil euros en ventanilla, doctor, y solo unos días después un sicario dispara contra esa mujer.

—Yo no fui.

Lo dice con serenidad, sin levantar la voz. Mala señal, piensa Darío. Está tranquilo, ejerce un buen autocontrol. Pulsa una tecla del intercomunicador que tiene a su lado.

—Trae el móvil del doctor.

La petición consigue desconcertar al alemán, que se rebulle en la silla a duras penas. Da la sensación de estar encajado, es una silla demasiado estrecha para un hombre tan grande. Morillas entra en la habitación y Darío extiende la mano para recoger el teléfono. Con un gesto le pide que se vaya. Müller espera el siguiente movimiento, no entiende lo que está pasando. Darío lo mira en silencio. De pronto, posa con fuerza el móvil en la mesa dejándolo al alcance de su dueño.

—Llame al contratista de Ibiza. Llámelo y me lo pasa, quiero hablar con él.

Müller se queda mirando el aparato, como si le diera miedo tocarlo. Cuando por fin lo coge, Darío advierte que le tiembla el pulso. Sin embargo, parece prestarse a la comprobación. Busca el contacto y llama. Y, de pronto, sucede algo inesperado. Empieza a llorar. Con el móvil en la oreja, los hombros del enorme alemán se sacuden como si fuera un niño botando sobre el asiento. La tensión se ha desbordado sin previo aviso. Pero la llamada la ha hecho, suena el timbre y de pronto una voz masculina contesta al otro lado. Darío le quita el teléfono con un gesto suave y apaga la llamada.

—Ya está, doctor. Solo dígame para qué empleó el dinero.

Un acceso de pudor lleva a Müller a limpiarse las lágrimas con un pañuelo.

—Cati Salazar le denunció por negligencia y usted se asustó. Intentó razonar con ella y, al ver que eso no daba resultado, le ofreció retomar su relación de amantes.

Tobías, que se estaba rebullendo en su asiento, se queda congelado y taladra al inspector con la mirada.

—¿A qué viene eso?

—¿Va a negar que usted y Cati Salazar tenían una relación que iba más allá de lo profesional?

—Eso no es asunto suyo.

—Ojalá no lo fuera. Cati se creyó su promesa de volver y entonces retiró la denuncia. Pero usted no se quedó tranquilo. Todo su futuro estaba en manos de esa mujer. Por eso la mandó matar.

—¡No! ¡No es cierto!

—He hablado con el hospital, Cati está mejor. Es posible que pueda hablar con ella esta misma tarde. Me va a contar por qué retiró la denuncia.

—No se lo va a contar.

—¿Por qué?

—Porque no puede hacerlo.

—¿Tanto miedo le tiene? ¿Con qué la está amenazando para que retire la denuncia?

—¡Es ella la que me amenaza a mí!

El grito del doctor retumba en la sala. Ahora se oyen unos jadeos apagados, como si la revelación hubiera salido de dentro después de mucho esfuerzo.

—Me tiene cogido por los huevos.

La expresión castiza tiene gracia pronunciada con acento alemán, pero Darío no está para pararse en esos detalles.

—¿También ella ha descubierto que ejerce sin el título de Medicina?

—Sí. Supongo que lo descubrió Botet, su abogado. Es el que vino a hablar conmigo para... Para chantajearme.

Poco a poco se abre paso en Müller una sensación de alivio. Darío lo observa unos segundos. No sabe si está delante de un zorro que ha urdido a toda prisa una nueva estrategia o si ha presenciado una confesión liberadora. Se inclina por lo segundo.

—¿Me está diciendo que Cati y su abogado descubrieron una forma más rápida de cobrar la indemnización?

—Y más cuantiosa. Me pedían veinte mil euros al mes.

—¿Y los veinte mil que sacó en ventanilla...?

—El primer pago.

—¿Lo hizo o tiene el dinero en casa?

—Se lo di a Botet en un sobre. Me citó en un callejón, como en las películas de mafiosos.

—La mujer que le está chantajeando ha sido tiroteada. ¿Se da cuenta de que esto lo convierte en el principal sospechoso?

—Le he contado todo lo que sé. Yo no he encargado que la maten.

—Pero la relación entre los dos hechos es evidente —señala Darío.

Müller toma aire y exhala un suspiro de bestia.

—Inspector, toda mi vida se ha ido a la mierda. ¿Va a cumplir su palabra? ¿Me va a dejar ir a casa para presenciar con mi mujer la muerte de mi hija?

Un coche policial traslada al doctor a su domicilio. Darío le ha explicado que va a estar vigilado y que al día siguiente tendrá que rendirle cuentas al juez de instrucción. Sabe que debería haberlo retenido, pero no le gusta incumplir su parte cuando ofrece un trato a un sospechoso. También sabe que Müller no es un hombre peligroso, que el único riesgo que corre al dejarlo en libertad es que intente poner tierra de por medio. Ha establecido una vigilancia de veinticuatro horas con la que espera aplacar toda tentación de fuga.

El agente Morillas tiene el encargo de rastrear las cuentas de Cati Salazar en busca de un ingreso anómalo de dinero. Darío, entretanto, se dirige a los juzgados de la plaza de Castilla. En el bufete del abogado chantajista le han contado que iba a pasar allí toda la mañana, de juicio en juicio. Ismael Botet ha defendido a políticos y empresarios acusados de corrupción y se lo ha vinculado a una trama de espionaje a personalidades de la banca, la aristocracia y la Casa Real. No hay duda de que Cati Salazar quería estar representada por el letrado más marrullero. Lo aborda a la salida del juzgado número tres.

—Señor Botet, soy el inspector Mur, de Homicidios. ¿Tiene un minuto?

Darío le muestra la placa, pero sabe que ese gesto no le va a proporcionar ninguna ventaja. Está ante un hueso duro de roer, que no se deja intimidar fácilmente.

—No lo tengo. ¿Se trata de algo importante?

—Estoy investigando el intento de homicidio de Catalina Salazar. Creo que usted la representaba en una denuncia por negligencia médica.

—Sí, pobre, ya sé lo que le pasó. ¿Se encuentra mejor?

—Está bien jodida. Pero, según he sabido, ella estaba chantajeando al cirujano estético. ¿Usted puede aclararme esta cuestión?

—No solo no puedo, sino que me sorprende sobremanera.

—¿Por qué retiraron la denuncia contra el doctor?

—Oiga, no tengo tiempo. Si me quiere citar para una diligencia policial, hágalo en tiempo y forma. Pero no me aborde en medio de la calle.

—El doctor Müller ha declarado que le entregó a usted un sobre con veinte mil euros.

—Eso es falso. Pero montemos un careo con el doctor, mándeme la citación, por favor.

Botet parece dar por terminado el intercambio, porque amaga sin más la retirada.

—Está acostumbrado a pisar fuerte en la vida, ¿eh? Esta vez le va a salir mal.

La frase de Darío consigue que el otro se detenga y se acerque de nuevo.

—¿Cómo ha dicho que se llama? ¿Mur? ¿De verdad me está amenazando en plena calle? Lo que me faltaba. He conseguido que inhabiliten a varios policías a lo largo de mi carrera. No me provoque, que tengo un día de locos. Buenos días.

Ahora sí, Botet se marcha a buen paso, sacando el móvil de su bolsillo para hacer una llamada. Darío se queda parado en mitad de la acera. Un careo con el doctor. No serviría de nada. Se imagina al abogado triturando al pobre Müller. Sería un duelo con armas muy desiguales. La franqueza, por un lado, y las artimañas constantes por el otro. No hay cámaras de seguridad que recojan el encuentro de Botet con el doctor, por ese motivo lo citó en un callejón. Todo sería más fácil si Cati lo señalara con el dedo, pero para eso tendría que autoinculparse.

Morillas telefonea con el resultado de su investigación en las cuentas de Cati: no hay movimientos extraños de dinero. Con eso se desvanece la posibilidad de acorralar a Botet. A menos que Cati guarde el dinero en su casa y por ahí puedan apretarla en un interrogatorio. Es difícil que el juez conceda una orden de registro, pero no imposible. Darío puede aportar la declaración del doctor Müller. Y a Cati, en su querella con el doctor, la representaba Botet, un abogado que no despierta simpatías en la judicatura. Animado por esa esperanza, encarga a Morillas que prepare la documentación para enviarla al juzgado esa misma tarde. No hay mucho tiempo, faltan seis horas para el vídeo que Pleamar cuelga los jueves.

Dos meses antes

Al ver el rostro deformado de Cati, es fácil sentir compasión por una vida cerrada al amor, a la seducción o a la coquetería más elemental, por un futuro sin el glamur de los actos sociales e incluso sin la interacción pequeña con los amigos. Nadie quiere tomarse una caña con un monstruo. Pero Ismael Botet, desde la primera cita, ve en esa cara hinchada y tumefacta una indemnización de siete dígitos. Para él, Cati luce el aspecto más maravilloso del mundo. Como siempre, antes de aceptar el caso investiga en secreto a la posible clienta. Descubre que Catalina Salazar vive de la pensión que le pasa su exmarido, un compositor musical afincado en Ámsterdam que gana mucho dinero. Un hombre que, tal vez por la mala conciencia del padre ausente, asume los gastos del hijo con prodigalidad y todos los caprichos de la madre. Sin ninguna duda, Cataliza Salazar puede afrontar su minuta.

El caso reúne los requisitos que excitan la adrenalina del abogado. El oponente es un cirujano estético muy distinguido, sale en revistas del corazón porque se ha especializado en operar a mujeres famosas del pijerío sin cuento, de las que cacarean en las tertulias televisivas y en los *realities* nocturnos, encerrados en una isla o en una casa o entre fogones. Un juicio contra el Doctor Milagro podría llegar a ser muy mediático.

Aunque todo el mundo lo acusa de ser un tramposo y de no tener escrúpulos, Botet es muy concienzudo con su trabajo. Acepta el caso y se pone manos a la obra. Lee libros de cirugía estética, quiere conocer el terreno sobre el que va a litigar. En la segunda cita, encuentra a Cati con mejor aspecto.

—Me estoy poniendo inyecciones de hialuronidasa —explica ella—. Alivian la tensión de la cara.

—Nos interesa lo contrario, querida, que te presentes en la vista oral con la cara como un mapa.

—¿Quiere que me ponga más colágeno?

—Infiltraciones de ácido hialurónico. Es mucho más eficaz.

A Cati le sorprende que esté tan versado en la materia, pero lo obedece sin rechistar. El abogado de la defensa pide una cita con Botet para intentar negociar una salida amistosa. Su estrategia consiste en demostrar que Cati padece dismorfofobia, un trastorno caracterizado por la aversión a cualquier imperfección física.

—Mi clienta siente aversión hacia los cirujanos malos, simplemente —responde Botet—. Nos vemos en el juicio, letrado.

Botet esgrime la chulería como marca de la casa. No lo puede abandonar nunca ese ramalazo, lo sabe. Pero lo cierto es que se queda intranquilo después de la visita del abogado de Müller. Sabe que Cati, en efecto, es una enferma. Y no está seguro de la impresión que puede causar ante el juez. Es una mujer nerviosa, deprimida, inestable y patética. Necesita destruir la reputación del doctor Müller, labrada a lo largo de veinte años de carrera. Inicia una investigación sobre su pasado sin presentir el pozo de petróleo que va a encontrar. Tobías Müller no tiene el título de Medicina. En unas vacaciones en España se enamoró hasta las trancas y lo dejó todo por esa mujer. Falsificó el título y todos los diplomas que adornan las paredes de su consulta. Lo tiene acorralado. Pero ¿cómo jugar sus cartas? Puede reservar el hallazgo para el día del juicio y aniquilar al doctor en un alegato triunfal. La vanidad le permite anticipar la gloria de ese momento, sí, pero la experiencia le aconseja frenar el paso marcial y meditar un poco. Al desmontar la farsa, el seguro del Colegio de Médicos se amparará en la impostura para lavarse las manos. No podrán rascar dinero de esa bolsa enorme que cubre las indemnizaciones por negligencia. Tendrá que responder el doctor con su propio patrimonio, pero es seguro que su abogado estará poniendo a salvo los inmuebles y ya estará casi espigada una declaración de insolvencia. Y entonces, ¿qué?

En la tercera cita, desliza en las orejas amorfas de Cati la posibilidad del chantaje. Cuenta con una primera reacción de repulsa, que se produce. Ella alega los lazos de amistad que todavía mantiene con María Lizana, refiere las competiciones de pádel en las que han participado como pareja, menciona el noviazgo de su hijo y la hija pequeña de los Müller, glosa los años de buena vecindad y algún que otro veraneo compartido. No puede aceptar la idea del chantaje, le parece digno de mafiosos y ella no es así. Solo quiere una reparación justa por el daño que Tobías ha infligido a su rostro.

—El doctor Müller, ese vecino maravilloso y compañero de baños y de risas en agosto, sostiene que estás muy enferma.

Botet aguarda una reacción de Cati, que no llega. Se mantiene seria, apresando el bolso con las dos manos.

—Y María Lizana, tu compañera de pádel, está en la lista de testigos que van a subir al estrado para confirmar esa declaración.

Ahora sí parece que un fuego se enciende en las pupilas de Cati, pero es difícil decirlo porque los ojos tensos, como al borde del salto por sorpresa, parecen congelados en una expresión pretérita.

—El doctor Müller tiene muchas posibilidades de irse de rositas, mi querida Cati. Y si el juez lo condena, es evidente que presentará un certificado de insolvencia.

—Está forrado —se apresura a señalar Cati.

—Su abogado está cambiando las escrituras de sus inmuebles.

Cati valora toda la información. Sus manos huesudas se crispan al agarrar con tanta fuerza el bolso. En su cabeza se instala el recuerdo de la mirada glacial del doctor cuando le dijo que ya no podían seguir viéndose, que su mujer se había enterado, que tenía que proteger su matrimonio por encima de todo.

—Aun así, un chantaje me parece muy fuerte.

—A veces las palabras dan miedo, Cati. No lo llames chantaje. Llámalo un pago a plazos de una deuda que ha contraído contigo. Yo me encargaría de todo. Tú solo tienes que decirme que adelante, que quieres ir cobrando la indemnización mes a mes. Y retiramos la denuncia.

Botet observa que la piel del bolso que sostiene Cati empieza a relajarse, como si estuviera recibiendo infiltraciones.

La cuarta cita ya no es con Cati, es con el doctor Müller. Ella ha aceptado la vía del chantaje por medio de un wasap que el abogado se ha apresurado a eliminar. Ha urgido a Cati a hacer lo mismo y se ha dado cuenta de que está en manos de una mujer muy poco cuidadosa. En dos momentos diferentes de la conversación, Botet ha pensado que el alemán podía abalanzarse sobre él. Por fortuna, se ha contenido. Sabe defenderse de los ataques, sabe usar los puños y los ha usado más de una vez con personas en teoría elegantes y civilizadas. Pero prefiere no llegar a esos extremos. La cantidad estipulada, la forma y frecuencia de los pagos, no es discutida en absoluto. La conversación es corta.

Cuando llega a su casa, a Müller le cuesta disimular la angustia que siente. María lo nota raro, sabe que le pasa algo. Lo sorprende masajeándose el corazón, como para aplacar un amago de infarto.

—¿Ha pasado algo? —pregunta.

—No, estoy cansado, eso es todo —contesta él.

María encuentra a Martina en su habitación, chateando en el móvil. No quiere ser pesada, pero es necesario que

hablen. Martina casi puede ver la telaraña que ella está te-
jiendo. Se pone los cascos para aislarse, sabe que ese gesto
ahuyenta a su madre. Con la música atronadora en los oídos, empieza a pensar que la idea de la fuga no es tan descabellada. Tal vez sea bueno alejarse unos días de esa atmósfera espesa que las está ahogando. Los problemas de su
padre, el deseo de su madre de tapar el agujero económico
con los ingresos de Pleamar, el sufrimiento de Leandra por
la situación venenosa que se ha creado... Unos días en la
playa les podrían servir de relax. Para ellas, un descanso me-
recido que les permita pensar bien en la mejor forma de
afrontar el futuro. Para sus padres, un toque de atención o
incluso un escarmiento. «Si seguís por ese camino, nos vais
a perder para siempre.» Un mensaje, esa es la palabra: «Nuestro dinero no se toca. Estamos dispuestas a todo».

La caja fuerte

—¿Qué te ha pasado en la nariz?

Nieves saluda al inspector Mur con esa pregunta, nada más verlo entrar en la sala común de la brigada.

—Tengo novedades —contesta él—. ¿Qué tal te fue en la sesión de control?

—Yo también tengo novedades.

Así que ninguno de los dos quiere hablar de sus respectivos problemas. Por eso ella apagó el móvil por la noche y por eso él ha ignorado sus llamadas por la mañana. Su relación es profesional. Puede que con un par de casos más se sitúe en los aledaños de la amistad. Y Nieves piensa que, andando el tiempo, podrían llegar a ser amigos. Pero es pronto para eso, por mucho que la intensidad del trabajo policial exacerbe a veces los sentimientos. Aun así, una herida en la nariz no se deja pasar con un mero regate en la conversación.

—Espero que no te hayas partido la cara por mí en la comisión —dice Nieves—. No te lo perdonaría.

—Lo sé. ¿Qué has encontrado?

—He revisado la grabación de la estación de Aravaca —y añade, ante el gesto de confusión del inspector—: el cercanías que cogieron las hermanas Müller el miércoles. Y sale Adrián.

—¿Quién es Adrián?

—El hermano de Sofía Lombo. Tiene una discapacidad intelectual, lo conocí el otro día. Y estaba enamorado de Martina.

—¿Y eso cómo lo sabes?

—Lo dice él y tiene su cuarto lleno de fotos de ella. ¿Suficiente prueba?

—Suficiente. Pero dime, ¿se ve a ese chico subiendo al mismo tren que las Müller?

—Al mismo. Las estaba siguiendo.

—¿Estás segura de que es él? Las imágenes de esas grabaciones no son nítidas.

—Es él, lleva una gorra de los Knicks que también se ha puesto esta mañana. Al verlo con la gorra me ha venido el recuerdo de la grabación.

—Joder, qué memoria visual tienes. A veces me das miedo.

—Hay que hablar con ese chico.

—¿Crees que ha podido hacerlo él? Si tiene un retraso, no lo veo posible.

—Un retraso leve, yo no descarto nada. Pero, además, si las estaba siguiendo pudo ver algo.

—Eso es cierto, tenemos que hablar con él. Hay poco tiempo, ¿qué más se nos está quedando en el tintero?

Se ponen al día en un intercambio de vértigo. El juez ha dictado una orden de busca y captura contra Omar Berrocal, Carrillo está avisado por si el angelito se dirige a Mazagón para asesinar a Leandra. Es el sospechoso más claro, pero no el único. A Darío, la rivalidad entre Acacia y Martina por ver quién de las dos tenía el pelo más bonito le parece divertida o ridícula, según se mire. En cualquier caso, endeble como móvil del crimen. Le interesa más la fijación de Vladimir por las hermanas. Esa frase que dijo hablando con Nieves, «nunca las olvidaré», podría señalar a un lunático o a un obseso.

—Es un dependiente emocional —afirma Nieves.

—¿Ahora eres psicóloga?

—Todos somos psicólogos —argumenta ella—. Ese chico estaba con Leandra y ahora está con Acacia. No ha pasado ni un mes entre una y otra. Y su madre lo desprecia, se le nota mucho cada vez que habla de él.

—Y ese rechazo lo convierte en un ser acomplejado que no soporta que lo abandonen.

274

—¡Guau! ¿Quién es ahora el psicólogo?

—Todos tenemos un psicólogo dentro, te doy la razón. La pregunta es si Vladimir es capaz de matar a Martina por haberlo despedido.

—Yo no lo descarto. Te recuerdo la luz verdosa del vídeo de Martina. Él tiene antorchas que dan esa luz.

—Y una madre capaz de protegerlo con su coartada.

—Y respecto al chantaje que sufría el doctor Müller, no consigo ver la relación con el secuestro de sus hijas.

—Da la impresión de ser una venganza —dice Darío—. Pero Cati había optado por el chantaje.

—Sabemos que Müller sacó el dinero, pero no si llegó a pagar.

—Vale, imaginemos que decide no pagar. Contrata a un sicario para que le quite el problema de encima. Y al ver que el doctor incumple el plazo, ella encarga el secuestro de sus hijas para presionarlo.

—Tiene sentido, pero no sé si veo a Cati llegando tan lejos.

—¿Y a su hijo Juan?

Nieves se obliga a considerarlo.

—Me lo creería más. Es un chico muy raro.

—No olvides que la tarjeta de datos para mandar el vídeo se compró con su DNI.

—Y si seguimos jugando a los psicólogos, culpa a su madre de la separación por el romance que tuvo con el doctor.

—Es cierto que odia a Müller. Lo odia de verdad, y eso que es el padre de su novia.

El oficial Morillas se acerca con un papel y con expresión ufana.

—El juez autoriza el registro del domicilio de Catalina.

Darío atrapa el papel y lo estudia con avidez. La orden deja claro que el objetivo de la entrada en esa casa es encontrar los veinte mil euros que podrían «indiciar» la existencia de un chantaje. Entre comillas, la palabra extraída del texto. Morillas sonríe complacido, pues la argumentación de la solicitud ha sido cosa suya.

—Buen trabajo —lo felicita Darío—. Vamos, Nieves.

Se dirigen al domicilio de Cati. Por el camino, Darío pide refuerzos. No hay tiempo, es esencial agilizar el trámite. Juan Briones les abre la puerta, escamado. Le muestran la orden judicial. El joven parece aturdido, no entiende a qué viene la intrusión.

—Es importante que colabores, Juan. Buscamos un lugar en el que tu madre haya podido guardar dinero.

—Pero ¿por qué? Deberían estar buscando a Leandra. Queda poco para que cuelguen el vídeo...

—La investigación está relacionada con Leandra.

—Mi madre está en el hospital, no ha hecho nada.

Nieves advierte la impaciencia de Darío. Quiere intervenir, conducir la situación con tacto. Pero entonces comprende que también a ella la está ganando la premura, la urgencia del momento.

—No hay tiempo para explicaciones, Juan. ¿Nos ayudas a buscar o prefieres que pongamos la casa patas arriba?

Suena el doble pip de las sirenas policiales, el código que anuncia la llegada de las unidades. Seis agentes y un cerrajero irrumpen con determinación profesional y Juan tiene la impresión de que le pasan por encima. Retrocede hasta tocar la pared y asiste al despliegue ordenado de los agentes en una coreografía que parece ensayada.

—Hay una caja fuerte —musita.

—¿Te sabes la contraseña? —pregunta Darío.

—No.

—Si te la sabes, es mejor que nos la digas. Si no lo haces, el cerrajero va a forzar la cerradura.

—Solo se la sabe mi madre.

—¿Dónde está la caja fuerte? —pregunta el cerrajero. Es el más fornido de todos los agentes y se mueve con maneras de matón. Solo le falta remangarse al tiempo que se dirige al chico.

—En el armario de su cuarto. Detrás de un panel.

Darío acompaña al cerrajero.

—¿Podemos hablar un momento? —dice Nieves.

Juan asiente, pero se queda parado en el recibidor, como si algo lo paralizara. Tarda en comprender que la subinspectora prefiere celebrar la conversación en un lugar más recogido y no allí mismo, expuestos al viento huracanado que entra de la calle y al trasiego de los agentes. Empuja la primera puerta que encuentra, la de la cocina. Se sientan a la mesa pequeña en la que todavía reposan los restos del desayuno. Una cafetera, un plato con migas y el envoltorio de una magdalena.

—¿Saben algo de Leandra?

A Nieves le sorprende el temblor en la voz de Juan. Está muy nervioso, incluso asustado. Sus ojos bailan de la inspectora a la puerta entornada. Por el hueco pasan las sombras de los agentes, como exhalaciones.

—La estamos buscando.

—Pero ya casi no hay tiempo.

—Sé que esta pregunta es delicada, Juan, pero tengo que hacértela. ¿Tú sabías que Leandra y Vladimir mantenían una relación?

Las manos de Juan palmotean en la bandeja del desayuno. Sus dedos atrapan migas y las desmenuzan, provocando un alud de pequeños cascotes. Es evidente que el asunto le resulta doloroso.

—¿Tengo que contestar? —pregunta débilmente.

—Dado que Leandra está desaparecida, sí, tienes que contestar.

Juan asiente para sí, como mascullando una maldición. Ha constatado que no hay escapatoria y lo marca con un gesto hosco.

—¿Qué es para usted tener una relación?

—Creo que la pregunta es muy clara, Juan.

—Para mí una relación es la que tengo yo con Leandra. Lo de Vladimir es otra cosa.

—¿Qué es? Defínelo con tus palabras.

—No sé cuál sería la palabra, pero le aseguro que no tenían una relación —mira al techo, como si allí, de una telaraña del rincón, hubiera que descolgar el vocablo preciso—. Un escarceo. Un roce. Eso es lo que tuvieron.

—¿Un roce sexual?

Nieves casi puede sentir el aguijón de la referencia sexual introduciéndose en la piel de Juan, llegando hasta su alma y provocando un dolor inefable. El joven la mira con los ojos vidriosos, y realmente parece que la mención le resulta sacrílega.

—Si ya lo sabe, ¿por qué me lo pregunta?

—¿Te contó Leandra que había mantenido sexo con Vladimir?

—En cierto modo, sí.

—¿En qué modo? Quiero que seas más claro, Juan. ¿Te lo contó o no?

—Me prestó su ordenador para que grabara mis canciones. Y allí había una carpeta de fotos que le había hecho Vladimir. Fotos... Fotos muy sensuales.

—¿Ella posaba desnuda?

—Desnuda no. Pero posaba de una forma especial. Muy provocativa.

—Podían ser fotos artísticas. ¿Por qué te parecieron sospechosas?

—No lo sé, pero me lo parecieron. Me puse celoso, lo reconozco.

—Y entonces le pediste explicaciones y ella confesó que mantenía relaciones sexuales con el fotógrafo.

—No lo confesó a la primera, la tuve que sonsacar. Pero terminó admitiéndolo.

—¿Cómo te sentiste?

—¿Usted qué cree?

—Yo no creo nada, por eso te lo pregunto —responde Nieves con dureza.

—Mal, me sentí mal. Como se hubiera sentido cualquiera en mi lugar.

—¿La perdonaste?

—A ella sí, a él no.

—Creo que lo amenazaste cuando salía de casa de Leandra.

—No llegué a amenazarlo, pero sí que me encaré con él. Le dije que no se acercara a ella, ya está. ¿Tenía que quedarme de brazos cruzados mientras me estaban birlando a la novia?

—¿Le pediste a Leandra que lo despidiera?

—No me acuerdo de eso.

—Haz memoria —insiste Nieves—. Supongo que no te hacía gracia que trabajaran juntos. A mí desde luego no me haría ninguna.

—Supongo que le pedí que lo despidiera, sí.

—¿Tú crees que Vladimir podría estar tan despechado por Leandra o tan enfadado a raíz del despido como para hacerles daño a las hermanas?

—No lo sé.

—¿No lo sabes? Solo te estoy pidiendo tu opinión.

—En eso no puedo ser objetivo. Ese tío me cae como el culo. No me costaría nada decir que sí, que seguro que ha sido él. Pero la verdad es que no lo sé.

—Eso es muy honesto por tu parte, Juan. Te honra.

La policía ha precintado el ordenador de Cati y ya lo han subido al coche. La caja fuerte se ha resistido lo suyo, pero por fin la han abierto. Dentro, han encontrado doce mil quinientos euros en billetes de cincuenta, un hallazgo que abona la teoría del chantaje. El dinero ha sido introducido en varias bolsas de plástico y un secretario del juzgado ha tomado nota de la diligencia policial.

Darío entra en la cocina.

—Juan, ¿tú sabes por qué guarda tu madre doce mil quinientos euros en la caja fuerte?

Nieves busca en la mirada del inspector una confirmación de que el hallazgo es real. No descarta que sea un subterfugio.

—Ni idea.

—¿Suele tener dinero en metálico?

—Supongo, no le gusta ir al cajero. Pero tanto...

—¿No teníais previsto un desembolso de dinero por cualquier motivo?

—Que yo sepa, no.

—Perfecto —dice Darío—. En la caja fuerte hemos encontrado también unas partituras. ¿Tú sabes qué puede ser esto?

Darío se las muestra. Es un lote de diez o doce folios unidos por un clip.

—Hay algunas anotaciones escritas a mano —explica el inspector y, acto seguido, coge un folio al azar y lee los comentarios—. «Esto es cursi y muy facilón.»

Después coge otra y lee.

—«Esto es un plagio de un tema muy conocido.»

Busca otro folio. Lee.

—«Esto no lo entiendo. Parecen notas de composición, pero nada ortodoxas. Habría que preguntarle a Juan» —lee Darío mirando a Nieves de reojo.

Le muestra el folio al chico.

—Te pregunto —añade Darío, serio—. ¿Qué es esto?

Nieves nota la palidez del rostro de Juan. Es como si le faltara la sangre y estuviera al borde del desmayo. Pero se levanta de un fuerte impulso, arrebata las partituras a Darío y se pone a rasgar los papeles como un poseso.

—¡Dame esos papeles! ¿Estás loco? —brama Darío—. No puedes hacer eso, estos documentos están requisados.

Intenta recuperar el legajo, pero Juan lo mantiene en sus manos, rasgado en cuatro, y no afloja la presión. Nieves se levanta.

—Suelta eso, Juan.

Está al borde del llanto, en el mejor de los casos. En el peor, a punto del ataque de nervios o de la crisis de ansiedad.

—¿Por qué te pones así? ¿Por qué rompes esos papeles?

—Son canciones que he compuesto —explica con la voz quebrada—. Mi madre se las ha mandado a mi padre sin pedirme permiso. Supongo que para ver qué le parecen, si tengo talento o si soy un puto vago. Y ahí está la opinión del experto. Soy cursi, soy un mediocre y encima plagio a los demás. ¿Plagio de qué? ¡En mi puta vida he plagiado a nadie!

—Ya está, Juan. Ya —lo tranquiliza Nieves.

Darío consigue recuperar las partituras. Las guarda también en una bolsa de recogida de pruebas. Juan se sienta, o más bien se deja caer en la silla.

—No lo sabía. No sabía que mi padre leía mis canciones. Joder...

Juan rompe a llorar. Darío y Nieves se marchan. La inspección ha terminado, ya no tiene sentido permanecer allí. Faltan dos horas para que Pleamar cuelgue el vídeo de los jueves.

El vídeo de los jueves

Camina con sigilo, haciendo un pequeño descanso antes de cada paso, como si el parqué fuera un terreno minado. Darío afila su atención y no oye nada, más allá de los ruidos habituales de la casa. El zumbido de la nevera, el crujir de un listón del suelo, los pasos en el techo del vecino de arriba. La puerta de la habitación está entornada. La empuja con un cuidado que está más cerca del miedo que del respeto reverencial. La cama deshecha, la ropa tirada por el suelo, el desorden familiar en la mesa del estudio. En la pared, en un corcho, las fotos de siempre. Ángela tumbada en un prado con sus amigos en una excursión del colegio, en una verbena con pinta de estar borracha, abrazada a un chico, disfrazada y sacando la lengua. Hay una foto de Ángela a los cinco años, Darío agachado para estar a su altura. Era una niña muy tímida. El batiburrillo de fotos muestra a una adolescente llena de vida, con muchos amigos y con un lugar en el mundo. ¿Qué es lo que está fallando?

Marta ha contestado al mensaje de socorro de Darío. La respuesta es de un laconismo impactante. «Es una chica difícil, muy rebelde. Actúa como padre.» No hay saludo ni despedida, solo dos frases: la primera constata la existencia del problema; la segunda, una admonición muy clara, esconde tal vez un reproche hacia el hombre que siempre se escaqueó de sus funciones de educación y vigilancia. El subtexto es claro: «Yo me he comido mucha mierda y he tirado la toalla, ahora te toca a ti apechugar con el angelito». La traducción del mensaje también es clara: «Estás solo, no vas a recibir ayuda».

Son las nueve y cinco de la noche, falta menos de una hora para el vídeo anunciado de Pleamar. No ha conseguido detener la macabra rueda del tiempo. Ya solo queda esperar el desenlace. La tensión del día amenaza con provocarle una contractura. La presiente, casi la puede notar anudándose en sus cervicales. Echa de menos su vida en Tenerife, los paseos, los libros, los momentos reflexivos, el tiempo estéril dedicado a la escritura. La lejanía de los problemas.

El timbre del teléfono lo sobresalta. Es Nieves.

—Robledo me ha mandado un mensaje. ¿Te lo puedes creer? Ese baboso hijo de puta se mete en mi wasap para decirme textualmente: «Te jodes».

—«Te jodes»... ¿Así, a secas?

—Supongo que me apartan del caso, que me suspenden, y que se lo comunican a él antes que a mí.

—No me lo puedo creer. Voy a llamar a Talavera.

—Ni se te ocurra, esto no es asunto tuyo.

—¿Cómo no va a ser asunto mío? Estamos investigando un caso, Nieves.

—Tú no hagas nada, mañana me lo comunicarán. Solo quería desahogarme. ¿Estás en casa?

—Sí, esperando al vídeo.

—Yo también. Luego hablamos.

Darío lamenta que la conversación haya sido tan corta. Le apetecía hablar con Nieves, salir de su soledad, entretener la espera. Piensa en los Müller, los imagina sentados en el sofá como dos efigies, un ordenador en el regazo para ver el vídeo de las diez. «Quiero ir a mi casa a presenciar con mi esposa la muerte de mi hija.» La frase de Tobías Müller, terrible, le revuelve las tripas. Llama al oficial que se está encargando de vigilar su domicilio. No hay novedades. Tampoco hay noticias de Omar Berrocal. ¿Estará en estos momentos con Leandra? Desea con toda su alma que no sea así, que el fugitivo no haya logrado burlar los controles policiales. Piensa en Juan Briones, también angustiado por la inminencia del vídeo. Leandra se ha despedido de él por la mañana, no cabe albergar muchas esperanzas. Visualiza la soledad de Juan en su enorme chalet, su madre en coma, su padre en Ámsterdam, un padre que además desconfía de su talento, de su plan de vida, que ha roto parte de sus sueños con los comentarios hirientes sobre sus composiciones. Imagina a Vladimir también pendiente del vídeo. Es un momento cumbre, es la clausura de una carrera exitosa de dos hermanas frívolas y llenas de encanto. «Nunca olvidaré a las hermanas Müller», dijo el fotógrafo. Otra frase para el epitafio. Otro nudo en la contractura del inspector, que tiene ganas de vomitar. Pero son las diez menos cuarto, no es momento de alejarse del ordenador.

Suena su teléfono. La llamada es de la comisaría de Leganitos. Ángela está detenida por altercados públicos. Parece ser que se ha metido en una pelea. Darío deja escapar un suspiro de hastío que el otro toma por una interferencia.

—¿Hola? —se oye al otro lado del teléfono.

—Sí, estoy aquí.

—Su hija está bien, pero un poco bebida. Y se comporta con agresividad.

—Podéis hacer lo que queráis con ella. Yo no voy a buscarla.

El agente de policía demuestra saber quién es él.

—Inspector, le llamamos por ser usted. ¿De verdad no va a hacer nada? Es su hija.

Si lo tuviera delante, Darío le cruzaría la cara de dos guantazos. ¿Qué sabrá ese pipiolo de la vida para deslizar comentarios morales sobre obligaciones y conductas?

—He dicho que no voy.

Darío cuelga. Resopla, lleno de ira. «Actúa como padre.» Otra frase que añade un nudo más a la contractura con la que amanecerá al día siguiente. A las diez menos cinco, se levanta para servirse un dedo de whisky. Tiene la sensación de que se va a desmayar si no bebe algo. Vacía de un trago el líquido vivificante. Pasea por el salón sintiendo crujir las tablas. Es como un bisonte a punto de embestir la pared. Faltan dos minutos para el vídeo de Leandra. Se sienta a la mesa, se conecta a YouTube.

A las diez en punto no hay movimiento en el canal. Se entretiene leyendo comentarios de algunos seguidores expectantes. El rumor de que va a suceder algo se ha ido extendiendo por esa comunidad invisible y misteriosa cuyo funcionamiento Darío no consigue descifrar.

A las diez y cinco empieza a cundir el desánimo. La sed del morbo no va a ser saciada esta vez. Nieves llama, desconcertada. En su voz late la esperanza de que Leandra esté viva. ¿Hay una nota de decepción también en sus palabras? Darío espanta ese pensamiento como si fuera producto de la sugestión más aterradora.

A las diez y cuarto coge su abrigo y se dirige a la comisaría de Leganitos. Ángela está en un calabozo que huele a pis, a mierda y a vómito. Lo comparte con dos chicas de su edad. No sabe si son sus amigas. No pregunta. La agarra del brazo, firma un papel en el mostrador y sale a la calle. Ella se tambalea ligeramente. Darío intuye que está exagerando la borrachera, que la utiliza como escudo para evitar una confrontación directa, la previsible bronca del padre airado. La mete en el coche y conduce en silencio, sin disimular el enfado. No puede hacerlo, está harto, tiene la sensación de que la contractura se está apoderando de sus hombros, del cuello, de la nuca, como las raíces de un árbol que crecen sin control. Ángela tiene plastas de vómito en el pelo. Está sucia y huele mal.

—He quedado con unos colegas —la oye decir con la voz gangosa de los borrachos.

No responde. Aparca, sube las escaleras tirando de su hija sin amor, la mete en el piso.

—He quedado con unos colegas —repite ella.

Darío la lleva a su cuarto, Ángela forcejea, no quiere entrar allí. Él la empuja y ella le devuelve el empujón. Él la inmoviliza con una llave, como ha hecho alguna vez en operativos policiales en las barriadas, en redadas, en acciones expeditivas en las que no hay tiempo para soltar las frases protocolarias. La tumba en la cama y la esposa al cabecero.

—Ahí te quedas. Vas a dormir la mona, mañana hablamos.

Cierra la puerta y se refugia en el salón, lejos de los gritos de Ángela, de los insultos que está profiriendo. Pero no tan lejos. Los oye con claridad. Le gustaría emborronar el aire para que no le llegaran tan nítidos. Podría amortiguarlos con algo de música, poniéndose unos cascos y tratando de relajarse. Pero no tiene ganas. No puede.

En su móvil hay varias llamadas de Nieves. Seguramente quiere comentar la ausencia del vídeo. También hay mensajes. «¿Dónde estás?» «¿Estás vivo?» Darío le responde que sí, que está vivo, que ahora no puede hablar, que llame solo si hay novedades sobre el caso. Se sirve un whisky y lo saborea, acostumbrado ya a los gritos que han convertido su casa en un manicomio. Espera sentirse más relajado a cada trago, pero no es así. Nota la furia dentro de él como un animal desatado.

Sabe que no va a poder dormir, pero se tumba en el sofá con la esperanza de arañar alguna cabezada a la noche larga que tiene por delante. Ángela está aporreando la pared. Se oye también un tintineo metálico, debe de estar luchando contra las esposas. Los golpes en la pared son como un reloj descontando segundos.

A las cuatro de la mañana, entra en la habitación de Ángela y le quita las esposas. Ella parece dormida, pero no lo está. Se revuelve de pronto en una contracción brutal de su cuerpo y descarga una patada en el brazo de Darío. Él le da un bofetón en la cara.

—Vuelve a hacer eso y te mato a hostias —le dice a la niña.

Ángela se queda encogida entre las sábanas. Darío la deja sola. Recorre el pasillo y se sienta en el suelo, con la espalda apoyada en la puerta de la calle. No quiere que su hija se escape. Ya no duerme más. Ni siquiera logra el sueño dulce, intermitente, de los centinelas.

A las siete y media de la mañana llama Carrillo. Un paseante ha visto un cuerpo en las marismas. Es Leandra. Tiene mordeduras y señales de maltrato por todo el cuerpo. Pero está viva.

Cuatro

Pleamar

Leandra camina con los ojos entreabiertos y sin expresión. Va en bragas, una camiseta larga le llega hasta las rodillas. La voz de Martina, que está grabando el vídeo, susurra que su hermana está sonámbula. Leandra sale al jardín, se sienta en la hamaca y se queda allí unos segundos, como una lunática. Martina le dice que vuelva a la cama y ella se deja guiar, dócil, hasta su habitación. Pero no se tumba. Se queda de rodillas en la cama, cabizbaja. Al levantar la mirada hacia la cámara, vemos que está llorando.

—La sonámbula llorona —dice Martina.

—Eres idiota.

Leandra se levanta de un salto y en dos zancadas su cuerpo invade el plano. Le está quitando la cámara a Martina, que se defiende entre risas y dice que no se puede luchar contra una sonámbula, que da mazo miedo.

Este vídeo, subido al canal de Pleamar el 5 de agosto de 2019, tiene más de cinco millones de visualizaciones.

Leandra

Hay algo de alivio en el acto de salir de casa y poner distancia con su hija. Su obligación como policía es desplazarse a Huelva para hablar cuanto antes con Leandra, pero al hacerlo está claudicando como padre. En eso, Darío no se engaña: el sentido del deber apenas disimula la cobardía. Lo sabe y, pese a todo, se deja embriagar por la indiferencia, por el hastío, por la confusión del hombre al que sobrepasan los acontecimientos.

Viaja en el AVE junto a Nieves. También ella tiene la sensación de estar huyendo. En su caso, de una suspensión. Intuye que esa misma mañana el comisario le iba a comunicar el resultado del expediente. Se lo podría transmitir por teléfono, pero eso no le importa: estará lejos de Madrid, en pleno operativo policial, y ya nadie podrá impedir que remate la investigación que tiene en marcha.

En otro compartimento del mismo tren viaja María Lizana. Ha sido Darío quien ha hablado con ella por la mañana, por fin para darle una buena noticia. Se ha emocionado con el alborozo de María, con las lágrimas que casi le salpicaban a través del móvil. Le gusta ver que su frialdad se sacude a veces, que no es uno de esos muertos en vida que ya no reaccionan ante nada. Pero, además, cómo no abrir su corazón al espectáculo de la madre que recupera una hija, cuando él está perdiendo a la suya poco a poco.

En la casa de los Müller se ha producido una escena desagradable, según le ha contado el agente que tenía a su cargo la vigilancia. El doctor pretendía viajar también al encuentro de su hija, pero la policía se ha presentado justo entonces en su domicilio y lo ha detenido por intrusismo profesional. El comisario Talavera ha cumplido los plazos pactados con un escrúpulo que a Darío le resulta un tanto indigesto. Es una pena que ese hombre no pueda disfrutar del único rayo de luz en un presente lleno de nubarrones.

En Sevilla los espera un coche para llevarlos al hospital Juan Ramón Jiménez, de Huelva, donde han ingresado a Leandra. Los primeros análisis son halagüeños. Nieves ha llamado al hospital desde el tren y le han adelantado el diagnóstico: la joven presenta síntomas de deshidratación. Hay laceraciones en tobillos, muslo y manos por mordeduras de roedor y cortes en los brazos practicados con arma blanca, posiblemente con un cuchillo. Tono muscular bajo, con entumecimiento leve. Está desorientada. Lo normal, después de nueve días de cautiverio. No va a ser fácil hablar con ella en ese estado. No va a ser fácil mantener la paciencia. La avidez por sonsacar información precisa casa mal con una joven aturdida. Y el protocolo no escrito, pero impuesto por las normas de la humanidad, obliga a dejarle un buen tiempo a la madre para que abrace a su hija y acapare toda su atención.

Así que, en realidad, no tienen prisa. Darío ha dispuesto una vigilancia policial que Carrillo ya se ha encargado de coordinar. Es él quien los recibe cuando llegan al hospital Juan Ramón Jiménez. Carrillo es un hombre fondón. Los kilos de más no le sientan bien a su estatura mediana, pero los compensa con un aire vivaracho y una solicitud a prueba de bombas. Parece inasequible al desaliento o a la pereza. Los informa de todas las gestiones realizadas desde el hallazgo de Leandra. Han hablado con el paseante que la encontró. Fue el primero en socorrerla. Enseguida comprendió que estaba viva, pero apenas logró sacar de ella unas palabras incomprensibles. Llamó para pedir ayuda y se quedó esperando a que llegaran la policía y una ambulancia. Su testimonio no aporta nada más. En la ambulancia, a Leandra le pusieron oxígeno y le cogieron una vía para administrarle suero glucosado. Esto la reanimó lo suficiente como para que Carrillo pudiera hablar con ella, todavía dentro del furgón sanitario. Leandra cuenta que estaba en un sótano. Llevaba días arañando la pared para desencajar una rejilla de ventilación. Cuando logró hacerlo, se introdujo con esfuerzo en la hornacina exigua que había al otro lado. Gateando y reptando se abrió paso por un túnel que llegado un punto se ampliaba y le permitía respirar. El túnel comunicaba con las cloacas, un entramado de canales, bifurcaciones y conductos muy estrechos. Tanteó y tanteó hasta encontrar una salida al exterior, en un desagüe. Ella lo describe como una cascada que daba a un río. Se metió en el agua y braceó hasta la orilla. Se ayudó de las raíces de un árbol para trepar hasta el talud y luego caminó por un terreno fangoso hasta caer rendida. Eso, resumido, es el relato de Leandra, que en realidad desgranó entre balbuceos y de forma inconexa. No sabe dónde ha estado encerrada. Pero dada la descripción y partiendo del lugar en el que la encontraron, muy cerca de las lagunas de Las Madres, Carrillo piensa que la joven recorrió una cloaca que desagua en el Odiel. Están peinando el río y examinando las tres cloacas que cuadran con la situación. Pero ninguna de ellas parece estar comunicada con el túnel misterioso.

Darío está cansado y hambriento. Invita a comer a Carrillo, que acepta encantado. Entre los tres dan cuenta de una caldereta con marisco de la tierra. De paso, hacen tiempo para que María Lizana se reencuentre con su hija. A las cinco se dirigen al hospital. El médico informa de que no hay razón para que Leandra se quede ingresada más de una noche. Por la mañana le dará el alta. Pero la conversación con ella no puede esperar más. Una enfermera los acompaña a la habitación. Allí está María, sentada en la cama, acariciando la mano de Leandra. No quiere separarse de su hija.

—Ahora no, por favor. No la molesten.

—Tenemos que hacerlo, es importante —dice Darío.

—Yo me quedo aquí.

—Déjanos a solas unos minutos, María —le ruega Nieves.

María menea la cabeza como anunciando una resistencia. Pero aprieta la mano de Leandra y le da un beso en la mejilla antes de salir de la habitación. Darío se fija en la joven que convalece en la cama. Tiene una vía cogida, pero no le están pasando suero. Ya no lleva puesta la mascarilla de oxígeno. Los brazos están surcados por cortes, el más feo, cerca del codo, cubierto por una gasa manchada de sangre o algún desinfectante. El rostro pálido lo aviva un arañazo en la mejilla, como un bigote de gato que se hubiera pintado, y lo deforma una contusión en la frente.

—Soy el inspector Mur y ella es la subinspectora Nieves González. Estamos investigando la muerte de tu hermana y el secuestro. Queremos que nos cuentes qué ha pasado.

Ella resopla.

—Estás cansada, es normal —interviene Nieves—. Pero es muy importante que hagas un esfuerzo. ¿Quién os ha secuestrado?

—No lo sé. No los conocía de nada.

La voz de Leandra suena con más claridad de la que ellos esperaban.

—¿Cuántos eran? —pregunta Darío.

—Dos. Un chico y una chica.

—¿De qué edad?

—Mayores que yo, pero no mucho más. Veintipocos.

—¿Cómo se produjo el secuestro?

Aguardan a que ella inicie el relato. Parece que le cuesta hacerlo, que hay algún obstáculo que vencer primero. Tal vez la sensación de haberse comportado de forma estúpida.

—Fue justo al llegar a Mazagón. Bajamos del autobús y allí estaban, apoyados en un coche. Nos preguntaron si éramos Pleamar, les dijimos que sí y ellos dijeron que eran muy fans... Se hicieron un selfie con nosotras, lo de siempre. Y luego nos preguntaron adónde íbamos, que nos llevaban encantados. Así que nos subimos en su coche.

—¿Recuerdas cómo era el coche? —pregunta Nieves—. La marca, el color.

—Era verde. La marca no sé.

—Vamos por partes, Leandra —dice Darío—. ¿Adónde ibais?

—Queríamos pillar un hotel en la playa.

—¿No teníais nada reservado?

—No.

—¿Os estabais escapando?

Es Nieves quien lanza la pregunta. Hay un olor a gel que envuelve la estancia. Un movimiento de Leandra con el brazo o, como ahora, asintiendo, lanza oleadas de ese olor. Está claro que la han aseado hasta quitarle el último resto de fango y la peste de la cloaca.

—¿Por qué os estabais escapando?

—Teníamos problemas en casa con nuestros padres.

—Yo he visto a tu madre muy cariñosa contigo, no me ha parecido que tuvierais problemas.

A Darío le gusta hurgar con este tipo de frases antes de poner sobre la mesa la información que conoce. Es como atizar las ramas con la vara por si cae algún fruto de más.

—Pues los teníamos —dice Leandra. Intenta poner seguridad en su mirada y al hacerlo bizquea ligeramente.

—¿Era una fuga definitiva o una simple travesura?

Nieves se gira hacia Darío. Ha detectado una nota demasiado áspera en la pregunta.

—No lo sé —dice Leandra.

—¿Os llevaron a un hotel?

—Nos preguntaron si queríamos tomar algo con ellos, sacaron una botella de vodka. Bebimos ahí mismo, en el coche. Y lo siguiente que recuerdo es que estábamos las dos atadas en una especie de sótano.

—¿Ellos también bebieron?

—No sé... Recuerdo que Martina cogió la botella y dio un trago muy largo. Pensé que me iba a dejar sin nada y le di un codazo para que me la pasara.

—Está claro que os metieron algo en la botella —dice Nieves.

—Sí. Yo me empecé a marear enseguida... Pero es raro.

—¿El qué es raro?

—Sacaron la botella de debajo del asiento. Y nos la ofrecieron. Estaba empezada. Martina se lanzó como una loca y luego bebí yo. No tuvieron tiempo de meter nada en la botella.

—A menos que ya lo tuvieran todo preparado —dice Nieves.

—Eso iba a decir. Tenían un plan. Hablaban con alguien por teléfono, mucho rato. Creo que les decían lo que tenían que hacer.

—¿Cómo eran ellos? ¿Os trataban bien?

—Eran superpijos. Educados, majos, sonreían al hablar.

—¿Os alimentaban?

—Me traían bocadillos. Y agua.

—¿A Martina no?

—A Martina la mataron el segundo día.

Lo dice con aire casi notarial, como consignando un dato. A ninguno de los dos policías le parece que haya dolor en Leandra. Puede ser que se encuentre todavía bajo el alud de la tragedia y las emociones estén aletargadas. Pero no deja de llamar la atención esa frialdad.

—Cuéntanos eso, Leandra. ¿Cómo fue? ¿Estaba atada en la silla y la empezaron a acuchillar? ¿Quién la mató de los dos?

Darío detiene en ese punto su retahíla de preguntas. Hay más, muchas más, pero no las puede hacer todas a la vez.

—La mató ella. Él estuvo discutiendo con alguien por teléfono y después entró el sótano y habló con su compañera. No querían hacerlo, se notaba que no querían. Pero entonces ella cogió el cuchillo y se lo clavó a Martina.

Un nudo en la garganta ahoga la frase de Leandra. Ahora sí se emociona al recordar el cuchillo hundido en el cuello de su hermana, hasta la empuñadura.

—Martina llevaba puesto un collar de esmeraldas —dice Nieves.

—Era de mi madre.

—¿Por qué lo tenía Martina?

—No lo sé. Lo sacaron ellos de su mochila.

—¿Por qué viajaba Martina con ese collar?

—No lo sé...

Darío anota en su libreta la palabra «collar». Le basta así para recordar que el asunto merece una reflexión. También ha anotado «coche verde». Y la palabra «botella».

—¿Cómo grabaron el vídeo?

—Con un móvil. Me pidieron la clave de Pleamar para subirlo al canal. También me grabaron a mí, creo que pensaban matarme para subir el vídeo ayer.

—¿Cómo fue esa grabación, la que te hicieron a ti?

—Ella se me acercó con un cuchillo. Me dijo que me iba a matar. Yo me defendí y ella empezó a hacerme cortes en los brazos. Y él grababa.

—¿Por qué te dejaron mandarle un mensaje a Juan?

—Quería despedirme de él.

—¿Por qué de él?

—Porque es mi novio.

—¿Por qué no de tus padres? —pregunta Darío—. ¿Por qué no de Vladimir?

Leandra contiene un acceso de furia. Da la impresión, por un instante, de que se va a poner a gritar o a soltar insultos como salivazos. No lo hace, se limita a fruncir el ceño, aunque Nieves advierte que la mano izquierda de la joven arruga la sábana con fuerza.

—Lo de Vladimir fue una tontería. El error más grande de mi vida. Y no quiero hablar de eso.

—Pero yo sí quiero —dice Darío, y su firmeza consigue apaciguar a Leandra.

—¿Qué quiere saber? —suspira.

—¿Por qué le dejaste tu ordenador a Juan?

—Porque quería grabar unas canciones, el suyo se bloqueaba.

—Pero podía ver las fotos insinuantes que te había hecho Vladimir.

—Eran fotos artísticas. Y él no tenía por qué verlas.

—Pero las vio.

—Eso no es culpa mía.

—¿Te obligó Juan a despedir a Vladimir?

—No me obligó, pero se puso celoso. Lo mejor era despedirlo.

—¿Martina estaba de acuerdo con eso?

—Lo entendió, no puso ninguna pega.

—¿Es posible que a Martina le gustara ese joven?

—Es posible.

—Me pregunto por qué te acuestas con un chico que le gusta a tu hermana cuando tú estás enamorada de otro.

—Eso es asunto mío.

—Contesta, Leandra.

—Inspector...

Nieves carraspea, intenta atajar la indiscreción de Darío, pero es como saltar a la vía para detener un convoy con las manos.

—Eso es privado y no se lo pienso contar —dice Leandra.

—Si te lo pregunto es porque me parece importante.

—Me sedujo, ¿vale? Me gustaban las fotos que me hacía, me sacaba guapa. Y yo nunca me veo guapa. Me sentí hechizada. Ya está. Ahora me muero de vergüenza y me arrepiento, y sufro mucho por Juan. Ojalá no hubiera pasado.

Brillan dos lágrimas en los ojos de Leandra. Darío nota la mirada de censura de Nieves. No va a saber explicarle el porqué de su curiosidad. Él mismo no entiende por qué ha llegado tan lejos en un detalle menor. ¿Quiere entender el alma de una joven que es, casi, de la edad de su hija? ¿Quiere mostrar ante ella la autoridad que de nada vale con Ángela?

—¿Quién sabía que os ibais a Mazagón? —pregunta Darío.

—Nadie.

—Alguien tenía que saberlo, os estaban esperando en la estación con un somnífero dentro de una botella de vodka.

Leandra se muerde el labio. Le da vergüenza decir la verdad. El silencio se espesa en torno a ella.

—Se lo conté a Vladimir.

—¿Por qué? ¿Qué pintaba Vladimir en todo esto si ya lo habíais dejado?

—Lo vi una vez más. Le conté que nos íbamos y que a lo mejor no volvíamos nunca más.

Así que tuvo la delicadeza de despedirse de Vladimir. El amante contrariado. El hombre al que odia por interponerse en su historia de amor con Juan.

—Él me preguntó adónde íbamos y le dije que a Mazagón —remata Leandra. Después levanta la mirada hacia los policías esperando encontrar censura. Pero solo ve concentración, curiosidad contenida, urgencia por encajar las piezas del relato.

—¿Quién crees que quería haceros daño? —pregunta Nieves.

Leandra menea la cabeza. Las lágrimas que asomaban estallan por fin y corren por sus mejillas.

—No lo sé.

—En un vídeo decías que alguien quería haceros daño. ¿A quién te referías?

—Teníamos un troll que nos amenazaba. Lo bloqueábamos, pero volvía con otro nick.

—¿Justiciero?

—Ese era uno de sus nicks. Tenía otros.

—¿Podía estar Vladimir despechado?

El estrabismo de la joven se ha vuelto más notable. No sabe dónde posar la mirada. Nieves no deja de admirar el efecto, es como si un manto de fealdad fuera cubriendo despacio un rostro hasta entonces muy bonito.

—¿Por qué raparon a Martina? —pregunta Darío de pronto, sin esperar a la respuesta de Leandra por la pregunta anterior. Es como si ese dato lo diera por descontado.

Leandra lo mira con extrañeza.

—¿Se refiere al pelo de la cabeza?

—Sí, estaba rapada.

—No la raparon. Yo eso no lo vi.

—¿Podía querer Acacia haceros daño?

—¿Por qué? No, nadie nos odiaba tanto como para eso... O eso pensaba yo.

—¿Sabías que la madre de tu novio había denunciado a tu padre por negligencia médica?

A Nieves le parece que Darío está saltando de un tema a otro de forma muy abrupta. Como si el tiempo se estuviera agotando y quisiera apurarlo hasta el final.

—Sí que lo sabía.

—¿Y cómo te lo tomabas? ¿No es un poco desagradable que la madre de tu novio denuncie a tu padre?

Leandra sonríe con tristeza.

—¿Por qué cree que nos escapamos? No aguantábamos más la situación. Era imposible quedarse en casa.

Una enfermera irrumpe en la habitación para tomarle la temperatura a Leandra. Actúa como si no hubiera nadie más allí, solo ella y la paciente a la que hay que prodigar cuidados. Detrás entra María Lizana.

—Inspector, mi hija necesita descansar.

—No hemos terminado todavía.

—El médico me ha dicho que mañana le dan el alta. En Madrid, cuando la niña haya descansado, podrán retomar la conversación. ¿No le parece?

—Por favor —ruega Leandra—. Ya les he contado todo lo que sé.

En la puerta del hospital los espera Carrillo con novedades.

—He estado preguntando aquí y allá por la existencia de un túnel que comunique con el alcantarillado. En el bar me han dicho que el cura que había antes hablaba de uno.

—¿Dónde?

—En la jabonera. Es un edificio en ruinas, en las afueras del pueblo. Quedó destruido en la guerra. Parece ser que el dueño de la fábrica de jabones presumía de haber escapado de los comunistas por un túnel. Esa es la historia que contaba el cura.

Darío cruza una mirada con Nieves.

—No perdemos nada por echar un vistazo.

—Yo no sé si puedo.

Nieves le muestra un mensaje que ha recibido en el móvil: el comisario la cita en la brigada a las diez de la mañana.

—Tengo a la parienta mala —dice Carrillo—. Voy a comprar algo de cenar y me voy a cuidarla. A menos que necesitéis algo más.

—Dos cosas. Necesito encontrar un coche verde. Estuvo el cuatro de noviembre aparcado en la estación de autobuses de Mazagón. El conductor que hace la ruta desde Huelva lo tuvo que ver esa tarde. Busco testigos, cámaras de tráfico, lo que sea.

—¿Matrícula, modelo?

—Nada.

—Un coche verde en la estación, a ver qué hacemos con eso. ¿Qué más?

—Quizá tengáis un dibujante bueno por aquí.

—Fidel, un fenómeno. Trabaja en Antropología Forense.

—A ver si puede ir al hospital esta misma tarde. Que Leandra le dé la descripción de los secuestradores.

—Ahora mismo lo muevo.

—Gracias, Carrillo. Llévale un caldito a tu mujer.

—Algo con más sustancia. A esta no hay mal que le quite el hambre.

Carrillo se aleja a buen paso y mientras lo hace ya está despachando los encargos con su teléfono móvil.

—¿No crees que debería volver a Madrid? —pregunta Nieves.

—No. Quiero que te quedes aquí esperando al dibujante. Y que mañana registres la jabonera.

—¿Y tú?

—Yo sí que me voy a Madrid. Tenía una llamada del hospital. Cati se ha despertado.

Abre los ojos y odia la luz que se cuela por la rayita de la persiana. Siente una pereza inmensa hacia el día que tiene por delante. Le gustaría quedarse en la cama, pero está tumbada sobre un charco de vómito que huele fatal. Un yunque le presiona la frente y la informa de que el dolor de cabeza la va a acompañar varias horas. Las estampas del día anterior se suceden en su memoria en un diorama confuso. La borrachera con sus amigos, el descontrol de canutos y botellas, la última copa en un garito con buena música, el desparrame en la pista de baile, ella saltando de un lado a otro como un mono. Nunca ha sabido bailar, pero se suma a la diversión saltando y arrollando a todo el mundo. A una chica le molestó que se le tirara encima, que derribara su copa, que no pidiera perdón. Terminaron a hostias en la calle. En el calabozo en el que las encerraron a las dos se dieron unas cuantas hostias más. Hasta que su padre vino a buscarla. Recuerda la pelea con él, las esposas ajustadas al cabecero de la cama, sus gritos, los intentos por liberarse. Antes de la pelea con su padre, y antes de la borrachera, la llamada de la hermana de Rodri. «Malas noticias, Ángela. Mi hermano no sale. Me acaban de llamar del hospital. Lo van a desconectar mañana.» La necesidad imperiosa de desahogarse, de empapar su rabia en alcohol. Eso o meter la cabeza debajo de la tierra para no sacarla nunca más.

Se levanta, hace un ovillo con las sábanas y lo lleva a la lavadora. Le da igual si se cruza con su padre, no piensa saludarlo. Pero no está en casa. Se mete en la ducha. Le escuecen las rozaduras que el metal de las esposas ha causado en sus muñecas. Se lava bien el pelo. Se queda más de media hora bajo el chorro de agua caliente, que limpia los restos de vómito y limpia sus lágrimas.

Se dirige al hospital deseando que a Rodri no lo hayan desconectado todavía. Quiere despedirse de él, darle un beso, emocionarse en su presencia, llorar un buen rato, sentirse viva.

Cati

Un coche deja a Darío en la estación de Santa Justa, en
Sevilla, pero el último tren ha salido ya. En otras circunstancias sería un fastidio, pero teniendo en cuenta que en su
casa lo espera una adolescente fuera de control, el contratiempo es más bien una bendición. Es el único comensal
en el restaurante del hotel, una estampa de soledad que ha
vivido otras veces y que siempre impresiona su alma sensible. La amabilidad de la camarera que lo atiende acentúa la
tristeza. Llama a Nieves por teléfono. Ella está cenando
en un hotel de la playa, en Mazagón. También ella está sola en
el comedor amplio y da la sensación de que agradece la
llamada. Hablan de Leandra. A Darío le ha parecido una
joven esquiva y muy extraña, aunque es verdad que no
puede fiarse de sus impresiones. Durante todo el interrogatorio se ha sentido solazado por sus respuestas, por sus
miradas, por el simple hecho de que la conversación se
producía sin exabruptos ni tirones, no como con su hija.
Es algo inconfesable, pero Leandra, un año menor que
Ángela, ha sido una hija imaginada, una hija que olía bien
y que le contaba sus amoríos y sus problemas con confianza, también con nervios y dudas, incurriendo en contra-
dicciones y preguntándose a cada tanto si no le estaría re-
velando demasiados secretos al padre curioso. Está
obsesionado. La preocupación por su hija no le deja pensar
con lucidez. Leandra le ha parecido enamoradiza y fantasiosa, lo que en un tribunal se consideraría un testigo poco
fiable.

—Ten en cuenta que estaba en *shock* —la excusa Nieves.

—¿De verdad te ha parecido que estaba en *shock*?

—A mí sí. Bueno, estaba sedada. Pero se iba dando cuenta de todo, de que su hermana había muerto y de que ella se ha salvado por los pelos.

—En eso coincido contigo. Los secuestradores iban a cara descubierta, eso solo puede significar que pensaban matarla.

—¿Quién ha hecho esto, Darío? ¿Quién lo ha planeado? ¿Quién ha encargado el secuestro?

—Según lo que ha contado, solo puede haber sido Vladimir.

—A saber a quién más se lo contó. No me creo que su novio no lo supiera.

—Y a saber a quién se lo contó Martina. O el propio Vladimir.

—Mañana voy a intentar hablar con ella otra vez. Si tú me autorizas a hacerlo —dice Nieves.

—¿Por qué te tengo que autorizar?

—Porque me van a apartar del servicio, mañana mismo me lo va a comunicar Talavera cuando vea que no aparezco por la brigada.

—¿No lo has llamado?

—No, que me llame él.

—Bien hecho. Pero yo no te tengo que autorizar a nada, tú visita la jabonera con Carrillo y luego haz lo que quieras.

—¿Lo que quiera?

—Lo que te parezca mejor para la investigación. Tú estás conmigo hasta el final.

—Eso era lo que quería oír.

Durante unos segundos nadie dice nada.

—Qué absurdo es esto —Nieves rompe el silencio—. Podríamos estar hablando cara a cara y no por teléfono.

Darío piensa que ella tiene razón. Nada le gustaría más que estar en esos momentos con ella, tenerla enfrente y verla sorber la sopa mientras desgranan el caso. Pero no dice nada.

—Ya me han traído la cena. Te voy a dejar. Mañana hablamos.

—Vale —dice Nieves—. Que descanses.

Darío cena en silencio. Piensa. Trata de poner sus ideas en orden. Saca su libreta. Un coche verde. Esa es la primera anotación. ¿Sirve de algo? Es difícil, pero en ese coche podría haber una pista fácil de rastrear. Para ello, alguna cámara debería recoger la matrícula de un coche aparcado en la estación de autobuses. Es probable que los secuestradores lo hayan alquilado, tal vez en Huelva, o en Sevilla, incluso en Madrid. Es imprescindible el dato de la matrícula.

La segunda anotación es la botella. Si el relato de Leandra es fiable, tenían la sustancia narcótica diluida en el vodka antes de que las hermanas se subieran al coche. Eso indica un plan trazado de antemano. Y trazado por alguien que conocía bien a las Müller, que las sabía lo suficientemente alocadas como para lanzarse al vodka en el coche de dos desconocidos. No era seguro que el plan saliera bien. ¿Tenían previsto emplear la violencia en el caso de que no funcionara el reclamo de la botella?

La tercera anotación, el collar. ¿Es posible que Martina metiera el collar en la mochila para una huida a la desesperada? ¿Tan útil le parecía para sus propósitos? Es muy poco probable. Además, los asesinos quisieron ataviarla con el collar en el momento de la muerte, como en una siniestra reparación de una injusticia. ¿Por qué quisieron hacer eso? ¿Por qué sabían que Martina viajaba con el collar? Antes de cerrar la libreta, añade una cuarta anotación: Anita. La cuidadora.

Se queda paladeando el vino mientras un empleado empieza a recoger el comedor. A la mañana siguiente toma el primer tren camino de Madrid. Se dirige directamente al hospital. En la puerta de la habitación de Cati lo está esperando una enfermera.

—La doctora me ha dicho que solo le deje hablar con ella diez minutos. Está muy cansada.

A Cati le han quitado el tubo de la boca, pero sigue conectada a un respirador artificial por medio de unas gafas nasales. Le están pasando suero por una vía, lleva un pulsioxímetro ajustado al índice de la mano derecha y unas pegatinas en el pecho comunicadas con un contador de latidos. La venda de la cabeza deja al descubierto las sienes rapadas. Una gasa cubre el orificio de entrada de la bala, entre el pómulo izquierdo y la nariz. Su aspecto es deplorable, pero, en cierto modo, todas las señales y las secuelas del ataque le dan un toque homogéneo y natural a la deformidad que el rostro ya presentaba antes del atentado. Al ver entrar a Darío, intenta sonreír con coquetería, pero el gesto le duele tanto que se convierte en una mueca de sufrimiento.

—¿Qué tal se encuentra, Cati?

—¿Dónde está Juan?

—¿Cómo dice?

—Esperaba la visita de mi hijo, no la suya.

Lo dice con tristeza, sin intentar acolchar la grosería con un gesto. Puede que no sea capaz de gesticular sin sufrir latigazos de dolor.

—Su hijo debe de estar esperando a Leandra, que a estas horas está viajando a Madrid.

—¿La han encontrado?

—Sí.

—Pues entonces no me diga más. Un hijo prefiere a la novia antes que a su madre.

Una gran verdad. A partir de cierto momento, los padres se convierten en personajes secundarios. A veces es difícil de aceptar, piensa Darío.

—Cati, hemos entrado en su domicilio con una orden de registro.

310

—¿Por qué?

—Porque teníamos indicios de que usted estaba chantajeando al doctor Müller.

Cati se intenta remover en la cama. Si pudiera alcanzar el timbre para llamar a la enfermera, lo pulsaría para pedir que expulsaran al intruso. Pero le duele todo el cuerpo y apenas acierta a marcar un estremecimiento.

—¿Cómo pueden pensar que yo...?

—Hemos encontrado doce mil quinientos euros en la caja fuerte.

—¿Han abierto mi caja fuerte?

—¿De dónde ha salido ese dinero?

—Me gusta tener *cash*, no hay nada raro en eso —murmura Cati con mucho esfuerzo.

—Pero no hay movimientos en su cuenta corriente y, en cambio, sí que hay un movimiento de veinte mil euros en la cuenta de Tobías Müller. Su cirujano... y su amante, Cati.

El contador de latidos se acelera. La gráfica muestra una línea ascendente. Darío teme que empiece a pitar y que irrumpan dos enfermeras para atajar un principio de infarto y poner fin a la visita. El monitor no salta y él se aprovecha de la situación: nunca ha dispuesto de una prueba tan gráfica de la agitación de un testigo.

—¿Cree que estaba chantajeando a Tobías porque ya no quería ser mi amante?

—Cuéntemelo usted.

—Por Dios, pero si Leandra es la novia de mi hijo. ¿Cómo voy a...?

Termina la respuesta con un suspiro. Está cansada, le cuesta llegar al final de las frases largas.

—Creo que ha elegido mal a su abogado, Cati. Sé que ha sido Botet quien la ha convencido de dar ese paso.

Ella no responde a la acusación. Pasa por su mirada la sombra del arrepentimiento, el deseo imposible de retroceder en el tiempo para actuar de otra manera.

—¿Mi hijo estaba presente en el registro?

—Sí.

—¿Vio el dinero?

—Sí. Pero le molestó más ver que había unas partituras en la caja fuerte.

—Mierda, no me lo va a perdonar jamás. Solo quería... —toma aire, dos bocanadas cortas, una larga—. No quiere estudiar nada y yo necesito saber si es un buen compositor o no. Le mando a su padre lo que compone, para ver si tiene talento musical.

—Y en opinión de su padre, no lo tiene.

—¿Cómo reaccionó Juan al ver las anotaciones?

—Se enfadó. Se puso a romper los papeles, fuera de sí.

—Tengo que hablar con él.

Cati intenta incorporarse, como si no fuera consciente de todos los cables y aparatos que se lo impiden. Eso por no hablar de su debilidad extrema.

—Tranquilícese, Cati. No puede levantarse. Todavía tiene que pasar un buen tiempo en el hospital.

—Mi hijo es muy frágil. También tuvo un ataque de ira cuando le dije que su padre y yo nos íbamos a separar. Y luego...

Se calla por pudor, hay tabúes que levantan un muro ante ciertas realidades.

—Sabemos que intentó suicidarse —dice el inspector con suavidad.

—Estuvo muy deprimido. Me culpaba de la separación, por eso prefirió vivir con su padre. Pero su padre es muy severo, como bien se vio después...

La mención intriga a Darío.

—¿Pasó algo con su padre?

—Juan quería que Leandra viviera con ellos en Ámsterdam. Y ella estaba dispuesta. Pero mi exmarido se negó en redondo. Le dijo que no iba a convivir con la hija del hombre que había destruido su matrimonio.

Exhala un suspiro de agotamiento, quizá también de pesar por todo lo sucedido.

—Supongo que fue un chasco para Juan.

—¿Un chasco? Se cortó las venas, inspector. Esa fue su reacción.

—Creía que el intento de suicidio había sido por...

—No —interrumpe Cati—. La separación le dolió mucho, sobre todo por cómo se produjo. Estuvo muy deprimido y a mí me odiaba. Pero el intento de suicidio fue en Ámsterdam, con su padre, que no es ningún angelito. Él se creía que era fácil vivir con él, que la mala era yo. Pero su padre es un hombre muy difícil.

—Tal vez por eso ha vuelto con usted.

—Tengo que hablar con mi hijo. No puede estar solo, es capaz de cualquier tontería. Tiene un buen historial de depresiones, ¿sabe? Tuvimos que cambiarlo de colegio porque le hacían *bullying*. Estuvo tres años yendo al psicólogo... Hasta que conoció a esa chica y empezó a ser una persona sana y feliz. Dentro de su mundo, pero feliz.

—Parece estar muy enamorado.

—No me gusta que hayan entrado en mi casa. Lo que han hecho ustedes es una invasión de mi intimidad, aprovechando que estaba en coma. Es indignante.

—Comprendo que le disguste, Cati, pero no había tiempo que perder. La vida de Leandra corría peligro.

—¿Qué tendrá que ver mi problema judicial con el secuestro de esas chicas?

—Puede que nada, pero nuestra obligación es investigarlo.

—Ya. Vaya mierda. Le recuerdo que me han intentado matar.

—Lo sé. Y también quería hablar de eso. ¿Vio usted al asesino girarse hacia mi compañera cuando ella entró en la cabina de masajes?

—Yo no vi nada, me habían metido un balazo en toda la cara.

—A lo mejor vio algo antes de perder el conocimiento.

—Se nubló todo, oí ruidos, voces, gritos... Perdí el conocimiento. Y me desperté ayer. Eso es lo que le puedo contar.

Darío toma aire. Se fija en el monitor. Los latidos se han estabilizado.

—Cati, creo que nos podemos ayudar el uno al otro.

Ella lo mira sin entender.

—Yo necesito un testigo de que el sicario apuntó con su arma a mi compañera. Y usted necesita salir de este lío en el que se ha metido con el tema del chantaje.

Dentro de su corta tesitura gestual, Cati se las arregla para destilar unas gotas de sarcasmo.

—¿Me acusa de chantaje y ahora pasa a chantajearme usted?

—Le estoy ofreciendo un pacto en el que ganan las dos partes. A mi compañera le están buscando la ruina injustamente. Y usted ha cometido un error porque la han aconsejado mal, pero yo sé que es una buena persona.

—Lo soy —dice Cati, complacida—. Yo nunca le he hecho daño a nadie.

—No voy a engañarla, una acusación de chantaje es muy grave. Es un delito penado con años de cárcel y usted va a tener que responder ante la justicia.

—Entonces, ¿qué gano yo con todo esto?

—Yo puedo dispensarle un trato de favor. Puedo esperar unos días antes de detenerla. Y así le doy tiempo a devolver el dinero al doctor Müller. Eso marcaría arrepentimiento espontáneo y suavizaría mucho su situación. Con toda probabilidad, esquivaría la cárcel.

—Así que me pide que mienta y que diga que vi lo que no pude ver.

—Exactamente.

—Esto no es legal.

—Esto es un modo de evitar que la ley cometa dos injusticias. Una, que mi compañera sufra el linchamiento

314

de una horda de cavernícolas. Dos, que usted vaya a la cárcel. Créame, después de veinticinco años de policía respeto a la ley en su justa medida, pero no la pongo en un lugar sagrado. Sé lo que digo, he visto mucha mierda y a mucha gente morder el polvo sin merecerlo.

Cati se pasa una mano por la frente, como si no aguantara más el quebradero de cabeza. Darío aguarda con impaciencia. Lanza una mirada a la puerta para asegurarse de que no entra nadie.

—De acuerdo —dice Cati por fin—. Déjeme que lo piense.

La jabonera

La subinspectora González contempla el caserón de dos alturas comido por el matorral y vencido por el paso del tiempo. Grandes ventanales en cada piso, con forma de arco de medio punto, dejaban pasar la luz a la fábrica cuando estaba en funcionamiento. Hoy son como cráteres en la mole que resiste en pie pese a todo. El conjunto lo coronaba una balaustrada. Nada queda de ella. La fábrica de jabones conserva las cuatro paredes, pero no la cubierta. Dentro es un vertedero entre la mala hierba. Hay un par de neumáticos quemados, botellas de plástico, muebles inservibles, harapos que no quiere nadie, condones. Los matojos ocultan un círculo labrado en el suelo, un surco en el que iba encastrada la gran caldera que se utilizaba entonces para mezclar las grasas y aceites con la sosa cáustica, la base del jabón en los años veinte. Durante la Guerra Civil, la caldera fue desmontada y el hierro se utilizó para metralla. El edificio sufrió bombardeos, pero sorprende que la ruina siga en pie saludando al paseante.

—Esto está muy cerca de los humedales —explica Carrillo—. Es zona protegida. No se puede construir aquí. Por eso nadie se ha ocupado de tirar esto abajo.

Nieves recorre el lugar. En una de las paredes hay un boquete como de obús. En otra, que se conserva mejor, resiste una pila de piedra recubierta de óxido y musgo.

—Eso debe de ser una pileta para mezclar el jabón en frío —dice Carrillo.

Nieves asiente sin interés. Su vista recorre el suelo en busca de una trampilla. La puntera de sus botas mapea el terreno esperando tropezar con una argolla oculta por la hierba y la hojarasca.

—Así que el dueño de esta fábrica decía que había un túnel.

—Eso contaba el cura del pueblo. Cualquiera sabe.

El recinto es amplio y desolador. El ala norte es un campo de cardos que se extiende más allá del muro. Aunque la mano del hombre no se ocupe de demoler esas piedras, la naturaleza las va devorando poco a poco.

—Aquí ya estuvimos mirando el otro día —dice Carrillo—. No hay nada.

Lo dice elevando la voz desde el otro lado, una voz teñida de impaciencia y aburrimiento. Nieves se queda mirando los harapos que colorean un montículo de tierra pegado al muro oeste. Un pantalón corto de color rojo, una chaqueta marrón, una camiseta amarilla. Parece un collage en medio del basurero o una pira de brujería. Sería un buen sitio para quemar la ropa de las hermanas Müller. Pero esos trapos llevan años allí tirados, forman una costra de suciedad en ese rincón olvidado del mundo.

Empieza a llover. Carrillo se pone la capucha con un gesto de fastidio. Las gotas caen sobre las bolsas de plástico del vertedero y crean el eco de una metralleta.

Fuera, Nieves intenta imaginar la puerta de la jabonera cuando estaba a pleno rendimiento. Seguramente, un camino de tierra comunicaría la fábrica con la carretera. Por allí saldrían los carros cargados con las pastillas de jabón rumbo a Huelva, Sevilla y Portugal.

—¿Nos vamos? —dice Carrillo—. Está empezando a jarrear.

—¿Qué prisa tienes? Fidel está con Leandra y le queda un buen rato, todavía no puede recibirnos.

—Pero es que aquí no hacemos nada.

—¿Dónde estaba el almacén?

El agente arruga los ojos.

—Allí dentro hacían el jabón —continúa Nieves—. Estaban la caldera, las piletas y un enjambre de obreros trabajando. Pero no sé dónde estaba el almacén.

—Puedo pedir unos planos de la fábrica.

—Debía de estar a la izquierda. Por el otro lado el terreno se ondula, no hay sitio para los edificios anexos.

Nieves se acerca al lugar donde supone que había un almacén. Carrillo la sigue saltando cardos y zarzas. Ella se detiene y le señala una zona de cardos aplastados.

—Por aquí ha pasado un coche.

—O un rebaño de ovejas —señala Carrillo mientras utiliza la alfombra de cardos como felpudo. Se le está empezando a pegar el barro a la suela de las botas.

Nieves avanza por la estela de los cardos aplastados. No son ovejas. Son dos hileras que han formado las ruedas de un coche que ha llegado hasta allí. Se detiene en el punto final del sendero. A partir de ahí, los cardos forman una altura homogénea de medio metro.

—Un coche ha entrado en este campo de cardos desde algún acceso.

—La autovía pasa muy cerca.

—Y se ha detenido aquí. En este punto.

Carrillo se adentra en el campo de cardos que continúa más allá de donde se encuentra Nieves, parada como una estaca que delimita el terreno. Ha comprendido que ella tiene razón, es muy raro que un vehículo se aventure por esos andurriales. La lluvia cae sobre ellos como una cortina tupida y forma pequeñas cascadas de reflejos al rebotar en la tierra seca. Nieves se queda como hipnotizada por estos juegos de luz. Y tarda unos segundos en comprender que el brillo verdoso que está presenciando es algo más que un trampantojo. Se acerca al lugar donde titila esa luz como de luciérnaga, se agacha y recoge con las yemas de dos dedos un trocito de esmeralda.

—¿Qué es eso? —pregunta Carrillo.

—Han estado aquí —dice Nieves.

Él ve su rostro empapado y el cabello chorreando y se pregunta por qué no se protege con la capucha. Ella saca una pequeña bolsa de papel del bolsillo de su abrigo y guarda el trocito de esmeralda.

—Hay una trampilla aquí, Carrillo. Tiene que haberla.

Peinan el campo de cardos en todas las direcciones, sin alejarse del punto en el que el vehículo tuvo que detenerse. Nieves se tumba en el suelo como si fuera un apache para estudiar el terreno al ras. Una trampilla debería marcar un pequeño desnivel. Ahora tiene la cara manchada de barro, pero no le importa. Avanza entre los cardos y a Carrillo no le cuesta visualizarla con un machete abriéndose paso en la jungla. Ella ha visto algo. Camuflada por matorrales bajos, cardos, hierba y mugre hay una trampilla de latón. Sobre ella, una piedra enorme hace de cerrojo. Nieves la aparta haciéndola rodar con las dos manos. Tira del asa y le sorprende la escasa resistencia que encuentra para abrir la portezuela. Escalones de piedra amplios, bien perfilados, con una buena superficie para pisar con el pie entero, descienden hasta lo que parece ser un almacén. Nieves baja con cuidado, resbalando pese a todo, iluminada por la linterna que sostiene Carrillo desde arriba.

—No te mates —dice Nieves una vez a salvo.

Carrillo baja resollando. El haz de la linterna alumbra los rincones velados de telarañas. Vigas de madera sostienen una cubierta de tablones desparejados en algún punto, como al borde del derrumbamiento. El lugar es lóbrego, húmedo y sucio, atestado de cajas, mantas apolilladas y bidones. Un palé de pastillas de jabón testimonia el tiempo detenido. Partículas de polvo flotan en el aire. Impulsadas por el vaho que exhalan las bocas de los policías, se mueven en un remolino delirante. Nieves ha accionado la linterna de su móvil para inspeccionar la estancia. No reconoce las paredes que salían en los vídeos de Martina y Leandra. Es imposible encontrar un ángulo limpio en ese espacio abarrotado de muebles y de trastos viejos.

—Mira esto —dice Carrillo.

Apunta con la linterna a la parte inferior de una de las vigas. Está carcomida y deja ver en el hueco la base de una columna.

—Una columna reforzada por una viga —certifica Nieves—. ¿Dónde está el problema?

Carrillo no se molesta en contestar. Su expresión se ha vuelto suspicaz. Alumbra ahora el techo, una cubierta de tablas rotas, sueltas y desparejas que deja ver algo más arriba.

—Es un falso techo. ¿Lo ves?

—No se ve nada —dice Nieves.

—Yo estoy viendo una bóveda.

—Será porque tienes visión nocturna. Yo no veo nada.

Carrillo se fija ahora en un panel de madera que cubre la pared principal.

—Me juego la mano derecha a que detrás de esas tablas está el altar.

—¿De qué estás hablando?

—De que esto no era un almacén. Era una capilla. Fíjate en los escalones que bajan hasta aquí. Demasiado generosos para un almacén. Y mira las columnas y la bóveda. Esto era una capilla.

Nieves ilumina un letrero de la pared, casi borrado por el polvo y la humedad.

—Jabones Burgos.

Lo dice mirando a Carrillo con aire burlón. Él acepta el desafío. Se acerca al letrero y saca una navaja con la que raspa la pared. No tarda en encontrar las trazas de un letrero anterior que ha sido disimulado.

—Hay otro letrero —trata de leer la palabra que asoma entre la mugre—. Consagrada el día...

—¿Adónde quieres ir a parar?

—Muchos industriales construían capillas en sus fábricas. Cuando empezó la guerra las camuflaron para evitar represalias de los comunistas.

—¿Y eso qué nos importa? A mí solo me interesa encontrar el sitio donde tenían a las hermanas Müller.

Carrillo sigue raspando la pared hasta lograr una frase entera. La lee con aire de enorme satisfacción.

—«El ilustrísimo Jacinto Burgos mandó construir esta capilla, que fue consagrada el día trece de marzo de mil novecientos veintisiete.»

Nieves no tiene tiempo de saludar el hallazgo local, de importancia histórica para el pueblo. Lenguas de agua bajan por los escalones como arroyos. El sótano empieza a ser una charca y pronto estará completamente inundado.

—Estaban aquí, tiene que haber una puerta.

Nieves alumbra el suelo en busca de alguna pista. El agua lame ya las primeras vigas, se va deslizando hacia la pared más alejada y se desvía como formando un meandro en un punto del suelo. Una grieta muy profunda debe de haber allí para canalizar el agua de ese modo. Pegado a la pared hay un taquillón de madera con remaches de hierro y patas que parecen garras plateadas.

—Ayúdame a mover ese mueble —pide Nieves.

Carrillo se apoya en un extremo del taquillón y empuja con fuerza. Tal como sospechaba Nieves, las patas arañan el suelo y lo dañan con cicatrices profundas. Como está observando el fenómeno se olvida de arrimar el hombro en la operación, pero él es forzudo y desenvuelto. Ni siquiera necesita de la colaboración de ella para desplazarlo un metro, lo suficiente como para dejar a la vista una puerta pequeña, como un cuarterón. Se abre hacia fuera y obliga a agacharse para entrar en una estancia pequeña, tal vez una bodega o, en los tiempos de la capilla, una sacristía.

—Es aquí —dice Nieves según ilumina con su linterna las paredes. Ahora sí reconoce el fondo neutro, gris, impersonal y grumoso del vídeo de Martina.

Carrillo ve que la rejilla de ventilación está en el suelo.

—No toques nada —grita ella.

—No lo iba a hacer.

—Hay que llamar a la Científica, necesitamos huellas, pelos, una inspección en toda regla.

Una rata asoma por el hueco de la pared y, tras olfatear con aire desdeñoso, entra en la habitación. Suena un disparo y la rata cae reventada. Presa del horror, Nieves se gira hacia la puerta. Carrillo sostiene su pistola y jadea de la impresión.

—Odio las ratas —dice.

—Joder, Carrillo. Yo también las odio, pero no la emprendo a tiros con ellas.

—Se iba a acercar a mis zapatos, la veía venir.

—¿Tú no has oído que una detonación puede provocar derrumbes?

—Por ese hueco se tuvo que escapar Leandra —dice él.

Con mucha grima, observa a Nieves agacharse y meter la cabeza dentro de la hornacina.

—¿Ves algo?

—Oscuridad. Pero creo que hemos encontrado el túnel de Jacinto Burgos. ¿Te metes tú o me meto yo?

Carrillo la mira con espanto.

—Es broma, me meto yo. Tú sube a pedir refuerzos, que aquí no hay cobertura.

—¿Por qué no esperas a que venga la Científica? Seguro que peinan el túnel para buscar pruebas.

—Ya, y luego harán un informe de lo que han visto. Pero prefiero verlo yo con mis ojos.

—¿Estás segura?

Nieves asiente.

—Sube a llamar, anda, antes de que esto se inunde del todo.

Carrillo obedece y chapotea hacia las escaleras. Nieves toma aire para darse ánimos y se mete en el túnel.

El salario del asesino

El fax escupe los retratos robot que ha hecho Fidel, el dibujante de Huelva, perfilados después por el software de identificación facial de la Policía. Dos rostros jóvenes y sonrientes, pues según Leandra estaban casi siempre de buen humor. La sonrisa de ella deja al descubierto los colmillos, grandes y afilados. La de él se enmarca en un mentón enorme. A Darío no le gustaría tener que descargar un puñetazo en ese rostro, se rompería la mano. El dibujo incluye un lunar encima del labio de ella, como el que tenía Marilyn Monroe. Pintado o natural, eso no lo sabe Leandra. Una melena ahuecada deja ver las orejas de ella, pequeñas, poco llamativas. En cambio, las de él emergen como dos setas. No llegan a ser orejas de soplillo, de las que se mofan los niños, pero sí se alejan de la cabeza más de lo normal. Leandra ha aprobado los dibujos, que a Darío le parecen muy buenos. Tal como dijo Carrillo, Fidel es un fenómeno.

—Así que estos son los dos pájaros que buscamos —ahora es el comisario Talavera el que contempla los retratos—. No tienen pinta de secuestradores.

—¿Qué pinta tiene un secuestrador? —pregunta Darío.

El comisario estudia su rostro por encima de sus gafas, un modo de mirar que, en su caso, expresa desprecio. Arroja los dibujos al inspector, sin preocuparse de si caen cerca de él.

—Coteja estas caras con el archivo de los Miami, puede que pertenezcan a esa banda.

—Los Miami ya no funcionan como banda, comisario.

—No soy gilipollas, Mur, lo sé perfectamente. Pero el sicario que intentó matar a Catalina Salazar era un satélite de los Miami. Hay que tirar de ese hilo.

—¿Cree que los Miami siguen en activo y que han podido secuestrar a las hermanas Müller?

Talavera detecta el sarcasmo en una fracción de segundo. Se inclina hacia Darío y solo le falta agarrarlo de la pechera. Por fortuna, se limita a hablar con hostilidad.

—Te estás pasando de listo, Mur. Llevo dos días en contacto con el juez de instrucción. Tengo datos que tú no tienes. Si fueras humilde me los pedirías en lugar de soltar frases tontas que rebotan en el suelo.

Darío se esfuerza en adoptar una actitud más sumisa. El comisario lo ha llamado a su despacho y todavía no sabe por qué. Intuye que le quiere adelantar la noticia de que Nieves González está suspendida de empleo y sueldo. Lleva en un portafolios la declaración de Cati, que aún no ha sacado. Ha preferido romper el hielo con el retrato robot de los secuestradores que le ha mandado Carrillo. Ahora comprende que hay algo importante en la actitud hastiada y desafiante del comisario.

—Que yo sepa, le ha tomado declaración a Tobías Müller y le ha dejado en libertad con cargos.

—Hasta ahí llegamos todos —dice el comisario sin abandonar el tono beligerante—. ¿Tú le interrogaste sobre su posible implicación en el intento de homicidio de Cati?

—Lo hice. Él declara no haber participado en eso.

—¿Te pareció creíble su declaración?

—A mí sí.

—Al juez también se lo ha parecido. ¿Cuál es en tu opinión la siguiente conjetura sobre este tema?

—Que el asesinato de Cati lo ha encargado su mujer, María Lizana. Pero en su cuenta no hay movimientos sospechosos de dinero.

—Hay pijos que guardan dinero en sus cajas fuertes. ¿Qué pasa si es el caso de Lizana?

—Podría serlo. Y en mi opinión, lo es.

—Entonces, ¿por qué no la has interrogado?

—Pensaba hacerlo, pero mi prioridad era encontrar a Leandra Müller con vida, y a eso he dedicado todos mis esfuerzos. Bueno, no todos. He sacado tiempo para investigar a María Lizana y he descubierto algo interesante. Participó hace cinco años en un programa de Telecinco dedicado a los Miami.

—¿Y ese dato no te ha parecido lo suficientemente sospechoso como para interrogarla?

—¿La ha interrogado el juez de instrucción?

—No. Tenía una duda que lo ha paralizado. No sabía si llamarla como testigo o como acusada, ya sabes que ese paso es crucial en una investigación.

—Lo sé, y creo que lo correcto habría sido llamarla como testigo.

—Él quería investigar un poco más antes de eso. Y se ha encontrado con una sorpresita.

—¿Me la va a contar?

—Para eso le he hecho venir. En la cuenta corriente de Martina Müller sí hay una retirada de dinero que resulta muy sospechosa. Doce mil euros.

—¿Cree que es Martina quien contrató al sicario?

—El juez cree que sí, aunque no se le escapa que también podría haber actuado a instancias de su madre.

—Muy prudente. La única persona que puede aclarar ese punto es María Lizana, por razones evidentes. A la pobre Martina le llega un poco tarde esta inquietud.

—Pero entenderás que esa mujer tiene muy fácil escurrir el bulto, si es que ha sido ella la que ha organizado lo del sicario. Le basta con declarar que no sabe nada y decir como el que no quiere la cosa que le contó a su hija lo del chantaje de Cati a su padre.

—Según mis averiguaciones, las hermanas Müller no eran nada favorables a prestar dinero para resolver los líos de sus padres.

—Mur, piénsalo bien. ¿Pudo enterarse Martina de que a su padre le estaban chantajeando?

Darío guarda silencio durante unos segundos, más por darle gusto al comisario que porque no tenga una respuesta automática que ofrecer.

—Pudo enterarse, sí. Sobre todo, si su madre quería ablandar su resistencia a prestarles dinero.

—Entonces, no descartas que Martina haya contratado los servicios del sicario.

—No lo descarto.

—Y si es así, los Miami podrían haber sabido que esas hermanas tenían mucho dinero y podrían haber organizado el secuestro. Por eso te pido que cotejes los retratos robot con nuestro archivo.

—Ahora lo entiendo, haremos ese cotejo por si acaso. Aunque creo que el móvil del secuestro es más personal.

—No deseches ninguna línea de investigación. ¿Sigues pensando que al sicario lo contrató la madre?

—No. Ahora pienso que podría haber sido la hija.

—¿No lo dices porque te da pena seguir machacando a esa familia?

—Un policía no siente pena, comisario. Eso me lo enseñó usted hace mucho tiempo.

—Ya. Son esas enseñanzas que se le lanzan a un principiante. Pero somos seres humanos, Mur. Entendería que quisieras cargarle el muerto a Martina porque es más fácil para todos.

—Comisario, vengo de interrogar a Catalina Salazar, que está en el hospital con heridas muy severas. Los médicos no saben todavía cómo va a salir de esta. Y a mí eso me ha dado igual.

—¿Has sacado algo en claro de esa conversación?

Ahora sí, Darío abre su portafolios y pone sobre la mesa la declaración de Cati, en la que afirma haber visto al sicario apuntando a Nieves con su pistola. El comisario se toma su tiempo para leer la declaración. Mucho más tiempo del necesario, dado que apenas tiene un párrafo de extensión.

—Qué oportuno este testigo —dice.

—No he podido hablar antes con ella porque estaba en coma.

—¿Sabes que Asuntos Internos ha decidido apartar a Nieves del servicio?

—No lo sabía, pero supongo que esta declaración lo cambia todo.

—¿Por qué iba a hacerlo? La deliberación ya se ha producido y la decisión está tomada.

—Pero es un testigo directo, Talavera. Ignorar esta prueba sería escandaloso.

—Está bien, hablemos de esta prueba. ¿Es fiable el testimonio de una mujer que se acaba de comer dos balazos?

—Hablemos, sí. ¿Es fiable un comité formado por amigos personales del inspector Robledo?

—¿Me estás incluyendo a mí en esas dudas sobra la honestidad y la independencia del comité?

—No me haga contestar directamente, comisario, que usted es mi superior. Piense en cambio si tiene sentido negar validez a esta declaración. Catalina Salazar recibió dos balazos, pero no perdió el conocimiento con esos impactos. Lo perdió unos segundos después. Y pudo ver al sicario girarse hacia alguien que había entrado en la sala. Y vio cómo levantaba el arma hacia esa persona. Esta declaración zanja el asunto y usted lo sabe.

El comisario vuelve a coger el papel con la declaración firmada de Cati. La vuelve a leer. La deja en la mesa.

—Hemos terminado, haz el cotejo que te he pedido y preséntame un informe cuanto antes.

Darío encarga esa pesquisa a Morillas. Él se encierra en su despacho y trata de poner en orden sus ideas. Suena su móvil, es Nieves.

—Hemos encontrado el lugar del secuestro —dice ella sin saludar, con la excitación por la aventura que acaba de vivir—. Y también el túnel. Me he perdido ahí dentro, me ha tenido que rescatar la Guardia Civil. Y encima, al salir, me encuentro con un mensaje de Talavera. Estoy suspendida. Me lo podría haber dicho antes y así me ahorraba la excursión por el túnel. Es un cenagal lleno de ratas.

—Buen trabajo, Nieves. Y no te preocupes por la suspensión.

—Lo que me preocupa es que no he podido hablar con Leandra. Cuando he llegado al hospital ya se había ido. En estos momentos está con su madre, camino de Madrid.

—Lo sé, he hablado con Carrillo. Me ha mandado el retrato robot de los secuestradores.

—El departamento de la Científica está inspeccionando la fábrica de jabones, les he metido prisa con el informe, creo que se han enfadado un poco conmigo.

—Pues que no se enfaden, parece mentira que no entiendan la urgencia.

—Bueno, también les he pedido que busquen las mochilas de las hermanas Müller. No aparecen, deberían estar en un vertedero, o en la orilla del río, o en algún lugar cercano. ¿Estás ahí?

Lo pregunta porque Darío ha sacado su libreta para hacer otra de sus anotaciones lacónicas. Mochilas.

—Sí, sí, ¿cuándo vuelves?

—Voy camino de Sevilla. Me cojo el primer AVE. Por cierto, Sofía Lombo lleva una semana sin subir nada a su cuenta de Instagram.

—¿Y eso es muy raro?

—Eso es rarísimo. Antes subía una historia a diario, además de varias fotos. Hay que tirar de ese hilo.

—¿Cuál es tu teoría?

—Una influencer no abandona sus redes si no es por una buena razón. ¿Qué pasa si no quería dejar rastro en el geolocalizador de su móvil?

—Para que no sepamos que ha estado en Huelva, por ejemplo.

—Por ejemplo.

—Vale, voy a hablar con ella. Te veo esta noche.

Cuelga, sopesa durante dos segundos la solidez de la pista. Le parece que sí, que hay que hablar con Sofía Lombo cuanto antes. Coge su abrigo, se lo pone. El comisario entra en su despacho. Parece que ha espiado tras la puerta la conversación con Nieves y viene a afearle algo. Pero no: han detenido a Omar Berrocal en un control, intentando salir de Madrid. Lo traen a la brigada. Darío se quita el abrigo y lo deja donde estaba.

El fugitivo

Omar está sudando, sufre temblores y una pátina blanquecina recubre sus labios. Necesita un par de rayas de cocaína urgentemente, pero en eso Darío no puede ayudarlo.

—Quiero un abogado —dice con tono suplicante.

—Normal, necesitas uno muy bueno.

—Tengo derecho.

Darío asiente.

—Llama a tu padre, anda.

Le tiende un teléfono. Omar tarda en marcar el número, el temblor de los dedos le impide atinar a la primera. Habla con su padre. La voz débil, estragada por la humillación y la culpa, consigue transmitir la información necesaria. Cuando cuelga, se cubre el rostro con las manos.

—Omar, en la guantera de tu coche había un cuarto de kilo de cocaína. Eso es un delito y por eso vas a hablar con la Brigada de Estupefacientes. Yo soy de Homicidios, yo me ocupo de otras cosas. Yo solo quiero saber quién ha matado a Martina Müller.

El cuerpo de Omar se estremece y el hombre inicia un llanto que se mantiene silencioso durante unos segundos eternos. Es como si le faltara el aire necesario para hacerlo audible. Por fin aspira una bocanada y se dejan oír sus sollozos.

—Yo la quería. Yo la quería mucho. No soportaba que me hubiera dejado.

Esboza una mueca trágica, como si el dolor de la ruptura renaciera de pronto con todo su poder destructor. Darío se pregunta si no debería esperar al abogado. Sabe que una confesión sin presencia letrada puede ser discutida por un tribunal. Pero Omar está desatado, la desesperación no le permite pensar con claridad y es el momento perfecto para apretarle.

—¿En qué momento se te ocurre la idea de matarla?

Omar no responde, un acceso de llanto se lo impide. Es tan aparatoso que Darío duda incluso que haya oído la pregunta.

—¿A quién recurres para que la secuestren y la maten?

Ahora sí, Omar parece entender las implicaciones de la conversación. Fija su vista en el inspector a través de un velo de lágrimas.

—Yo no he sido.

—Sabemos que no eres el autor material. Pero has encargado el crimen.

—¡No!

—Acabas de reconocer que no aceptabas la ruptura con Martina.

—Sí. Y por eso... Por eso empecé a pasarme con la coca.

—Sabemos que mentiste con tu coartada. No estuviste en Riaza con Paola Fuster.

—¿Eso dice ella? Está mintiendo, como estamos enfadados, miente. Por despecho.

—Paola estuvo el miércoles pasado ensayando un espectáculo ridículo de cine con disfraces, tengo testigos.

Omar se derrumba. Arrecia el llanto de una forma tan estridente que a Darío le parece que solo puede ser fingido. Aunque, bien mirado, él mismo ha llorado así hace solo dos noches.

—¿Por qué mientes, Omar?

—Vale, no estuve con ella. Le pedí que me cubriera porque...

—Porque ese miércoles estabas en Mazagón.

—¡No!

—Seguiste a las hermanas Müller hasta Huelva, y una vez allí llamaste a tus compinches para que hicieran el trabajo.

Omar menea la cabeza como una marioneta. Los matices de la expresión parecen haber volado de su rostro.

—¿Dónde estuviste el miércoles pasado?

—En una fiesta de influencers... Pasando droga. ¿Ya qué más da, si me han detenido? Paso droga. Así es como me gano la vida. El curro de fotógrafo no da para vivir.

—¿Hay alguien que pueda confirmar que estuviste en esa fiesta?

—Doscientas personas. Me conoce todo el mundo, soy el puto camello.

—¿Desde cuándo?

—Desde hace meses.

Darío lo mira en silencio. Y Omar, al que tanto le costaba admitir su condición de camello, de pronto se afana en demostrarla a toda costa.

—¿No me cree? Joder, me han pillado con la coca en el coche. ¿Qué más prueba quiere?

—¿Por qué te escapaste por la ventana de tu casa cuando fui a buscarte?

—Porque creía que venían a por mí.

—¿Quién?

—El pavo que me da la coca para que la mueva. Le debo dinero, me está amenazando... Si llego a saber que era usted me habría entregado. Estoy más seguro en la cárcel que en la calle.

—¿Por qué le debes dinero? ¿Lo has engañado con la coca?

—Ojalá lo hubiera engañado.

—Dices que te están amenazando, algo habrás hecho.

—Me la he esnifado —Omar aspira fuerte con la nariz, como si la sola mención al acto de esnifar acentuara el deseo de meterse una raya.

Omar asiente en una cadena de cabezazos. Un manto de vergüenza lo envuelve de pronto.

—Empecé a pasarme cuando Martina me dejó. Me costó mucho aceptarlo, la echaba de menos. Al principio robaba un poco, no se daban cuenta. Pero cuando apareció el vídeo con el cuchillo... Me vine abajo. No aguantaba si no era con una raya. Y otra. Y otra. Todo el día. Y aun así no me la sacaba de la cabeza.

Rompe a llorar. A Darío le gusta comprobar que el amor todavía deja cadáveres por el camino, que no se ha banalizado hasta el punto de que ya no cueste nada superar una ruptura. Omar Berrocal puede ser un chuleta, un cínico, un mentiroso y un yonqui. Pero en esos momentos es un pobre diablo que sufre el mordisco espantoso del desamor. Peor que eso: el regusto amargo del desamor lo endulza un poco la posibilidad de la reconciliación, del beso ardiente una noche que convierta la ruptura y los problemas del pasado en un mal sueño. Pero no hay bálsamo que alivie la muerte de la persona amada. Se puede pactar con el tiempo, en su avance machacón, el simulacro de que la herida se ha cerrado. Solo eso. Es inútil penetrar en el dolor de ese joven, sobran por completo las palabras de consuelo. Darío sabe que no tiene un segundo que perder. Ni siquiera va a esperar a que llegue el abogado. Que lo mareen de una brigada a otra. Llama a Morillas y pide que le devuelva el detenido a los estupas.

Al entrar en su piso se agacha para recoger un folleto que alguien ha deslizado por debajo de la puerta. «Grupo Corazón de María. Une tu corazón al de nuestra comunidad.» Darío tira el panfleto a la basura. Parece que el vecino no desiste en su empeño de rescatar a su hija. Ojalá lo consiguiera, piensa. Ojalá unas reuniones parroquiales o una acampada con guitarras y gorgoritos pudieran obrar el milagro. Pero la vida no es tan fácil. La casa está en silencio, ordenada. No ha habido fiestas ni desastres en su ausencia.

—¿Hola? —grita Darío para verificar que no hay nadie.

Podría llamar a la puerta del dormitorio, abrir con cuidado, asomar la cabeza y así salir de dudas. Pero no se atreve a hacerlo. Se prepara un sándwich, se sirve una copa de vino blanco y se sienta delante del ordenador para repasar vídeos de Pleamar. Tiene la sensación de que se le está escapando algo importante. Le resulta conmovedor ver a Martina llena de vida, bailando, sonriendo, haciendo cosquillas a su hermana o peleándose con ella. Acciona el manos libres en el móvil y llama a Sofía Lombo. Mordisquea su sándwich, mira vídeos, salta de uno a otro, sorbe su vino. Suena un mensaje en el buzón de voz, como un cascabeleo. «Hola, soy Sofía Lombo, si quieres hablar conmigo tendrás que buscar otra forma. Hay muchas, no desesperes.» Así que la joven sigue desconectada del mundo. Darío nota una presencia en el umbral. Es Ángela, que lleva una camiseta vieja por encima de un pantalón corto.

—¿Han matado también a Leandra? —pregunta con voz somnolienta.

Un trocito de pan se le ha quedado a Darío en la garganta. Vacía la copa de vino para no atragantarse y carraspea con fuerza antes de hablar.

—La hemos encontrado. Está viva.

—¿Habéis pillado al cabrón que lo ha hecho?

—Todavía no.

—Cabrón o cabrona, puede que sea una tía. ¿Sofía Lombo no te coge?

Darío no entiende por qué Ángela sigue hablando desde el umbral, con indolencia, apoyada en el marco de la puerta.

—Lo estoy intentando, no responde.

Ángela avanza y se sienta junto a él. A Darío le sorprende notar que su hija huele a champú.

—Trae.

Toma los mandos del teclado y hace una búsqueda rápida. Reproduce el vídeo en el que salen Martina y Sofía comiendo un asado.

—Martina publicó este vídeo sabiendo que Sofía va de vegana. Fue muy zorra.

—Conozco la historia, sé que la cosa trajo cola.

—Fue la hostia. Perdió mazo seguidores. Yo creo que se empezaron a odiar a muerte. En Torremolinos se curraron.

—¿En Torremolinos?

—Sí, había una quedada tocha de youtubers y de instagramers. Me han contado que Martina le tiró del pelo a Sofía, y la otra se revolvió y se empujaron... Hasta que alguien las separó. Dicen que hay vídeos de la pelea, pero Sofía Lombo dijo que no se publicaba nada. Y la respetan mazo.

—No sabía que seguías a Pleamar.

—Me parecen dos gilipollas, pero son famosas.

Baja con el ratón para ver los comentarios del vídeo.

—Mira qué comentarios, la peña se volvió loca. Sofía es una mentirosa, menuda hija de puta, era todo postureo, yo paso de esta gilipollas... Todos de ese palo.

Darío observa a su hija sonriente, la vista en la pantalla del ordenador, tratando de ayudarlo, y no entiende por qué actúa de esa forma, como si no hubiera pasado nada entre ellos. ¿Es así como funcionan las relaciones entre los padres y los hijos? Hace dos días la esposó al cabecero de la cama y cruzaron golpes e insultos. Ahora muestra interés por su investigación y se sienta a su lado como si tal cosa. Le arrebata el teclado con descaro, con la coquetería soterrada hacia el padre que no sabe a qué distancia poner la relación. Hoy Ángela es una adolescente como tantas y él sigue siendo un padre a la deriva.

—El otro día me dejaste plantado.

Ángela se hace la sorda. Parece muy entretenida con los comentarios que va leyendo.

—Teníamos cita con el psicólogo.

—Paso de psicólogos.

—Yo pensé que igual te ponía la idea de insultarme delante de un profesional.

—¿Por qué dices esa tontería?

—Habría sido una buena ocasión para decir en voz alta lo que piensas de mí como padre. Con un árbitro en medio.

Ella lo mira con profundo desconcierto.

—Paso. No quiero ir.

—He pedido hora para la próxima semana. Tienes que venir conmigo. Una vez, hazlo por mí.

Ángela se despereza extendiendo los brazos, a la vez que suelta un bostezo tremendo. Una forma de expresar lo mucho que la aburre su padre.

—¿Por qué no me dejas ayudarte, hija?

—Tengo hambre, ¿vas a hacer comida?

—Yo me he hecho un sándwich, me voy ahora. Pica lo que sea.

Ángela se mete en la cocina. Darío la oye trastear, buscar restos de comida, sacar un plato, encender el microondas. Pone de nuevo el vídeo de Pleamar, el de Martina y Sofía Lombo comiendo un asado. Intenta percibir en los gestos de las chicas el indicio de una rivalidad que se va espesando hasta volverse insoportable. Pero no se concentra, ya no va a poder hacerlo. La actitud de su hija es muy extraña y no logra descifrarla. ¿Por qué está de pronto tan cariñosa? Sabe que esa rumia lo va a acompañar durante toda la tarde, que no debe bajar la guardia, que la escena que ha vivido con ella es irreal o tal vez una simple tregua que se conceden dos contendientes que necesitan descansar un rato de su bravura. No es el momento de enfocar en ese tema, por angustioso que sea.

—¿Qué es esto?

Ángela está en el umbral sosteniendo el folleto religioso, que ha rescatado de la basura.

—Estaba en el suelo. Supongo que es del vecino.

Cuando Darío aparta la mirada del ordenador y la fija en el vano de la puerta, ya no hay nadie allí. Su hija ha desaparecido como una estrella fugaz y hay algo amenazador en esa espantada. Pero no sabe si el amenazado es él o el estudiante de Teología.

Adicta

El padre de Sofía Lombo es un hombre de cejas hirsutas que pesa más de cien kilos.

—Soy el inspector Mur, de la Policía Judicial. Quería hablar un momento con su hija.

—Tengo entendido que ya hablaron con ella el otro día.

—Sí, pero quería hacer unas comprobaciones. Serán cinco minutos.

—Lo siento, pero Sofía no está en casa.

—Vaya. ¿Y Adrián está?

El señor Lombo tuerce el gesto.

—No veo en qué le puede ayudar mi hijo Adrián.

—Son solo dos preguntas, sé que padece una discapacidad intelectual, pero es importante.

—Mi hijo tiene que estar tranquilo. Lo entiende, ¿verdad?

—No se lo pediría si no fuera importante.

A Darío los hombres grandes le despiertan ternura. Por mucho que cierre el gesto y resople pesadamente ante su petición, sabe que el señor Lombo va a terminar franqueándole el paso.

—Puede hablar con él, pero conmigo delante.

Una condición aceptable. Adrián está en su habitación peinándose ante el espejo con una dedicación asombrosa.

—Adrián, ¿qué haces?

—Voy a dar una vuelta.

—Este señor quiere hablar contigo.

—Luego, voy a ver a Sofía.

341

Coge un frasco de colonia y se echa en el cuello una dosis generosa. El aire se llena de perfume, un olor tan penetrante que resulta desagradable.

—Siéntate en la cama, vamos a hablar.

Darío admira la buena mano que el padre tiene con su hijo. Lo coge suavemente del brazo y Adrián se deja guiar hasta la cama.

—Este hombre es policía y te quiere hacer dos preguntas. ¿Vale? Las contestas y luego te acompaño a ver a Sofía. Pero no sé si nos van a dejar pasar.

—A mí sí me dejan —dice Adrián—. He entrado cuatro veces.

—¿Dónde está Sofía? —pregunta Darío, que no puede soportar más la intriga.

—Está en un centro de día, en una terapia para desengancharse del móvil —explica el señor Lombo.

—Se llama adicción al móvil —puntualiza Adrián.

—Eso es, hijo —se gira hacia el inspector—. Va todos los días, descansa de aparatos, de redes sociales, en fin... Vuelve a las ocho.

Darío comprende de golpe la desconexión de Sofía, que a Nieves le resultaba muy sospechosa.

—¿Tan severa es su adicción?

—Parece que sí, pero es una chica muy sana y con la cabeza en su sitio —dice el señor Lombo sin disimular el orgullo—. Ella misma se ha dado cuenta y está reaccionando.

Adrián balancea las piernas en señal de impaciencia.

—Dos preguntas —dice.

Darío sonríe ante el recordatorio. Se da cuenta de que el joven se ha tomado el número como algo literal, así que más vale escogerlas bien.

—Sí, dos preguntas. Allá va la primera. Tu hermana Sofía dice que el miércoles pasado pasó el día contigo. ¿Es verdad?

—Es mentira. Estuve solo. Mi padre estaba de viaje y mi hermana llegó a casa a las nueve.

El señor Lombo sonríe ante la incapacidad de su hijo para soltar una mentirijilla, o al menos para envolver la respuesta de una capa de ambigüedad. Espera que no esté poniendo a su hermana a los pies de los caballos.

—Sofía estuvo en el centro, inspector, no lo olvide —se ve obligado a decir.

—Lo sé, pero ella declaró que había pasado el día con su hermano.

—Dos preguntas —dice Adrián.

—Segunda pregunta. El miércoles por la mañana seguiste a las hermanas Müller hasta la estación de Atocha. ¿Viste algo raro?

—¿Ya estamos? —dice el señor Lombo—. ¿Otra vez te pusiste a seguir a Martina? ¿En qué habíamos quedado?

Adrián no acusa la reprimenda. Está pensando en la segunda pregunta. Tarda unos segundos en contestar.

—Cogieron un tren y luego otro. Yo no tenía dinero para pagar ese tren y me volví a casa.

—¿Hablaban entre ellas?

—Dos preguntas —dice Adrián.

—¿Estaban contentas o parecían enfadadas?

—Dos preguntas —repite Adrián, ahora en tono de protesta.

—Inspector, es inútil. Usted dijo que eran dos preguntas, no le va a contestar más.

En el centro de día de Argüelles figura Sofía Lombo como usuaria (allí evitan la palabra «paciente»). La joven aguarda en una sala en la que destaca un televisor anclado a la pared, casi a la altura del techo. Varias personas se esparcen por un sofá descolorido y unas sillas de tijera y miran un partido de tenis. Una monitora le ha preguntado si estaría dispuesta a recibir la visita de un policía. Ella ha dicho que sí y ahora intenta engañar con un libro a su impaciencia.

Darío la reconoce por el vídeo que ha visto tantas veces. Sofía es un chorro de luz en esa estancia sombría. Su expresión no deja de ser vivaz incluso en una estampa tan plácida como la que ahora adopta. Lleva el pelo corto, no como en el vídeo de Pleamar, pero su rostro ovalado y la sonrisa burlona, más irónica que festiva, son inconfundibles. Ella se levanta e ignora la mano que le tiende él. Prefiere saludar con dos besos.

—Así que tú eres Sofía Lombo. La famosa influencer —dice Darío.

—Eso es. Coja una silla, siéntese.

Darío mira alrededor. No le parece el lugar más apropiado para hablar, con tanta gente cerca de ellos. Pero lo cierto es que están pendientes de la tele y su aspecto es más bien abotargado. Uno de los que ocupan el sofá se ha quedado dormido.

—Supongo que sabes por qué quiero hablar contigo —arranca el inspector nada más sentarse en una silla de tijera—. Estoy investigando el caso de las hermanas Müller.

—Lo sé. Menos mal que han encontrado a Leandra. ¿Está bien?

—Está bien, sí. Pero ¿cómo sabes que la hemos encontrado? Lo han publicado hoy, y se supone que aquí estáis aislados del exterior.

—Lo leí anoche en un digital.

—Creía que no tenías acceso a ningún aparato tecnológico.

—Se equivoca. Yo duermo en mi casa todas las noches. El móvil, el ipad y el portátil están guardados, no los puedo tocar. Pero mi padre me deja conectarme una hora al día.

—¿Quién ha decidido ese régimen? ¿Tú misma o un psicólogo?

—Mi terapeuta. Pero yo le pedí que me dejara venir aquí todos los días. En mi casa me rayo mucho si no tengo el móvil.

—¿Tan fuerte es la dependencia?

—Ojalá pudieras ver a la chica que ingresó esta semana. Ayer la ataron a la cama porque se quería escapar. Gritaba como una loca pidiendo su móvil. Yo estaba como ella hace dos meses. Ahora estoy mejor.

—Yo te veo muy bien. Nadie diría que eres una adicta.

—Pues estoy soñando con las ocho de la tarde, porque me voy a casa y me puedo conectar un rato.

Darío asiente, asombrado. Se pregunta si su hija padecerá la misma dependencia de su teléfono. Intentar confiscárselo se lo tomó como una declaración de guerra.

—Quiero saber por qué mentiste a mi compañera. Le dijiste que el miércoles pasado habías estado cuidando a tu hermano. Pero no es así.

—¿Ha hablado con Adrián?

Darío asiente.

—No le molesten, por favor. Es un chico muy sensible.

—Eres tú quien le ha puesto en el foco al utilizarle como coartada.

—No quiero que se sepa que estoy en este programa de desconexión. Solo lo saben mi padre y mi hermano, y quiero que siga siendo así. Supongo que lo entiende. Mi profesión y casi mi vida entera caben dentro de mi teléfono móvil.

La de mi hija también, piensa Darío. La única manera de llegar a ella sería vivir dentro de su teléfono. No existe nada fuera de él.

Suenan exclamaciones de júbilo en la sala. Un joven se levanta como un resorte y hace un gesto de euforia con el brazo. Otro aplaude desde el sofá. Debe de haberse jugado un buen punto.

—¿Qué te pasó con Martina en la convención de Torremolinos?

—Buah, sabía que me iba a sacar ese tema.

—No debería extrañarte. Te peleaste con ella y poco tiempo después Martina fue asesinada.

—Espero que no sospeche de mí. Llevo dos semanas aquí metida, eso es fácil de comprobar. Mi vida es tan aburrida que no valgo ni como sospechosa.

—Creemos que los secuestradores actuaban por encargo.

—Ah, entonces sí que soy sospechosa. No sabe la ilusión que me hace.

Lo mira con una mueca sardónica y sus ojillos resplandecen con la broma. Pero Darío se mantiene serio.

—¿Me cuentas qué pasó en aquella convención?

—También fue culpa mía, no lo niego. La terapeuta me lo dijo muy claro: ni se te ocurra ir a esa fiesta. No estás preparada. Yo acababa de tener una megacrisis de ansiedad porque se me había perdido el móvil. Esa fue la primera vez que me ingresaron, con eso se lo digo todo.

—¿Te ingresaron porque habías perdido el móvil?

—Sí. Me dio un ataque gordo. Taquicardia, ahogos... Bueno, eso, una crisis de ansiedad.

—Bien. Y la terapeuta te desaconsejó que fueras a Torremolinos.

—Claro. Pero yo le prometí que iba a estar sin pantallas. Que solo quería ver a los colegas. Y así fue, no me llevé el móvil, no se lo pedí a nadie, no hice trampas. Pero allí estaba todo el mundo a tope con las fotos, las redes, los comentarios y toda la pesca. Y yo me puse muy nerviosa y muy agresiva.

—Y te tiraste a los pelos de Martina.

—La verdad es que el problema lo tuve con Leandra. Me acerqué de buen rollo, o eso creo, la saludé, le di un consejo y se ofendió.

—¿Qué consejo le diste?

—Le dije que no mirase directamente a cámara en los vídeos, que se le notaba mucho la bizquera. Y Martina lo oyó y se puso a defenderla. Yo me descojoné porque ella es la que más se mete en los vídeos con que su hermana es bizca. Que si mira para Cuenca, esas cosas. Está todo el día con la matraca. En fin, que tuvimos una discusión en público. Pero ya está.

—¿No tuvo nada que ver tu famosa foto comiendo carne?

—No, eso ya estaba arreglado. Nos pedimos perdón, y tan amigas.

Se oyen ahora en la sala comentarios de fastidio. Darío echa un vistazo a la televisión. El partido debe de estar en un tramo emocionante.

—¿Te impresionó la muerte de Martina?

—Mucho. Joder, lo que le hicieron es una salvajada.

—¿Quién crees que quería hacerle daño?

—¿Aparte de yo misma?

—Hablo en serio, Sofía.

Ella coge el libro que estaba leyendo. Darío advierte ahora que es el de Acacia, *Instagrameando el amor*.

—Mire, mientras le esperaba he estado leyendo el libro de Acacia, que odiaba a Martina por mucho que en las fiestas fuera de supersimpática con ella. Y ¿sabe lo que me ha pasado? Me ha dado la sensación de que confiesa el crimen.

—¿Cómo que confiesa el crimen?

—He subrayado el párrafo. Se lo voy a leer.

Hojea el libro y encuentra una página con la esquina doblada. Lee.

—«La felicidad hay que perseguirla como una leona que está cazando. Y cuando la consigues, hay que protegerla con uñas y dientes. Si notas que algo o alguien la amenaza, hay que actuar sin piedad. Tenemos que escapar de las situaciones que nos están haciendo daño. Tenemos que extirpar a las personas tóxicas de nuestra vida. Y si el veneno de una persona tóxica sigue ejerciendo su efecto, hay que tomar medidas drásticas. Todo vale cuando se trata de defender la felicidad.»

Sofía cierra el libro y lo deja en su regazo. Darío, confundido, permanece en silencio.

—Le podría leer otras partes, pero creo que esa es la más clara.

—¿Te parece que está confesando el crimen?

—De una forma elegante, pero podría ser. ¿A usted no se lo parece?

—¿Crees que Acacia es capaz de matar o de encargar el asesinato de Martina?

—Una leona mata para comer. Y mata para proteger a su manada.

Uno de los usuarios se pone a llamar a gritos a la monitora. La televisión se ha quedado sin señal cuando el partido estaba en lo más emocionante. Puede que el viento haya movido la antena. Es un día desapacible, Darío se ciñe bien el abrigo mientras se aleja del centro de día bajando por la calle Martín de los Heros. La conversación con Sofía Lombo lo ha sacudido más de lo normal. Una joven guapa, dueña de su talento y de su personalidad, vencida por una adicción que él consideraba irreal, una de esas exageraciones de los santurrones que vociferan contra toda clase de peligros. Pero si una persona termina en Urgencias de Psiquiatría porque ha perdido el teléfono móvil hay que encender todas las alarmas.

Pasa por delante de los cines Renoir, que tantas veces ha frecuentado para ver las películas de autor que siempre le han gustado. También eso está desapareciendo. En su cabeza bailan imágenes de Sofía, sus gestos risueños y sus ojos centelleantes, su sentido del humor con un poso de ironía y las sospechas que ha vertido sobre Acacia al final de la conversación. «Una leona mata para proteger a su manada.» Es una conducta visceral, la dicta la naturaleza. En este caso, la manada de Acacia es su novio, Vladimir Dumont. Y las hienas que merodeaban por la guarida son las hermanas Müller.

Piedras calientes

Le parece sospechoso que una mujer como Acacia, que vive pegada al teléfono, no responda a sus llamadas. Puede que, ahora que acaba de publicar un libro, todo el asunto de las hermanas Müller le resulte un incordio, pero eso no le quita ni un gramo de suspicacia al inspector. Le parecía que la joven estaba colaborando y que incluso le gustaba ser un personaje importante en el drama. ¿Por qué lo ignora, entonces? ¿Está en el cine? ¿En algún acto promocional? Decide llamar a Anelis para recabar información. La representante sí le coge el teléfono.

—Inspector, me pilla usted desnuda y con el cuerpo lleno de piedras calientes. ¿Quiere venir a casa?

Darío toma nota de la dirección, una callecita en Fuente del Berro, y trata de espantar toda resonancia sexual en las palabras de Anelis. Es de esas personas que tienden a desarmar al que tienen delante con una frase original o con una reacción inesperada. Y contratar a una masajista a domicilio no es tan raro. Lo de las piedras calientes lo ha oído alguna vez, una de esas modas orientales que han calado en las costumbres de aquí. El taxi lo deja a la entrada de la calle y, justo cuando está pagando, ve salir de un chalet a una mujer con bata blanca y con una bolsa de deportes. Llama al timbre y se prepara para cualquier aparición estrafalaria de Anelis. Tal vez una bata de seda sobre su cuerpo desnudo. Pero no es así, Anelis está vestida de los pies a la cabeza, aunque sí se detecta que el masaje ha hecho su efecto. Se mueve con languidez y como disfrutando del placer de un cuerpo relajado. Ofrece algo de beber al inspector, que declina el ofrecimiento. Ella se sirve un zumo de uva y se arrellana en el sofá.

—Qué sorpresa, inspector. ¿Qué le trae por aquí? No me diga que no tiene plan para el sábado noche.

—Precisamente de eso quería hablar.

—¿De proponerme una cita?

—De agendas. De planes para el sábado. Estoy intentando hablar con Acacia, pero no coge el teléfono. ¿Se le ocurre dónde puede estar?

—A estas horas estará firmando libros en El Corte Inglés de Goya. Empezaba a las siete y media. ¿Por qué quiere hablar con ella?

—Hay algunas alusiones en su libro que me han intrigado.

—¿Se lo ha leído? Yo no he podido pasar de la página diez.

Deja escapar una risita maliciosa. A Darío le gusta comprobar que la fidelidad a sus representadas no le nubla la razón.

—¿Su hijo Vladimir mantiene una relación con Acacia? —pregunta de pronto. La postura plácida de Anelis se crispa por un instante.

—Espero que no, ya cometió el error con las Müller de mezclar el trabajo con el amor. Pero no sé si habrá escarmentado, tiene un cerebro de mosquito.

—¿Vladimir está también en la firma de libros?

—Mi hijo va camino del aeropuerto. Esta noche coge un avión a Cuba.

—¿Y eso?

—Vacaciones. Sus hermanos han estado por aquí recorriendo el país y él va a enseñarles su tierra.

—¿A qué hora sale ese avión? Me urge hablar con él.

—¿No han hablado ya con él? ¿Qué quiere ahora? A lo mejor le puedo ayudar yo.

—Su hijo sabía que las hermanas Müller se iban a fugar. Y también sabía dónde iban.

—Puede ser. Leandra le contaba muchas cosas.

—A mí también me ha contado muchas cosas. Por ejemplo, que pensaban cambiar de representante.

—Primera noticia.

—Y que pensaban denunciarla por ladrona.

—¿A mí por ladrona?

—Por aplicar en los contratos de Pleamar una comisión mayor de lo normal.

—Ya estamos con eso, qué pesadez. Mire, inspector, yo les cobro un quince por ciento de sus ingresos. Y le aseguro que les salgo muy barata.

—Entonces, ¿por qué querían cambiar de representante?

—Que yo sepa, estaban contentas conmigo.

—¿Ha hablado Leandra con usted?

—No, me consta que está viva y me alegro mucho por ella. Pero no hemos hablado.

—¿No es raro que no la haya llamado?

—Creo que es pronto para eso. Primero tendrá que reencontrarse con sus padres y con su novio. No creo que esté ahora para trabajar después de todo lo que ha vivido.

Anelis da un trago a su zumo de uva, un sorbo muy pequeño que apenas le humedece los labios. Se nota que lo hace más por componer una actitud que porque tenga sed. Darío la observa en silencio. Es una mujer segura de sí misma. Ha intentado ponerla nerviosa con acusaciones infundadas, pero ella se mantiene firme.

—Le voy a ser sincero, Anelis. Las hermanas Müller fueron a Mazagón. Y allí las estaban esperando. Los secuestradores sabían que iban a ese pueblo de Huelva. Y resulta que solo su hijo estaba al corriente de eso.

—¿Solo él? ¿No han podido contárselo a nadie más?

—Necesito hablar con Vladimir.

—Entonces corra al aeropuerto, no creo que haya embarcado todavía. Eso sí, yo no lo tengo en mucha estima a mi hijo, pero sé que es buena gente. Aunque supongo que eso es lo que dice siempre una madre.

Darío se queda pensando en esa frase. ¿Podría decir él eso mismo de su hija?

351

—Y ahora dígame si quiere darse el paseo hasta el aeropuerto o si prefiere tomar una copa conmigo y pasar una noche de sábado como Dios manda.

Lo mira desde el sofá, ovillada, con las piernas recogidas dejando ver el nacimiento del muslo. La cabeza apoyada en la mano derecha, un mechón descolgado acariciando su muñeca. Darío nota una punzada de deseo y trata de contener su imaginación, que ya cabalga desbocada. Puede ver a esa mujer voluminosa encima de él y anticipa el atracón que se podría pegar con esas carnes opulentas.

—Me tengo que ir, tal vez otro día.

—Puede que no haya otro día —dice ella, severa.

Darío se levanta. Sabe que debe marcharse de inmediato si no quiere ceder a la tentación, que aletea claramente dentro de él. Pero algo lo retiene. Ha clavado la vista en una fotografía enmarcada que adorna una repisa del mueble principal. En ella sale Vladimir con un hombre y una mujer algo mayores que él. Coge la foto y la estudia con interés. El pulso le tiembla y su cabeza hierve de conjeturas. Anelis se ha levantado y se acerca por detrás con movimientos felinos. Él nota el contacto de uno de sus senos en el brazo, pero el deseo sexual se ha esfumado de golpe.

—Son mis hijos. Los veo poco, pero cada día están más guapos. Me da pena que se vayan.

—¿A qué hora sale su avión?

—Esta noche, no sé la hora exacta. En teoría, volaban ayer, pero no embarcaron porque había *overbooking*. ¿Se lo puede creer? Las compañías aéreas no tienen vergüenza.

Darío asiente. Le tiembla el pulso, también las piernas, y sabe que ella puede malinterpretar su nerviosismo, creer que sus insinuaciones han prendido la mecha y él está ahí parado como una estaca esperando el abrazo definitivo que los va a llevar a la cama. Pero en realidad está intentando comprender por qué los hijos de Anelis, que posan sonrientes en esa imagen, son tan parecidos a los secuestradores que Fidel ha perfilado en los retratos robot.

Nieves llega a la estación de Atocha a las siete y media de la tarde, cansada y hecha un mar de dudas. La inercia de la investigación la obligaría a llamar a Darío y poner en común las últimas pesquisas. Pero el mensaje de Talavera es inequívoco, está suspendida. No tiene sentido rebelarse contra esa decisión, por mucha rabia que le dé. A lo largo del viaje han resonado en su cabeza las palabras del inspector, «no te preocupes por nada, vuelve a Madrid», un hilo musical que podría haber sido agradable sin esa pátina de paternalismo que ella advierte siempre que Darío le intenta dar ánimos. Es una mierda todo lo que ha pasado, piensa. Que un acosador como Robledo se pueda salir con la suya le revuelve las tripas, pero hay cimientos muy sólidos en el estamento policial, algo así como un búnker de corporativismo y camaradería que no hay forma de demoler.

Aunque se ha dado una ducha en la habitación del hotel, todavía nota el olor a cloaca pegado a su cuerpo. Necesita un baño de agua caliente y espuma, sumergirse una hora y olvidar por un rato la investigación. Pero es sábado, tiene ganas de cerrar cuanto antes este capítulo tan engorroso y no es mal momento para pasarse por la brigada a recoger sus cosas. Habrá poca gente en la oficina y es muy poco probable que se tropiece con el comisario. Quiere recoger su baja, que le han dejado en recepción, guardar las pocas pertenencias que tiene en su mesa, borrar un par de correos personales y marcharse sin decir adiós a nadie. Si se apresura, le da tiempo a darse un baño, cenar algo y chatear un rato en la cama con algún pretendiente.

Nada más entrar en el edificio se dirige al mostrador de recepción. Allí le dicen que no está su baja y que el comisario quiere verla.

—¿Está aquí? —pregunta extrañada.

—En su despacho.

Algo va mal, piensa Nieves, pero prefiere no meterse en conjeturas. Sube al segundo piso y enfila el pasillo vacío y silencioso que conduce a los dominios del comisario. Oye su voz al teléfono, reconoce el tono servil que emplea cuando está hablando con un superior, el jefe de Madrid o el juez. Frena sus pasos para no interrumpir la conversación y de pronto se convierte en una espía fisgando donde no debe.

—Si el avión sale los perdemos, Javier —está diciendo el comisario—. No le puedo dar pruebas, las estamos recabando, pero es que no hay tiempo.

Un ruido de la silla revela la inquietud del comisario. Un resoplido señala su enfado.

—De acuerdo, pero la responsabilidad queda en su lado, aquí que cada palo aguante su vela.

Cuelga y suelta un exabrupto. Nieves considera la posibilidad de desandar sus pasos, pero ya es tarde para eso. El comisario debe de estar avisado de su llegada, porque la llama desde dentro. Es imposible que la haya visto.

—Nieves, entra, no te quedes ahí, cojones.

Paradójicamente, la invitación grosera tranquiliza a Nieves. Conoce ese registro del comisario y es el que mejor descifra. El mal humor, más fingido que real, que utiliza como escudo en las conversaciones delicadas lo prefiere al tanteo sibilino y artero de otras ocasiones. No necesita adoptar una pose dócil porque Talavera se va a lanzar al asunto que sea sin reparar en nada. Así que entra sin más.

—¿Qué coño está haciendo Mur? ¿Por qué no me trae a la Müller de los pelos para que identifique a los chicos de la foto? Es sábado, tenía entradas para el teatro, ¿por qué no puedo tener un minuto de tranquilidad en esta vida?

—Lo siento, comisario, pero no sé de lo que me habla. Yo acabo de llegar de Mazagón.

—¿No has visto la foto?

—¿Qué foto?

—Una foto de los secuestradores, me ha llamado Mur para que consiga una orden de detención, pero el juez no está por la labor. Nada nuevo bajo el sol, no podemos ir deteniendo a la gente según la última ocurrencia que hayáis tenido, pero resulta que los supuestos secuestradores están dentro de un avión que parte para La Habana dentro de veinticinco minutos.

—¿Para La Habana? ¿Los hijos de Anelis?

—¿No hablas con tu jefe? ¿Qué clase de investigación estáis haciendo?

—Que yo sepa, estoy suspendida, comisario. He venido a recoger la baja.

—No estás suspendida.

—Usted me ha dejado un mensaje hoy mismo comunicándome la suspensión.

—Eso ha sucedido antes de que Mur me trajera una prueba que te exculpa.

Nieves intenta conservar la calma. No le gusta que maniobren a su espalda. Pero hay algo absurdo en la indignación que ya brota dentro de ella, como si se hubiera acostumbrado al papel de mártir en todo el proceso y le costara mucho abandonar ese personaje.

—¿Puedo preguntar qué prueba?

—Nieves, haz el favor de llamar a Mur, está como un loco enredando el caso y ya me ha jodido la noche del sábado. Dile que el juez deniega la orden de detención, así me ahorro una llamada.

Se pone a teclear en su teléfono móvil como un poseso. Nieves se va de allí, pero todavía lo oye hablar según se aleja.

—Cariño, llego al segundo acto. Déjame la entrada en la taquilla.

Así que el comisario es de esos hombres que llama cariño a su mujer. Nunca lo hubiera pensado. Nieves se dirige al despacho de Darío. En su mesa encuentra la declaración de Cati. Un solo párrafo que la saca del apuro. Un testimonio falso. Ella sabe que esa mujer no vio nada, no pudo hacerlo, recibió dos disparos y su cuerpo se estaba

355

convulsionando en la camilla cuando ella entró esgrimiendo su pistola. Se pregunta cómo se las ha apañado Darío para orquestar esa patraña. Está enfadada. Quiere hacer una bola con ese papel o mejor todavía prenderle fuego. Entonces ve algo que la deja escamada. Firma la declaración Catalina Salazar Burgos. Otra frase baila en su cabeza. Esta capilla la mandó construir el ilustrísimo Jacinto Burgos. ¿Es una mera coincidencia de apellidos? ¿O es posible que Jacinto Burgos fuera el abuelo de Cati?

Nieves enciende el ordenador de Darío, quiere investigar esa pista cuanto antes. Se topa con el muro de la contraseña.

—¿Qué haces en mi mesa?

El inspector Mur entra sofocado, con apremio. No esperaba encontrar a Nieves allí. Tampoco esperaba que el apremio de ella fuera superior al suyo.

—Dame la contraseña de tu ordenador.

—¿Qué?

—La contraseña, es urgente.

—Chuspi —Darío se arrepiente al segundo. Pero ya es tarde—. ¿Para qué la quieres?

—La jabonera —dice Nieves mientras teclea en el ordenador—. Creo que el dueño es el abuelo de Cati. Puede que ella conociera la historia del túnel.

—O Juan.

—Exacto.

—No están. He ido a casa de Leandra, necesito que identifique a los secuestradores, puede que sean los hijos de Anelis.

—Ahora me cuentas lo de la foto.

—Me ha dicho su madre que estaba en casa de Juan, pero en esa casa no hay nadie.

—Eso no lo sabemos.

—No abren.

—Puede que estén follando como locos, es lo que hacen las parejas cuando se reencuentran. Mira.

Gira el monitor. Hay una página de Wikipedia abierta.

—Jacinto Burgos. Alcalde de Mazagón desde 1927 hasta 1931. Casado con Enriqueta López. Tuvo una hija, Mariana Burgos, que se casaría con el famoso compositor andaluz Francisco Salazar. Es su nieta. Catalina es la nieta del dueño de la jabonera.

—Tenemos que hablar con ella. Pero antes quiero que veas esto.

Darío pone sobre la mesa la fotografía de los hijos de Anelis.

—Elba y Eduardo, han pasado estos días en España recorriendo el país en un coche de alquiler. A estas horas están en un avión de Iberia a punto de volar hacia La Habana. ¿Te suenan de algo esas caras?

Nieves busca en su móvil la foto de los retratos robot. Las compara durante unos segundos.

—Tienen un aire.

—Son ellos, Nieves. Es un dibujo, no puede ser exacto.

—Esta foto la tiene que ver Leandra.

—Ya, pero no la encuentro. Hemos pedido una orden de detención al juez, pero sin la identificación de Leandra no va a ser fácil que nos la dé.

—La ha denegado —informa Nieves.

—No me jodas.

Darío no sabe todavía que le esperan más frustraciones esa noche. Cuando se dirigen al hospital para hablar con Catalina, se topan con una sorpresa desagradable. La paciente ha sufrido una crisis y la han llevado al quirófano para operarla de urgencia. Darío coge su móvil y llama al aeropuerto en un intento desesperado. Le comunican que el avión ha salido ya. En el pasaje figuran Vladimir Dumont y sus hermanos.

Desinflados, Darío y Nieves se meten en un bar y piden dos cañas.

—Estamos cerca, lo presiento —dice ella.

—¿Y si eran ellos? ¿Cómo los cogemos si están en La Habana?

—No sabemos si eran ellos. A ver qué dice Leandra cuando vea la foto.

—Tienes razón. ¿Repasamos las novedades del caso?

—Antes me tienes que contestar a dos preguntas. ¿Por qué me has ayudado con la declaración de Cati cuando yo te pedí específicamente que no lo hicieras?

—Porque me ha salido de los huevos. ¿Te vale como respuesta?

—Me vale. Segunda pregunta —hace una pausa teatral—. ¿Chuspi?

Nieves esboza una mueca divertida. Darío se ríe. Es la primera vez que lo hace en todo el día y ahora se da cuenta de hasta qué punto lo necesitaba.

Suena su móvil. Es Juan Briones. Ha visto las llamadas perdidas del inspector. Puede recibirlos ahora en su casa, si es buen momento para ellos.

Notas de composición

—Me han llamado del hospital. Van a operar a mi madre —Juan recibe a los policías con el rostro desencajado por la angustia—. Me tengo que ir, lo siento mucho.

—Yo también he hablado con el hospital —dice Darío—. Me han dicho que la operación va a durar cuatro o cinco horas. No tiene sentido salir corriendo.

—Pero quedarme aquí mientras mi madre...

No acaba la frase. La preferencia supersticiosa de no mencionar la muerte ni siquiera como posibilidad.

—Es un momento difícil, Juan —dice Nieves—, pero no te vamos a quitar mucho tiempo. Necesitamos hablar contigo.

El joven cierra los ojos y permanece así unos segundos, como si quisiera concentrarse para dar la respuesta más adecuada. No deja de ser un gesto extraño, de monje budista o de sabio oriental.

—Vale, vamos a mi cuarto, el salón me recuerda a mi madre todo el rato. No puedo estar ahí.

Suben la escalera y entran en la habitación de Juan, que es como una leonera. La sábana es un ovillo entreverado por la manta, la almohada está en el suelo, la lámpara de la mesilla fuera de su sitio, apoyada contra el borde del cabecero en milagroso equilibrio. Allí ha tenido lugar una pelea o un encuentro sexual ardoroso. Los policías se inclinan por lo segundo. La habitación huele a cerrado, o dicho en el lenguaje de Darío, a choto, o en el de Nieves, a zorruno. Si el sexo tiene olor, la habitación está impregnada de él. Ambos agradecen que Juan abra la ventana para ventilar un poco, aunque ahora les toque soportar el frío.

—Se pueden sentar en la cama, si quieren. Solo hay una silla.

Él se sienta en el alféizar, de un modo un tanto peligroso. Es un primer piso, pero la caída es considerable. Coge un paquete de tabaco que tiene allí mismo y se enciende un cigarrillo. Hay algo melancólico en la figura de un veinteañero fumando en la ventana, desafiando a la vida. Puede que él quiera buscar esa pose, pero a Nieves le parece que la estampa es triste de verdad.

—Te he estado llamando porque me urgía hablar con Leandra y pensaba que podía estar contigo —dice Darío.

—Ha estado aquí, siento no haber respondido a las llamadas.

No pueden evitar mirar la cama, el batiburrillo de las sábanas, el hueco de las cabezas en la almohada. Los dos policías se quedan de pie, como si no quisieran profanar el lecho en el que acaban de retozar los amantes.

—¿Dónde está ahora? ¿Está en su casa?

—Sí, se ha ido hace un rato. ¿Para qué quieren hablar con ella? ¿Ha pasado algo?

—Tenemos una pista de los secuestradores, quería ver si los identificaba en una foto —explica Darío—. Pero después hemos descubierto una pista más interesante.

Mira a Nieves para que tome el relevo. A fin de cuentas, el hallazgo de la jabonera es suyo.

—Juan, ¿tú sabías que la fábrica de jabones en la que han retenido a las hermanas perteneció a tu bisabuelo?

El joven da una calada y se queda pensando.

—Juan... —Nieves lo apremia.

—Ni idea.

—¿No sabías que tu bisabuelo fue alcalde de Mazagón?

—Me suena haber oído alguna historia familiar.

—¿Qué historia? ¿Que se escapó de los comunistas por un túnel?

Juan la mira a través del humo de su cigarrillo.

—Que fue alcalde, que fue un empresario importante... Algo así.

—Que fue dueño de la fábrica de jabones.

—Yo eso ni lo sabía.

—Ya —Nieves lo mira fijamente y a Darío le parece que hay mucha dureza en su silencio—. Juan, ¿no te parece una enorme casualidad que las hermanas Müller hayan estado encerradas en la antigua jabonera de tu bisabuelo?

El joven se encoge de hombros. Aplasta la colilla en la pared de la fachada y la deja entre sus piernas.

—Supongo que es un buen escondite, ¿no? Por eso las meterían ahí.

—Un escondite que no conocía nadie. Salvo tu madre, quizá.

—¿Mi madre?

—A lo mejor contaba historias de su abuelo. La del túnel, la de la capilla que mandó construir en la fábrica... ¿Es posible que tu madre encargara el secuestro de las hermanas?

—Eso es imposible.

—Entonces, ¿quién ha podido encargarlo? Porque tú no conocías ese escondite, ¿verdad?

—Yo no.

—Ni tenías nada en contra de Martina.

Juan se queda callado.

—¿Tenías algo en contra de Martina? —pregunta Nieves.

—No.

—¿Quién podía conocer ese escondite aparte de ti y de tu madre?

—No lo sé. Cualquier lugareño, supongo.

Nieves asiente, furiosa. Ya no aguanta más la pantomima de ese joven tristón en el alféizar. Solo le falta coger la guitarra y desgranar unos acordes. Darío también desconfía de él. No cree en las casualidades. La elección de la jabonera lo señala directamente. Es el único indicio que lo convierte en sospechoso, pero es un indicio muy claro. Extraña que alguien tan cuidadoso se arriesgue tanto con el lugar escogido para encerrar a las secuestradas. A menos que aspirara a que nunca se averiguase dónde habían estado. En ese caso, es la huida de Leandra lo que ha puesto en peligro su situación. Pensaba matarla. Pensaba matar a la joven de la que estaba enamorado. ¿Por celos? ¿No le perdonaba la infidelidad con Vladimir? Pero entonces, ¿por qué se han reunido de nuevo? ¿Por qué han retozado en esa cama esa misma tarde?

—¿Sabías que Martina encargó el asesinato de tu madre?

Darío lanza la pregunta y acusa la mirada de sorpresa de Nieves, que ignoraba ese dato.

—¿Fue ella? No tenía ni idea —dice Juan.

—Pero sí sabías que tu madre había denunciado al doctor Müller.

—Eso sí.

—¿No sospechaste que alguien de la familia podía estar tomándose la revancha?

—No me paré a pensar en eso. Solo quería que mi madre...

Tantea con la mano temblorosa hasta tropezar con el paquete de tabaco. Enciende otro cigarrillo.

—Estoy intentando establecer el móvil del crimen, porque lo demás lo tenemos —dice Darío—. El lugar elegido es la fábrica de jabones de tu bisabuelo. El día del secuestro estabas desaparecido. Tu DNI sirvió para comprar una tarjeta prepago. No te lo robaron, Juan, te sorprendió que te pidieran el documento y no tenías tiempo de reacción, había que subir el vídeo de Pleamar ese miércoles. Así que diste tu DNI y luego te inventaste la tontería de que te lo habían robado. Seguro que disfrutaste mucho de dar con esa solución, es como ir a pecho descubierto por la vida. Como no tenías coartada sabías que te íbamos a investigar, así que borraste el disco duro de tu ordenador para que no pudiéramos rastrear tus últimas descargas.

Con la excusa de que estaba lleno de virus, claro. Eso sí, primero le pediste a Leandra el suyo para pasar allí tus canciones. Te daba pena perderlas.

—¿Cómo puede acusarme de querer hacerle daño a Leandra? Si estoy enamorado de ella, si es lo único que me importa en la vida. Me habla de descargas... ¿Qué descargas?

—Eso es lo que espero que tú me digas.

—Un plano del túnel —dice Nieves.

Darío se gira hacia ella. La subinspectora ha seguido en silencio el razonamiento de Darío y ahora tiene algo que aportar.

—Yo he estado en ese túnel, lo he recorrido, he espantado a un par de ratas y he encontrado varias salidas mucho más a mano que la que usó Leandra para salir al exterior.

—¿Qué me quiere decir con eso? No entiendo lo que están haciendo, ¿por qué me acusan de algo tan horrible cuando mi madre está en un quirófano?

—Leandra tenía la consigna de avanzar lo máximo posible hasta dar con la salida más alejada de la jabonera. Porque te daba miedo que encontráramos el escondite. Sabías que te podíamos relacionar con la vieja fábrica. Por eso investigaste hasta dar con un plano del túnel. Esa es la descarga que has borrado.

—Me estoy rayando mucho —se exalta Juan—. Dígame que tiene una prueba de eso porque me voy a volver loco.

—No hay pruebas, por eso te pregunto. Y también le vamos a preguntar a Leandra.

—Creo que sí hay una prueba —dice Darío. Su cabeza hierve con la idea prometedora. Es una intuición, o tal vez un recuerdo que se vuelve muy presente, muy pegajoso. Juan destrozando las partituras que encontraron en la caja fuerte de su madre. Una de ellas con anotaciones que al padre de Juan le resultaron muy extrañas.

—Eran flechas marcando direcciones. Un esquema muy abreviado para salir del túnel. Lo anotaste en ese papel porque es el que tenías más a mano. Sin saber que tu madre fotocopiaba en secreto tus partituras y se las mandaba a tu padre para que las valorase.

—Eso es un disparate, inspector.

—¿Quieres que hagamos la prueba? Me meto en el túnel y sigo esas indicaciones, a ver si encuentro la misma salida que encontró Leandra.

—Hágalo, me encantará verlo.

Juan resiste, no se derrumba, aguanta el tipo. Por mucho que Darío y Nieves estrechan el cerco, todavía sabe que no hay ninguna prueba concluyente contra él. Es listo, es escurridizo. Es imposible que haya encargado el secuestro de las Müller, eso sería poner su suerte en manos de dos tarambanas que pueden cometer errores o llegar a la delación. Lo ha tenido que hacer él en persona. Esa certeza ilumina la mente del inspector con una claridad diáfana. Y al hacerlo deja al descubierto las mentiras de Leandra, la descripción de los secuestradores. El parecido de los retratos robot con los hijos de Anelis cobra de pronto un tinte grotesco, tanto que Darío se pregunta cómo ha podido dejarse engañar de esa forma. Es como si apartara la hojarasca para ver perfectamente dibujado en la tierra el contorno de los celos. La inquina hacia Vladimir, el deseo de desviar las sospechas hacia el enemigo tan odiado, el hombre que amenazaba con apartarlo del amor su vida.

—Lo haremos —dice Nieves—. Tú y yo de la mano, Juan. Si hace falta, recorremos el túnel siguiendo las indicaciones de esa partitura. Pero sería más fácil que confesaras de una vez.

—Habéis tenido mala suerte —dice Darío, que ha concebido una treta para acorralar a Juan—. Queríais apuntar a Vladimir y a sus hermanos, Leandra dio la descripción al dibujante pensando en una foto que había visto. En teoría volvían ayer a su país, eso nos dejaba sin margen para hablar con ellos. Pero perdieron el vuelo. He estado con ellos en el aeropuerto y resulta que Elba se ha hecho un piercing en el labio. Dos cerezas metálicas clavadas en la encía. Da mucha grima verla. Es imposible que Leandra no incluyera ese dato en la descripción.

Nieves no conoce a Darío lo suficiente como para adivinar la celada. Habla con tanta propiedad que lo primero que piensa es que en efecto se ha desplazado al aeropuerto y ha conseguido hablar con los hermanos. Y que por alguna razón derivada del vértigo de esa tarde ha olvidado contárselo. Pero no puede ser. Solo cabe admirar la naturalidad con la que miente.

—De pronto habla usted en plural, incluyendo a Leandra —se escandaliza Juan.

—Es la única duda que tengo —asegura Darío—. No sé si Leandra está contigo en el plan desde el principio o simplemente se ha visto arrastrada. Eso solo me lo puedes decir tú.

—¿Cómo pueden sospechar de Leandra? —musita Juan.

—¿Sabes lo que vamos a hacer? —dice Darío—. Os vamos a detener a los dos y os vamos a interrogar por separado en la brigada. A ella le vamos a decir que tú lo has confesado todo, que habéis preparado el secuestro entre los dos para matar a Martina. Así los padres heredan su dinero y afrontan las indemnizaciones del doctor sin tocar la fortuna de Leandra. Y cuando ella sepa que la has delatado, confesará. Porque en realidad ella no te quiere a ti. Igual te quería, pero se ha enamorado de Vladimir, qué le vamos a hacer.

Juan asiente con aire trágico. Palpa de nuevo en la cornisa de la ventana, pero ahora agarra una púa metálica de guitarra. Lo siguiente sería alargar el brazo hasta el mástil, afinar el instrumento y lanzarse a una confesión cantada. Pero la vida no permite esta clase de giros imposibles. Lo que hace Juan es echar la cabeza hacia atrás y mirar el cielo raso. Su nuez resalta como un peñasco, las venas vibran dentro de su garganta y al menos una de ellas se abre al corte de la púa, que traspasa la piel con una eficacia asombrosa. Un surtidor de sangre aterriza sobre el ovillo de sábanas y mantas. Darío y Nieves ven los zapatos de Juan ocupar el vano antes de desaparecer de su vista como un buzo que se lanza al agua desde la borda de una lancha. Nieves es la primera en asomarse a la ventana. Juan ha rebotado en el toldo del salón, que está abierto, y ha aterrizado cerca de la piscina. Todavía lo ve arrastrarse hacia el agua y sumergirse en ella. Bajan a toda prisa las escaleras, cruzan el salón, forcejean con el picaporte de la puerta de acceso al jardín, que está duro, y salen. Nieves se tira a la piscina, abraza el cuerpo de Juan y manotea hasta el bordillo. Desde allí, Darío tira con fuerza del ahogado y lo tumba en el suelo. Lo voltea para que escupa el agua. La herida del cuello mana con abundancia y comprende que la prioridad es taponar la hemorragia. Pone su mano en la garganta rajada. Se da cuenta de que no hay nada que hacer cuando Nieves, en lugar de vociferar instrucciones de enfermera, se acerca tosiendo a una de las sillas del porche. Allí se sienta, desolada.

Las luces de la ambulancia y de los coches de policía rasgan la niebla que se ha ido adensando en la noche. Darío piensa en la madre de Juan. A esas horas debe de estar en un quirófano luchando por su vida. Intenta aplastar el pensamiento de que sería mejor que no saliera de allí.

—He hablado con el padre de Juan —dice Nieves, que se había metido en el salón de la casa para encontrar silencio—. Mañana coge el primer vuelo desde Ámsterdam.

—¿Le has dicho también lo de Cati?

—Le he contado todo.

—Tenemos que hablar con Leandra —dice Darío.

—No podemos irnos hasta que venga el juez.

—Es sábado y son las nueve de la noche. ¿Tú crees que va a venir corriendo?

Nieves lo considera.

—Si quieres, ve tú a hablar con ella. Yo me quedo esperando.

—Creo que tengo que llevarla a la brigada.

—Yo también.

En la calle, detrás del precinto policial, hay un corro de curiosos. Entre ellos está Leandra. No necesita preguntar qué ha pasado, lo intuye. Ha debido de salir a toda prisa de su casa al notar el revuelo, porque va mal abrigada. Solo lleva una sudadera, poca cosa para el frío que está haciendo ese noviembre. Darío la ve nada más salir de la casa. Es como si las lágrimas que resbalan por el rostro de la joven funcionaran como un faro en medio de la noche. Leandra mira al inspector con odio. Le achaca lo que quiera que haya sucedido dentro de la casa. Imagina el combate desigual entre el inspector rudo, resabiado y sibilino, y el pobre Juan, vulnerable, inmaduro y con una resistencia de cristal. Darío se abre paso entre los curiosos. A Leandra le gustaría esperar un poco para tenerlo a tiro y escupirle en la cara. Pero no quiere hablar con él. Cuando echa a correr se da cuenta del frío que hace, no lo había sentido mientras estaba parada en la acera.

Darío corre tras ella. Se nota entumecido, no había previsto la persecución y lleva muchas horas de aquí para allá, sin tener un respiro. La ve encarando la avenida de la Galaxia, una calle que pica hacia arriba.

—¡Alto! ¡Policía!

La admonición no surte ningún efecto. Leandra sigue corriendo hacia la calle de la iglesia y Darío decide detener la carrera, agotado, a punto de vomitar las tripas. No quiere pensar en sus cincuenta años, no es posible que a esa edad no pueda perseguir a un sospechoso. Debe de ser una frontera psicológica, él no se siente tan cascado. De todas formas, no le parece imperiosa la necesidad de atrapar a Leandra. Le contará las novedades al juez y no pondrá ninguna pega para emitir una orden de busca y captura. Se reúne con Nieves en la casa. Ha llegado el médico forense y ha certificado la muerte de Juan. No sabe si la causa principal es la sección de la vena yugular o el encharcamiento de los pulmones. Da igual. El juez de guardia todavía no ha comparecido, la noche se presenta larga.

Nieves ha hablado con Carrillo. La Policía Científica ha encontrado huellas dactilares de tres personas en el taquillón del almacén. Previsiblemente, del propio Carrillo, de Nieves y de Juan. De la puerta del sótano han extraído dos huellas diferentes, quizá de Carrillo, que fue quien empujó la puerta, y de Juan. Se desagua la versión de que eran dos los secuestradores, que habrían dejado sus huellas en el mueble, en la puerta y en varios lugares más. También han encontrado las mochilas de las hermanas Müller, escondidas detrás de un palé de jabones. En la de Martina había doce mil euros en billetes de cincuenta. Así que el dinero no lo empleó para pagar al sicario. Darío lamenta no haberse planteado la opción que ahora le parece la más lógica: el dinero era para ellas, para sufragar su escapada. La pobre Martina no tenía intención de volver pronto.

A las diez de la noche, Nieves nota hambre y propone ir en busca de unos bocadillos. Justo entonces recibe una llamada del oficial Sánchez, que está de guardia en la brigada. Darío advierte al instante que ha sucedido algo.

—Conéctate ahora mismo —ordena Nieves—. Pleamar ha colgado un vídeo.

Pleamar

Leandra está emitiendo en streaming. En un tren. Lleva puesta la capucha de la sudadera y está más bizca que nunca, pero no parece importarle. Anuncia que es el último vídeo de Pleamar. Se lo dedica a Juan, el amor de su vida, que se ha ido para siempre.

«No hemos podido, cacahuete. Demasiados obstáculos. Y eso que hemos luchado por eliminarlos todos. Incluso intentaste eliminar el obstáculo de tu madre, con una valentía que me emociona.»

Hace una pausa y mira por la ventana. Da la impresión de que se esfuerza por llorar, como si su lado artístico le insinuara la necesidad de una demostración de dolor. Darío y Nieves se preguntan si en esa frase no habrá una alusión al sicario, tal vez contratado por Juan para matar a su madre, a la que odiaba. La odiaba por haber retozado con Tobías Müller y por haberle dado a su padre razones poderosas para oponerse a su relación con Leandra. Ciertamente, Tobías sacó veinte mil euros de su cuenta y en la caja fuerte de Cati solo encontraron doce mil quinientos. ¿Cogió Juan un fajo de billetes para pagar el anticipo del asesino? ¿El delirio de ese amor adolescente llegaba hasta ese extremo?

«Tenías un lado autodestructivo. Odiabas a la gente. Te imaginabas muriendo en un bosque devorado por animales salvajes. A mí me encantaba esa imagen. Lo que no sabía es que el animal salvaje estaba dentro de ti.»

Leandra esboza la sonrisa grotesca de los que están muy emocionados. El gesto afea su expresión.

«También le dedico este vídeo a Martina, porque en la vida hay que saber perdonar y yo la perdono por todo lo que me ha hecho. Por todas las veces que se ha metido conmigo por ser un poco bizca. Me decía que no mirase de frente, que achinara los ojos para que no se me notase, que me pusiera de lado en las fotos... Un poco cabrona, la tía, hasta que no me creó un complejo de la hostia no paró de criticarme. Pero hay que perdonar. Aunque sea tarde y mal. También se metía con Juan, que si era un friqui, que si parecía un pervertido, que si no era para mí... ¿Qué coño sabría ella de Juan, de lo que había entre nosotros? Sus novios sí que eran para vomitar.»

Leandra menea la cabeza en un gesto breve, descarga una risita y se queda callada unos segundos. Se oye el traqueteo del tren. Resulta llamativa la fluctuación de su ánimo, ahora es una joven rencorosa y amarga. La falta de empatía hacia su hermana asesinada es aterradora.

«Martina decía que en los vídeos tenía que salir ella más que yo, porque era más guapa y más fotogénica. También decía que era más simpática. Pues ahora solo salgo yo, mira tú por dónde. Y miro de frente, sin achinar los ojos. Me da igual que se me vaya el izquierdo para un lado y el derecho para el otro. ¿Cómo decías, cacahuete? Que lo que cuenta es la mirada personal hacia la vida. Que nadie nos diga hacia dónde mirar o cómo hacerlo. Mirar de frente y con valentía. Eso es lo que me enseñaste y eso es lo que hago.»

La actitud desafiante de Leandra es hipnótica. Darío no aparta los ojos de la pantalla. La odiaba, piensa. Martina se metía con su bizquera y ella lo llevaba mal. Lo insinuó el propio Juan la primera vez que hablaron con él. Las hermanas tenían una relación muy intensa. No mencionó la palabra «odio», pero la idea aleteaba en su declaración. Entre ellas había amor y odio. Así se tejen las relaciones personales, con una madeja larga que arrastra el hilo de los dos extremos.

«Ya estoy llegando a mi destino, así que me tengo que despedir. A vosotros ya no os veo más. Muchas gracias por tantos años de seguimiento. A Martina, lo dicho: te perdono. Y a ti, cacahuete, nos vemos pronto. Muchos besos.»

Antes de poner los besos en su mano derecha y de soplar para enviarlos a su comunidad virtual, se baja la capucha para que la última imagen de ella muestre su rostro ovalado en el marco de su melena rojiza. La bizquera se acentúa en el momento final y aparece muy clara en la última imagen congelada. Con los labios fruncidos en el gesto de soplar, la mano extendida y los ojos muy juntos, parece un hurón estudiando perplejo algún objeto encontrado entre las hojas.

Es la única viajera que se apea en la estación de La Navata. Se sube de nuevo la capucha y camina hacia la salida acariciada por una suave sensación. Está satisfecha y no quiere saber por qué. No le sorprende recordar con tanta claridad el camino hasta el refugio abandonado, aunque solo haya ido una vez. Lo recuerda y ya está. La calle del Molino la guía con algunos faroles encendidos. El cauce del río, en cambio, es una brecha oscura apenas punteada por algún relejo de luna. Había que cruzar un puente pequeño. Allí aparece, como una hebilla embadurnada de betún. Ya nota en los tobillos el roce de los helechos, ya aspira el aire fresco del campo abierto, ya empieza a ganarla la sensación de lejanía. La caseta es un borrón con un fondo de pinos que no se ven, pero ella sabe que están allí. El frío es mucho más intenso en la sierra, en cada uno de sus jadeos exhala un aliento de vaho como si tuviera un espray en la boca.

Entra en la cabaña destartalada que la imaginación de Juan convirtió en el refugio perfecto para ellos. Ahora le parece mucho más acogedora que cuando estuvo con él. Extiende un cartón en el suelo y se sienta a pensar en su novio, en lo solitario que era, en lo mucho que le gustaba que fuera así. Piensa en el modo tan bonito en que la quería. Nadie la ha querido así en esta vida, ni siquiera sus padres, ni siquiera Anita. Juan superaba todas las pruebas de amor. Recuerda su gesto hosco de ermitaño cuando ella le contó que quería deshacerse de Martina. Las dudas que formuló, la perorata sobre lo difícil que es gestionar la fama para personas tan jóvenes, la certeza de que todos los sinsabores y las rencillas irían remitiendo con el tiempo.

Recuerda la tarde en la que Juan, de la forma más inopinada, propuso el lugar para el secuestro, un almacén cerca de la playa enterrado en el subsuelo de unas ruinas. ¿Por qué cambió de opinión? ¿Se dejó llevar por una distancia entre ellos que Leandra había escenificado? Él aplaudió la idea de usar el canal de Pleamar para desviar las sospechas hacia algún enemigo de las chicas o algún agraviado de los vídeos.

Sonríe al pensar en lo celoso que era, en cómo se le pasaron las dudas sobre el plan al ver las fotos de Vladimir en su ordenador. Ella sabía que iban a provocar ese efecto, que le iba a entrar el miedo de perderla y que con eso se decidiría a dar un paso al frente, a cometer un acto que ya los uniría para siempre. Se conmueve al pensar en el odio que Juan sentía por Vladimir, en la condición que puso para participar en el plan: que acusaran al fotógrafo. A ella se le ocurrió que podía describir a los hermanos de Vladimir, que había visto en una foto. Llevaba en su móvil una foto de esa foto y la miraba de tanto en tanto para refrescar la memoria. Ensayaban juntos la descripción que ella debía aportar al dibujante de la policía. Sabía que estaban viajando por España y que después se iban con su hermano cubano a conocer la isla. Todo encajaba como un guante porque les hacía parecer sospechosos. Solo faltaba subir los vídeos desde algún lugar de Madrid, para que las sospechas hacia el cubano no se desviaran.

Leandra nota el mordisco del frío en la piel. Sintió miedo al ver la decisión con la que Juan clavó el cuchillo a Martina. Se quedó mirando el gesto de espanto de su hermana, las bocanadas desesperadas para respirar, el movimiento de las piernas en una convulsión frenética. Un pataleo final imposible de olvidar. Ella se contagió de esa violencia y descargó varias cuchilladas en los ojos. A Juan no le gustó ese ataque de rabia. Le pareció una imprudencia. Martina llevaba toda la vida metiéndose con su bizquera, ese ensañamiento la podía delatar. Se vio obligado a cortarle el pelo para desviar las sospechas. A añadir pinchazos por todo el cuerpo.

Se pregunta si no estaría mejor fuera de la caseta, mirando las estrellas. Esa noche quiere que sea su última noche, todo lo que contribuya a mejorar el momento debe ser bienvenido. Tiene que lograr integrar el frío para que los estremecimientos no le impidan disfrutar de la experiencia.

Odió a Martina por robar el collar de esmeraldas de su madre. Bueno, no por robarlo. La odió por su silencio cuando acusaron a Anita del robo. Martina tenía un lado cleptómano, la había visto robar en tiendas y varias veces en el colegio. Un par de móviles, dinero, unas gafas de sol. Robaba por el placer de robar, no porque quisiera el dinero o los objetos para nada. Pero ese día surgió un problema mucho más importante que la cleptomanía. Al no defender a Anita, se mostró mezquina, egoísta, cobarde y cruel. Y surgió también el lado dócil de Leandra, que tuvo que callar la verdad porque su hermana se lo había ordenado. No entiende por qué se imponía sobre ella la autoridad de Martina, pero así era. Siempre fue así. Toda la rebeldía que ella notaba en su interior tomaba cuerpo de forma silenciosa, como una corriente subterránea. Sí, es verdad que calló. Pero mientras callaba sabía que eso no lo perdonaría jamás. Metió en su mochila el collar de esmeraldas para restregarle a Martina lo que había hecho. Y lo sacó para ponérselo cuando la pobre estaba atada a la silla y todavía intentaba adivinar hasta dónde era capaz de llegar Leandra. Se despachó a gusto con ella. Enmarcó la venganza en esos instantes. La llamó de todo, la insultó, le escupió y, en un arrebato, le arrancó el collar de un tirón.

Le hizo gracia ver a Juan recogiendo los trocitos de esmeralda por el suelo, su actitud precavida durante esos días. El collar es un objeto familiar, no debe aparecer en el vídeo ni en el lugar del secuestro, decía. Ella lo ayudó a recoger los trozos, pero sin esforzarse mucho. Todo iba a salir bien, según

373

el plan que habían diseñado entre los dos. Nunca encontrarían la jabonera, eso afirmaba Juan. Y ella confiaba en él, desprendía seguridad y aplomo. Si la policía no iba a dar jamás con ese lugar, ¿qué sentido tenía recoger los pedacitos de esmeralda? A ella la podían acompañar durante su encierro, era divertido buscar fulgores en la oscuridad de ese sótano. No había mucho entretenimiento, para sostener la farsa de los vídeos de Pleamar debía aguantar allí hasta el jueves siguiente, y el problema de ese encierro, aparte de lo insalubre del lugar y del miedo que provocaban los ruiditos de las ratas, era la soledad. «Yo vendré a verte», le dijo Juan. Pero no vino. «En eso me engañaste, cacahuete.»

Solo lo hizo cuando se presentó con el coche de su madre para llevarse el cadáver. Ese día lo pasó con ella, le trajo comida y agua, encendieron la lámpara de gas y jugaron a las cartas en la capilla transformada en almacén. A Leandra le parecía arriesgado dejar el coche aparcado fuera tanto rato, pero él quería pasar la tarde con ella. Es un paraje desierto, por aquí no viene nadie, decía. También le pareció imprudente utilizar el coche de su madre, ella podría echarlo de menos o encontrar restos de sangre en el maletero. Juan dijo que de su madre se ocupaba él, no había nada que temer. Lo ayudó a subir el cadáver por las escaleras, a cargarlo en el vehículo. Se despidieron en el campo de cardos con un abrazo. Ella quería aspirar el aire fresco, pero él le dijo que se metiera, que tenía que ponerse en camino cuanto antes. Le dio mucha pena que fuera tan estricto en el momento de la despedida. La condujo al sótano, cerró la puerta y ella lo oyó condenar la salida con el taquillón, de un modo tan mecánico y tan frío que le asaltó la sugestión de ser en verdad su prisionera. Se arrepiente de haber flaqueado, de haber permitido que esa aprensión se apoderase de ella. Un día se le hizo insoportable el encierro y solo pensaba en escapar. Retiró la rejilla del conducto de ventilación y una rata se acercó husmeando y emitiendo chillidos agudos. La volvió a poner a toda prisa y se alejó de allí todo lo que pudo. Empezó a gritar pidiendo ayuda. «¡Socorro! ¡Socorro!» Se sentó en el suelo, se abrazó a sus piernas y estuvo llorando varias horas seguidas.

Leandra se levanta y pasea por el pinar. El recuerdo de su encierro la lleva a sentir con euforia su libertad actual. Pero tiene frío. Vuelve a la caseta y se abriga con los cartones. Está dispuesta a morir de frío, pero no quiere pasar frío en el proceso. Esa es la contradicción a la que se enfrenta mientras le va entrando el sueño. Se tumba en el suelo.

Apoya la cabeza en el brazo y nota la cicatriz de los cortes que le hizo Juan para llevar encima el esquema que no lograba memorizar. Cinco flechas, una por cada bifurcación, un plano rudimentario pero muy importante para orientarse en el túnel y alejarse de la jabonera lo máximo posible. Lo hizo bien. Se enfrentó al terror que le inspiraban las ratas, aceptó la convivencia con ellas en esa cloaca, espantó algunas, se dejó morder por otras, pero siguió avanzando pensando en el futuro que les esperaba.

«Queríamos una vida juntos, pero no ha podido ser.»

Piensa en Juan cantándole una canción con la guitarra y sonríe con dulzura de enamorada. Evoca los besos que ella ponía en las cicatrices de sus muñecas y se conmueve al imaginarlo en el trance exacto de cortarse las venas por no poder estar con ella. Nunca nadie se querrá como ellos se querían. Cree que está llorando, pero las lágrimas no caen. Se estarán congelando antes de terminar su recorrido, piensa. Se siente feliz, se siente libre, una integrante de una tribu nómada en una cueva muy umbría. Ese es su último pensamiento antes de quedarse dormida.

No la despiertan los primeros ruidos del día. A esas horas padece una hipotermia severa con principio de congelamiento. El sol está ya bastante alto cuando la encuentran Darío y Nieves, detrás de un tablón y con un par de cartones encima. Al principio creen que está muerta, pero no es así. Hay un hálito de vida en ese cuerpo menudo.

Utilidad

El mundo se ha banalizado hasta un punto que no admite vuelta atrás. Dos hermanas se hacen famosas grabando vídeos de una estupidez sonrojante. Se convierten en ídolos para millones de personas, son admiradas, perseguidas, imitadas, anuncian marcas de ropa, de bolsos, de relojes, adquieren la categoría de embajadoras de tiendas, de restaurantes, de agencias de viajes. Ganan cantidades astronómicas de dinero porque la estupidez, si es jaleada por muchos, se transmuta en un talento que hay que proteger como un tesoro. La exhibición de la vida personal ha convertido las redes sociales en escaparates de postureos ridículos y de felicidades prefabricadas. La búsqueda desesperada de likes, de seguidores y de comentarios favorables alcanza proporciones grotescas. Las clínicas de cirugía estética tienen listas de espera porque todo el mundo persigue la eterna juventud. Las aplicaciones para ligar en internet ganan más y más terreno y sepultan para siempre los viejos juegos de seducción, las indirectas, el cruce de miradas, la sutileza.

Darío sabe que si le cuenta a Nieves sus opiniones no se quitará jamás la fama de cascarrabias, así que se las guarda para él. Cenan en un restaurante del barrio de las Letras, un lugar escogido por ella.

—Me preocupa que por quedar conmigo pierdas una de tus citas por internet —dice él con victimismo.

—No pasa nada, tengo muchas. Tú deberías probarlo.

—¿Yo? Gracias, pero no me veo.

—Te lo pasarías muy bien.

—Yo voy despacio. Me conformo con cambiar la contraseña de mi ordenador. Creo que ha llegado la hora.

—¿Chuspi?

—Así la llamaba a mi mujer.

—¿Qué significa?

—Nada. Un apelativo cariñoso.

—Pues sí. Creo que ha llegado la hora de que lo cambies.

El merodeo por el terreno personal dura muy poco, porque los compañeros de trabajo solo saben hablar de temas laborales. Ella le cuenta noticias del hospital. Cati Salazar está fuera de peligro. Su gran preocupación ahora es si le va a quedar una cicatriz muy fea en la nuca.

—Ya habrá pedido hora con el cirujano estético —dice Darío.

Ella le reprocha el comentario cruel. Él se arrepiente de haberlo soltado. Le da pena esa familia. El padre de Juan gestionó la cremación del joven y regresó a Ámsterdam al día siguiente, tras efectuar una pasadita por el hospital. Quedó así cancelada su faceta de padre. Le habría gustado conversar con él sobre ese tema, preguntarle cómo se gestiona una mutilación tan traumática. ¿Cómo se puede ser padre un día y dejar de serlo al siguiente? A él le cuesta adaptarse a cada fase del camino, ha tenido que hacer el duelo del padre plenipotenciario que se ocupa de todo, de alimentar, vestir y bañar a la hija, de llenar el día entero de contenido. Ha disfrutado de la media distancia, del padre que supervisa los deberes, que tiene un ojo puesto en lo que hace la niña, pero sin agobiarla, que la lleva a casa de una amiga y la va a recoger unas horas más tarde. También ha tenido que entonar la despedida de ese rol de padre que está y no está. De ser chófer ha pasado a ser cocinero y suministrador de pagas, cada vez más diluido el viejo sentimiento de utilidad. Ya no es imprescindible. Ya no es útil. Ahora es un muro que separa a su hija de la felicidad. Un enemigo.

Se acabaron esos pensamientos también para Cati. Un día volverá a su casa, abrirá la caja fuerte y echará de menos siete mil quinientos euros. Acusará a la policía de haber sacado tajada del registro judicial que se efectuó. Nadie le dirá la verdad, que, según insinuaba Leandra en el último vídeo, su hijo encargó que la mataran. Por fortuna, el vídeo ha sido retirado y ella no tiene por qué enterarse. La justicia dejará que la reclamación se quede en el limbo. Mejor eso que destrozar la vida de esa mujer con una revelación insoportable.

Aunque sea un triste consuelo, Darío agradece que fuera Juan el que contrató al sicario. Se ahorran la detención de María Lizana como sospechosa, el interrogatorio incómodo y probablemente injusto a una mujer que ha sufrido mucho. Una hija muerta y otra en un centro de menores, como paso previo a una buena temporada en la cárcel. Y un marido con una inhabilitación profesional de por vida y unas reclamaciones millonarias que enfrentar. Al lado de estas vidas, la suya le parece venturosa, aunque Nieves lo trate como si fuera un hombre muy anticuado. Y aunque su hija sea tan conflictiva.

—No consigo olvidarme de Leandra —dice Nieves—. Hay dos cosas que me han dejado flipada.

—¿Cuáles?

—Lo primero, que me pareció guapísima. No entiendo cómo podía estar acomplejada. Se le nota un poco la bizquera, pero no es nada desagradable.

Darío está de acuerdo, a las personas que tienen encanto un defecto les añade belleza.

—Es más guapa al natural que en los vídeos —dice él.

—Y también me chocó lo del odio. Podía haberse amparado en un móvil económico. Sus padres heredan el dinero de Martina y así no tocan su parte. Fácil de entender y menos feo. Pero no. Insistió tres veces en que la quería matar porque la odiaba.

—El odio existe. Y entre hermanos es más común de lo que parece.

—¿Tú odias a tus hermanos?

—No. Pero no tengo relación con ellos.

—Yo con mi hermana sí. Y tampoco la odio.

Hablan del comisario Talavera, de algún cotilleo de la brigada, se acaban el vino y después van a otro sitio para tomar una copa. Ella le enseña fotos de Indonesia, el país que va a visitar en navidades. Él se la imagina fácilmente de mochilera risueña. Cuando está en el taxi, piensa que esa noche ha escalado un peldañito más hacia la amistad con Nieves, y le gusta esa sensación.

Nada más entrar en su casa se le echa encima Ángela, como si lo hubiera estado esperando agazapada para atacarlo. Pero lo que termina cuajando en ese abordaje ansioso es un abrazo. No hay agresividad, sino desvalimiento en su hija, que está llorando entre convulsiones y no logra explicar qué le pasa.

—Ya, ya, hija. Ya está. ¿Por qué lloras?

Intenta salir del abrazo, que ya está durando demasiado, pero ella se cuelga de su cuello, le cierra el paso para que no se aleje, se aferra a su calor un rato más. El hedor de Ángela es difícil de aguantar. Las manos de Darío aprietan con firmeza la cara de ella. La mira fijamente y detecta miedo en sus pupilas, que se mueven como en un baile incontrolado.

—Tranquila. Cuéntame qué ha pasado.

Ángela se estremece, como en la tiritona de una fiebre alta.

—Estás temblando, hija. Ven, túmbate.

De nuevo intenta separarse y de nuevo ella se lo impide.

—Vamos al sofá —insiste—. Te voy a poner la manta y busco el termómetro.

—No —dice ella agarrándolo del brazo.

—Ángela...

—No entres en el salón.

La frase impone entre ellos un muro de alambre de espino. Hay algo más que un brillo suspicaz en la mirada de Darío. Es el anticipo del desastre. Dirige sus pasos al salón y ella se lanza por detrás y se sube a su espalda de un brinco que lo hace trastabillar.

—¡Que no entres! —grita ella.

Él trata de zafarse de su hija, que le aprieta el cuello con ambos brazos. Es como un mono pegado a su chepa, un mono que sabe luchar y le clava una rodilla en los riñones. A Darío le falta el aire. Se está ahogando. Consigue voltearse y estampa contra la pared a la atacante. Aún tiene que meter los dedos de una mano entre el antebrazo de Ángela y su cuello para liberarse. Desde el suelo, ella le lanza una serie de patadas encadenadas.

—¡Que te he dicho que no entres!

El grito es histérico, casi inhumano, capaz de romper cristales y de atravesar el tiempo. Darío abre la puerta del salón. El vecino está tumbado boca arriba en la alfombra. Una mancha oscura rodea la cabeza y le dibuja algo parecido a una tiara, como si al estudiante de Teología le hubieran honrado en la muerte con una mitra papal. Los ojos del inspector barren la estancia en busca del arma homicida. No hay trazas de un golpe en la mesa baja. No hay un bate junto al cadáver, ni un bastón, ni una piedra. Debajo de las cortinas se ve algo, un bulto sobresale. Ahí está el arma: el premio de mus. La figurita grotesca de bronce. No hay más señales de violencia en el cadáver. Tampoco en el salón. Está ordenado, no parece haber tenido lugar una pelea. La vida de ese hombre ha volado en un arrebato puntual.

Ángela se ha quedado en el suelo del pasillo, abrazada a sus piernas. Ya no grita, pero su cuerpo se sacude en un gimoteo suave. Darío se vuelve hacia ella y la contempla unos instantes. Su hija es un guiñapo desmadejado al borde del abismo. Un leve empujón y se cae al infierno, donde arderá para siempre.

—Cuéntame qué ha pasado.

Ella mira a su padre con una mezcla de temor y desconcierto.

—Teníamos un trato —dice—. Él se venía de cañas un día y a cambio yo lo acompañaba a la parroquia, a una reunión de esas. Él... Bueno, él cumplió su parte. Nos fuimos de marcha un día. Y hoy ha venido a buscarme para ir juntos a la iglesia. Y yo pasaba mazo de ese plan. Le he dicho que no me apetecía, que me dejara en paz, él ha insistido, me ha dicho un huevo de tonterías, que si yo necesitaba la compañía de Dios y toda esa mierda. Se ha puesto pesado, me ha tirado del brazo para sacarme de casa... Y se me ha ido la olla. He cogido el trofeo ese y le he dado en la cabeza. Te juro que me he controlado, que no le he dado muy fuerte. Pero él se ha quedado como en blanco y de pronto se ha desplomado. Esa es la verdad. Me has pedido que te la contara.

Darío asiente, muy serio. Nota que le tiemblan las piernas y que un sudor frío le recorre el cuerpo. Es evidente que la resistencia de su hija no se ha producido entre susurros. Habrá sido una discusión a gritos, cualquier vecino puede haberlos oído. Imagina al fiscal calificando los hechos. Homicidio por imprudencia, casi con toda seguridad. Es verdad que el golpe sucede por un arrebato, pero un objeto pesado golpeando una cabeza puede matar y todo el mundo lo sabe. De manera que hay dolo eventual. Nueve años de cárcel no se los quita nadie. Con buena conducta y computando los beneficios penitenciarios, al menos cinco años. Un buen abogado puede poner a favor de obra los antecedentes policiales de la niña. Esas travesuras pintan a una adolescente descarriada, abatida por el abandono de su madre, que ha emigrado a Miami. Anticipa el escenario, las eximentes, las circunstancias atenuantes, los nervios a flor de piel, una depresión en la joven motivada también por la muerte de un amigo muy cercano. Todo el razonamiento se produce en unos segundos de angustia y de vértigo, y la conclusión es clara: su hija está jodida.

Se lo explica despacio, trata de hacerle ver la situación, Ángela escucha y asiente y por un momento da la sensación de que la madurez o la paloma del Espíritu Santo está aterrizando en su cabeza. Pero de pronto se rompe el encanto de esa epifanía y la paloma blanca aletea espantada.

Ángela se rompe. Toda su figura se descompone, sus facciones se resquebrajan y ella implora entre lágrimas.

—Yo no quiero ir a la cárcel. No quiero, no puedo, me muero... Me muero. Prefiero morirme ahora mismo.

—Ángela, hija...

—Por favor, papá, ayúdame.

«Por favor, papa, ayúdame.» La frase hace de espoleta, pero Darío no lo sabe todavía.

—¿Cómo es posible que le golpees en la cabeza solo porque te quiere llevar a la iglesia?

—Se ha puesto muy pesado, no sé...

—¿Te ha intentado forzar?

—Era un cura, papá.

—¿Te ha intentado forzar o no?

—No.

—¿En qué momento lo has golpeado?

—No sé, me he resistido y le he dado, no sé en qué momento ha sido.

—Joder, Ángela, necesito entender los motivos para dar ese golpe.

—¿Vamos a ir a la policía?

—Claro que vamos a ir a la policía. ¿Eres tonta o qué te pasa?

Ángela jadea muy deprisa, como en pleno brote de ansiedad.

—No quiero ir a la policía...

—Vamos a ir, pero quiero que preparemos lo que vas a decir. ¿De acuerdo? Me tienes que describir la escena, porque no consigo verla. ¿Por qué ha venido el vecino a casa?

—Ya te lo he dicho, me quería hacer creyente.

—¿Dónde ha empezado la discusión? ¿En el sofá? ¿En tu cuarto?

—En el salón.

—El salón está en orden. No hay señales de pelea.

—Todo ha pasado en el salón, no lo he llevado a mi cuarto.

—Antes casi me ahogas. A mí, que tengo cincuenta años y soy bastante más fuerte que él. ¿Quieres que me crea que ese alfeñique es capaz de ponerte en apuros? ¿No lo puedes echar de tu casa sin más?

—Es la verdad.

—No te van a creer.

—¿Por qué no?

—Vamos a ver, yo soy inspector de homicidios. Sé las preguntas que te van a hacer.

—Sí.

—No te van a creer, Ángela. Este pobre era estudiante de Teología y tú eres una chica con antecedentes policiales. En quince días te he sacado dos veces del calabozo. ¿Quién tiene las de perder en esta pelea: la macarra o el curita?

—¿Y qué hacemos?

—Más vale que se te ocurra un relato creíble de lo que ha pasado aquí. Me da igual que sea cierto o no. Solo te pido que se sostenga.

Darío, que se había agachado para estar a la altura de su hija, se levanta.

—Cuando tengamos el relato, nos vamos a la comisaría. Así que piensa.

Entra de nuevo en el salón, como si ese fuera el lugar más adecuado para esperar la respuesta. No, con el cadáver en la alfombra no se puede convivir ni siquiera un rato. Inspecciona la habitación de ella. La cama deshecha, como siempre. La ropa por el suelo. Nada anormal. Se asoma al cuarto de baño. Todo está en orden. Entra en su cuarto, por si han tenido la desvergüenza de entrar allí. No lo parece. Cuando se gira hacia la puerta, Ángela está apoyada en el marco con expresión derrotada.

—Esto es todo lo que ha pasado. Es la verdad. Ayúdame. Por favor...

«Ayúdame.» De nuevo. Darío recorre el pasillo a buen paso hasta la cocina. Necesita beber agua, refrescar la garganta dolorida por el ataque de su hija, tragar una bola espesa que se le ha atravesado en el esófago. Ángela lo ha seguido hasta allí.

—Ayúdame —vuelve a implorar.

Darío se limpia con la manga del jersey un reguero de agua que le corre por la comisura de los labios.

—¿Vivía solo?

Ángela lo mira sin entender a qué se refiere.

—El vecino, ¿vivía solo o compartía piso?

—Vivía solo.

—¿Ese piso sigue siendo de la canaria? La pitonisa esa...

—No lo sé, creo que sí.

En tiempos más felices, cuando Marta y él estaban enamorados, hablaban de las visitas constantes que recibía esa mujer. Conjeturaban que era psicóloga y pasaba consulta en casa. Hasta que un día la encontró en los buzones y le preguntó a qué se dedicaba. Ella le dijo que era vidente y lo animó a llevarle un día los posos del café o bien prestarse a una tirada de cartas. Después se mudó a su tierra y puso el piso en alquiler.

—¿Alguien sabe que había quedado contigo para tomar unas cañas?

—Ni idea. Era muy solitario, no era de Madrid, había venido a estudiar.

—¿Tiene móvil?

—Sí.

Se dirigen los dos al salón. En el bolsillo del pantalón encuentran el teléfono del muerto.

—Mira su correo, su WhatsApp, sus redes.

—No creo que tuviera redes.

—Los curas también usan redes sociales. Míralo.

Ángela examina el móvil.

—Padre Eugenio. Es con el que más hablaba.

—Espía ese chat. Mira a ver si te menciona.

Mientras da las instrucciones, Darío mueve la mesa baja del salón, tira cojines al suelo, vuelca una silla. Deja caer la tulipa de una mesilla. Estalla el cristal en mil pedazos.

—No me menciona. Pero habla de una crisis de fe. Ah, sí, aquí sí que me menciona. He conocido a mi vecina. Me siento atraído por ella. Dice eso.

—Joder, así que le gustabas.

—¿Lo borro?

—No, no lo borres. Nos interesa.

—¿Por qué nos interesa?

Darío entra en la cocina. Abre un cajón y saca un cuchillo afilado. Es el que usa para cortar la verdura. Ángela se asusta al verlo entrar en el salón con el arma en la mano.

—¡Papá!

—Escúchame bien, este tío te ha atacado sexualmente. Te ha intentado violar y tú te has defendido.

—Joder...

—Es lo mejor, Ángela.

—¿Me ha violado?

—No, te harían un exudado y verían que no hay restos de semen. Tampoco fricción vaginal. Te has resistido y lo has golpeado antes de que pudiera consumar la violación. ¿Está claro?

Ángela asiente, un poco asustada.

—Te ha arrinconado en esta mesa, por detrás.

Darío recrea la postura. Inclinado hacia la mesa, en un ángulo de casi noventa grados, las piernas separadas.

—Pon las manos en la mesa.

Ángela lo hace.

—Deslízalas, te estás resistiendo. Tienen que ver tus huellas en la madera.

Ángela obedece, dócil y fascinada con la inventiva de su padre, que ahora coge unas carpetas de la estantería y las pone en la mesa.

—El premio estaba aquí, sujetando mis papeles. Por eso está al alcance de tu mano. Ahora viene lo más difícil. Él te amenaza con este cuchillo. Lo ha cogido de la cocina con la excusa de ir a por un vaso de agua. Te lo pone en el cuello. Necesitamos un punto de sangre.

—Vale, házmelo —dice Ángela ofreciéndole el cuello como un cisne que mira hacia arriba.

Darío toma aire.

—No te muevas.

Posa el filo en un punto blando del cuello, evitando los vasos sanguíneos principales. Presiona hasta que sale sangre.

—Estás dejando tus huellas en el cuchillo —dice Ángela.

—Yo vivo aquí, es normal que estén mis huellas. Ahora ponemos las del cura.

—Hazme unos cortes también.

—Vale con esto.

Ángela agarra con fuerza la mano de su padre, la que sostiene el cuchillo. Lo mira con determinación, con gallardía. Acerca el cuchillo a su cara y el filo surca su mentón. Un corte limpio. A Darío le da la impresión de que su hija disfruta del escozor. Se acerca al muerto con el cuchillo.

—¿Sabes si era zurdo?

—No tengo ni idea.

—Esperemos que no sea zurdo.

Pone el mango del cuchillo en la mano derecha del cadáver. El rigor mortis no ha crispado todavía las articulaciones y los dedos se cierran sin demasiada resistencia. Después deja el cuchillo en el suelo, al pie de la mesa en la que se ha producido el supuesto ataque.

—Dame su móvil.

Ángela se lo tiende. Darío saca un pañuelo y limpia las huellas que su hija haya podido dejar. Lo introduce en el bolsillo del pantalón del muerto.

—Ahora vamos a llamar a la policía.

—Espera —dice Ángela—. Antes de ponerme el cuchillo en el cuello me ha tenido que dar una hostia. Pégame.

—No hace falta, hija...

—Dame una hostia, no se lo van a creer si no.

—No te voy a dar una hostia.

—¡Que me la des, gilipollas!

Darío le suelta un bofetón. Una plasta de pelo cubre el rostro de Ángela. Ella se la retira y se toca el labio, que está sangrando. Ha sido una buena hostia.

—¿Tenías ganas, eh? —le dice a su padre.

Darío está a punto de contestarle que sí, pero en lugar de hacer eso saca su móvil y llama a la policía.

—Tardarán quince minutos —dice—. Te llevarán a comisaría, yo iré contigo. Tendrás que pasar el engorro del juez, cogeremos un buen abogado. Saldrás de esta. Ahora vamos a esperar tranquilos.

Ella tiene sueño, el agotamiento la aplasta, ha pasado el peor rato de su vida. Pero no está en condiciones de oponer objeción alguna.

—Gracias, papá.

Darío sabe que debe reprender a su hija, pero no tiene fuerzas, no quiere una pelea ahora y además le apetece disfrutar un rato de la oscuridad en la que ha caído. Y notar la caricia de haberle sido útil, ese sentimiento que la vida les quita un día a los padres de este mundo para volverlos inservibles y para dejar sus desvelos de antes, los cuidados, las preocupaciones y el amor por los hijos queridísimos en una porción de tiempo que no será recordada.

Agradecimientos

A María García de Jaime, por ayudarme a entender el mundo, para mí misterioso, de YouTube e Instagram.

A Pablo y Beatriz, que me hablaron de redes sociales, publicidad y adicciones al teléfono móvil.

A Justyna Rzewuska, la mejor agente que se puede tener.

A María, Ilaria y todo el equipo de Alfaguara Negra por confiar en esta novela.

A mi frontón favorito, con quien peloteé las dudas que fueron surgiendo en la construcción de esta novela.

A la primera lectora del texto, que me ayudó con sus opiniones.

A la compañera que me animó siempre que asomaban la inseguridad o el desaliento.

Que estas tres personas sean en realidad una sola es un privilegio que no estoy seguro de merecer.

Gracias, Susana, qué suerte tengo.

Este libro se terminó
de imprimir en
Móstoles, Madrid,
en el mes de
abril de 2021